Llyfrau eraill gan David Walliams
a gyhoeddwyd gan Atebol:

Y Bachgen Mewn Ffrog

Y Biliwnydd Bach

Anti Afiach

Mr Ffiaidd

Deintydd Dieflig

Cyfrinach Nana Crwca

YNGHYD Â LLYFRAU STORI-A-LLUN:

Neidr yn yr Ysgol!

Yr Arth Fu'n Bloeddio BW!

Yr Hipo Cyntaf ar y Lleuad

Yr Eliffant Eitha Digywilydd

DiHANGFA FAWR TAID

DIHANGFA FAWR TAID

gan

David Walliams

Arlunwaith gan Tony Ross
Addaswyd gan Dewi Wyn Williams

atebol

Y fersiwn Saesneg

Hawlfraint y testun © David Walliams 2015

Hawlfraint yr arlunwaith © Tony Ross 2015

Cyhoeddwyd y testun yn gyntaf mewn cyfrol clawr caled ym Mhrydain Fawr gan HarperCollins Children's Books yn 2015. Mae HarperCollins Children's Books yn adran o HarperCollinsPublishers, 1 London Bridge Street, London SE1 9GF.

www.harpercollins.co.uk

Mae hawliau David Walliams a Tony Ross wedi'u cydnabod fel awdur a dylunydd y gwaith hwn.

Y fersiwn Cymraeg

Y cyhoeddiad Cymraeg © Atebol Cyfyngedig, Adeiladau'r Fagwyr, Llanfihangel Genau'r Glyn, Aberystwyth, Ceredigion SY24 5AQ

Cyhoeddwyd gan Atebol yn 2017

Addaswyd i'r Gymraeg gan Dewi Wyn Williams

Dyluniwyd gan Owain Hammonds

Golygwyd gan Adran Olygyddol Cyngor Llyfrau Cymru

Cyhoeddwyd gyda chymorth ariannol Cyngor Llyfrau Cymru

Cedwir y cyfan o'r hawliau. Ni chaniateir atgynhyrchu unrhyw ran o'r cyhoeddiad hwn na'i throsglwyddo ar unrhyw ffurf neu drwy unrhyw fodd, electronig neu fecanyddol, gan gynnwys llungopïo, recordio neu drwy gyfrwng unrhyw system storio ac adfer, heb ganiatâd ysgrifenedig y cyhoeddwr.

www.atebol.com

Cyflwynaf y llyfr hwn i Sam a
Phoebe, sy'n ymddwyn yn dda
bob tro ... bron â bod.
Cariad, David x

Yn arbennig ar eich cyfer gan Atebol:

DiHANGFA FAWR TAiD

Awdur	DAVID WALLIAMS
Arlunydd	TONY ROSS
Addasydd	DEWI WYN WILLIAMS
Golygydd	RUTH ALLTIMES
Golygydd Desg	GEORGIA MONROE
Cynllunydd y Testun	ELORINE GRANT
Dylunydd y Clawr	KATE CLARKE
Sain	TANYA BRENNAND-ROPER

Marchnata...ALISON RUANE
A NICOLA WAY

Hybu...GERALDINE STROUD
A SAM WHITE

Cyfarwyddo..................................RACHEL DENWOOD

Asiant llenyddol Mr Walliams ....PAUL STEVENS,
INDEPENDENT

Cynhyrchydd Gweithredol........CHARLIE REDMAYNE

Cynhyrchwyd gan..................ANN-JANINE MURTAGH

Diolch arbennig i Charlotte Sluter a Laura Clouting yn yr Amgueddfa Ryfel, Tim Granshaw, Matt Jones, Andy Annabel a Gerry Jones yn Erodrom Goodwood, a John Nichol, ymgynghorydd gyda'r Awyrlu Brenhinol.

Dyma stori am fachgen

o'r enw Jac a'i daid.

Bu Taid un tro yn beilot yn yr Awyrlu.

Yn ystod yr Ail Ryfel Byd bu Taid yn beilot awyren Spitfire.

Mae ein stori'n digwydd yn 1983. Pryd hynny doedd ffonau symudol, y rhyngrwyd a gemau cyfrifiadurol ddim yn bodoli. Yn 1983 roedd Taid eisoes yn hen ŵr, ond deuddeg oed oedd ei ŵyr, Jac.

Dyma fam a thad Jac. Mae ei fam, Barbara,
yn gweithio ar y cownter caws yn yr archfarchnad leol.
Cyfrifydd yw ei dad, Barry.

Huw yw perchennog y siop
bapurau newydd.

Miss Jones yw'r athrawes
Hanes yn ysgol Jac.

Y ddau dditectif sy'n ceisio dal pobol ddrwg yw Ditectif Twp a Ditectif Dwl.

Dyma ficer y dref, y Parchedig Puw Duw.

Mae'r swyddog diogelwch hwn yn gweithio
yn yr Amgueddfa Ryfel.

Miss Ini Ffinihadoc yw metron
y cartref hen bobol lleol, Tŷ Arch.

Rhai o'r hen bobol sy'n byw yno yw Mrs Lard,
y Mejor a'r Capten.

Dyma rai o'r nyrsys sydd yn gweithio yno
– Nyrs Mini, Nyrs Maini a Nyrs Mo.

Dyma Tŷ Arch.

Tŷ Arch
Croesawn eich
Hen Broblemau

Dyma fap o'r dref.

Yr Eglwys

Y Sgwâr

Yr Orsaf Drenau

Fflat
Huw

Fflat
Taid

Rhagair

Un diwrnod, dechreuodd Taid anghofio pethau. Pethau bach oedden nhw i gychwyn. Mi fyddai'r hen ŵr yn gwneud paned o de ond yn anghofio'i hyfed. Ac ymhen amser mi fyddai dwsin o baneidiau te o'i flaen ar fwrdd y gegin. Neu mi fyddai'n anghofio cau tapiau'r bath a'r dŵr yn gorlifo nes bod fflat ei gymydog oddi tanodd yn wlyb socian. Neu mi fyddai'n gadael y tŷ i brynu stamp ond yn dychwelyd adref gyda deg bocs o greision ŷd. A doedd Taid ddim yn hoffi creision ŷd.

Ond yn fuan iawn dechreuodd Taid anghofio pethau mawr – pa flwyddyn oedd hi, a oedd ei ddiweddar wraig Pegi yn fyw ai peidio – ac un diwrnod, doedd o ddim yn nabod ei fab.

A'r peth mwyaf dychrynllyd oedd bod Taid wedi anghofio'i fod o'n hen ac ar ei bensiwn. Roedd yr hen ddyn wastad wedi adrodd storïau wrth ei ŵyr bach Jac, storïau am ei anturiaethau yn yr Awyrlu flynyddoedd maith yn ôl, yn ystod yr Ail Ryfel Byd. Bellach roedd y storïau hynny'n dod yn fwy byw iddo. Yn wir, yn hytrach na jest dweud y storïau, roedd o'n ei hail-fyw nhw! Roedd y gorffennol bellach yn y presennol. A doedd dim ots ble'r oedd Taid, beth roedd o'n ei wneud, nac efo pwy oedd o. Yn ei feddwl roedd o'n beilot ifanc ac yn hedfan awyren Spitfire. Ac roedd pawb yng nghwmni Taid yn ffeindio hynny'n anodd i'w ddeall.

Heblaw un person. Ei ŵyr, Jac. Fel pob plentyn, roedd y bachgen yn hoffi chwarae ac iddo ef dyna oedd Taid yn ei wneud – chwarae. Sylweddolodd Jac mai'r peth gorau i'w wneud felly oedd cydchwarae efo Taid.

RHAN 1

I FYNY, FYNY, FRY!

1

Spam à la Cwstard

Pan oedd o'n blentyn, hoff le Jac oedd ei ystafell wely. A gan ei fod o'n blentyn naturiol swil, doedd ganddo ddim llawer iawn o ffrindiau. Yn hytrach na chwarae pêl-droed yn y parc gyda'r bechgyn eraill o'r ysgol roedd yn well ganddo aros adref yn adeiladu modelau o awyrennau. Ei ffefrynnau oedd y rheini o'r Ail Ryfel Byd – y bomar Lancaster, yr Hurricane ac wrth gwrs, hen awyren ei daid, y Spitfire. Roedd ganddo hefyd rai o awyrennau'r Natsïaid, sef model o'r bomar Dornier, y Junkers, a gelyn mawr y Spitfire, sef y Messerschmitt.

Mi fyddai Jac yn peintio'r awyrennau'n ofalus iawn cyn eu hongian o'r nenfwd â llinyn pysgota. Wrth hongian, roedden nhw'n edrych fel petaen nhw'n ymladd â'i gilydd yn chwyrn. Yn ei wely yn y nos, byddai Jac yn syllu arnyn nhw cyn syrthio i gysgu, gan ddychmygu ei fod o'n arwr yr Awyrlu, yn union fel ei daid. Roedd ganddo lun o'i daid wrth ymyl ei wely – llun du a gwyn o ddyn ifanc, un a dynnwyd rywbryd yn 1940 pan oedd Brwydr Prydain ar ei mwyaf ffyrnig. Safai Taid yn falch yn ei iwnifform.

Yn ei freuddwydion, byddai Jac yn mynd **I FYNY, FYNY, FRY,** yn union fel roedd ei daid yn arfer ei wneud. Byddai'r bachgen yn fodlon rhoi popeth – o'i orffennol a'i ddyfodol – am y cyfle i hedfan Spitfire Taid.

Yn ei freuddwydion, roedd Jac yn arwr.
Yn ei fywyd bob dydd, roedd Jac yn anweledig.

Y broblem oedd bod pob diwrnod yr un peth i Jac. Byddai'n mynd i'r ysgol bob bore, gwneud ei waith cartref bob prynhawn, a bwyta'i swper bob nos. Trueni ei fod o mor swil. Trueni nad oedd ganddo ddim llawer o ffrindiau. Trueni na allai ddianc o'i fywyd diflas.

Uchafbwynt wythnos Jac oedd dydd Sul. Dyna'r diwrnod pan oedd ei rieni'n ei adael yng nghwmni ei daid. Cyn i'r hen ŵr ddechrau ffwndro, byddai'n mynd â Jac am dro i lefydd diddorol. Yr hoff le oedd yr Amgueddfa Ryfel. Doedd hi ddim yn rhy bell ac yno roedd nifer o drysorau milwrol. Roedd y ddau wrth eu boddau'n rhyfeddu at yr hen awyrennau rhyfel oedd yn hongian o nenfwd y brif arddangosfa. Eu ffefryn, wrth gwrs, oedd y Spitfire. Roedd syllu arni'n atgoffa'i daid o'r rhyfel ac mi fyddai'n rhannu ei atgofion gyda'i ŵyr a wrandawai'n astud arno. Yn ystod y daith hir yn ôl adref ar y bws, holai Jac gannoedd a channoedd o gwestiynau i'r hen ŵr ...

'Be oedd y cyflymaf aethoch chi yn y Spitfire?'

'Wnaethoch chi orfod neidio allan mewn parasiwt?'

'Pa awyren yw'r orau – y Spitfire neu'r Messerschmitt?'

Roedd Taid wrth ei fodd yn ateb. Yn aml iawn, ar ail lawr y bws, byddai giang o blant yn dod ato i wrando ar ei storïau anhygoel.

'Haf 1940 oedd hi.' Dyna sut roedd o'n dechrau'i stori. 'Roedd Brwydr Prydain yn ei hanterth. Un noson ro'n i'n hedfan fy Spitfire ar draws y Sianel. Ro'n i wedi colli gweddill y sgwadron achos ro'n i wedi bod mewn brwydr ffyrnig. Dyna lle'r o'n i, yn trio hedfan yn ôl adre pan

glywais i sŵn tanio *machine guns* tu ôl i mi. RAT TAT TAT! Un o Fesserschmitts y Natsïaid. Reit tu ôl imi! Yna mwy o danio! RAT TAT TAT! Dim ond y ddau ohonan ni uwchben y môr. Noson honno, roedd hi'n frwydr i'r diwedd ...'

Doedd dim yn well gan Taid nag adrodd am ei helyntion yn yr Ail Ryfel Byd. Mi fyddai Jac yn gwrando'n astud, pob manylyn yn ei hudo. Ac ymhen dim daeth

Jac yn dipyn o arbenigwr ar yr hen awyrennau rhyfel. Dywedodd Taid wrtho y byddai'n 'beilot gwych rhyw ddiwrnod'. Doedd dim byd yn well gan Jac na chlywed Taid yn dweud hynny.

Yna, fin nos, byddai'r ddau yn eistedd ar y soffa yn nhŷ Taid ac yn gwylio hen ffilm ddu a gwyn am y rhyfel. *Reach For The Sky* oedd un o'r ffefrynnau, ac mi fyddan nhw'n ei gwylio drosodd a throsodd. Hanes peilot o'r enw Douglas Bader a gollodd ei ddwy goes mewn damwain erchyll cyn yr Ail Ryfel Byd oedd y ffilm, ond er gwaetha'r ddamwain, daeth Douglas Bader yn un o arwyr mawr y rhyfel. Bob prynhawn Sadwrn gwlyb doedd dim yn well gan Jac na gwylio ffilmiau fel *Reach For The Sky*, *One of Our Aircraft is Missing*, *The Way to the Stars* neu *A Matter of Life and Death*.

Yn anffodus, roedd y bwyd yn nhy Taid yn erchyll. Rasions roedd o'n galw'r drefn, sef y gair roedd o'n ei ddefnyddio yn ystod y rhyfel. Dim ond bwyd o duniau roedd yr hen ŵr yn ei fwyta. I swper, mi fyddai'n dewis unrhyw ddau dun o'r cwpwrdd bwyd a rhoi'r cynnwys mewn un sosban.

Roedd defnyddio geiriau Ffrengig yn gwneud iddo swnio'n fwy blasus. Diolch i'r drefn, nid am y bwyd fyddai Jac yn mynd at Taid.

Corn biff
a phinafal.

Sardîns a
phwdin reis.

Sbwnj triog
a phys slwtsh.

Ffa pob
a thun a fefus.

Moron a llefrith tun.

Pwdin siocled
a chawl tomato drosto.

Mecryll a
chylchoedd sbageti.

Pastai stêc
a choctel ffrwythau.

Taten bob a
cheirios mewn surop.

Ac yn frenin ar y cyfan, *Spam à la Cwstard*.

Yr Ail Ryfel Byd oedd y cyfnod pwysicaf ym mywyd Taid. Dyna pryd roedd peilotiaid dewr yr Awyrlu, fel ef, yn ymladd dros eu gwlad ym Mrwydr Prydain. Roedd y Natsïaid yn paratoi i ymosod, dan gynllun cyfrinachol o'r enw 'Ymgyrch Morlew'. Ond, gan eu bod yn methu rheoli'r awyr ac amddiffyn eu milwyr ar y ddaear, mi fethon nhw wireddu'r cynllun. Ddydd ar ôl dydd, nos ar ôl nos, roedd peilotiaid yr Awyrlu, fel Taid, yn fodlon aberthu eu bywydau er mwyn cadw pobol Prydain yn saff rhag y Natsïaid.

Felly'n hytrach na darllen stori o lyfr i'w ŵyr cyn mynd i gysgu, adroddai'r hen ŵr ei hanesion go iawn o'i gyfnod yn y rhyfel. Roedd ei storïau'n llawer mwy cyffrous na'r rheini oedd mewn llyfrau.

'Un stori arall, Taid, plis!' gofynnodd y plentyn un noson. 'Dwi eisio clywed y stori amdanoch yn cael eich saethu i'r ddaear gan y Luftwaffe a phlymio i'r môr ym Mae Abertawe!'

'Mae hi'n hwyr, Jac bach,' atebodd Taid. 'Dos i gysgu. Dwi'n addo deud yr hanes – a mwy – wrthat ti yn y bore.'

'Ond ...'

'Mi wna i dy gyfarfod yn dy freuddwydion, Squadron Leader,' meddai'r hen ŵr cyn rhoi cusan ysgafn ar dalcen Jac. 'Squadron Leader' oedd ei lysenw ar ei ŵyr. 'Wela i di i fyny yn yr awyr. **I FYNY, FYNY, FRY!**'

'**I FYNY, FYNY, FRY!**' meddai'r bachgen cyn syrthio i gysgu yn llofft sbâr tŷ Taid, yn breuddwydio ei fod o'n arwr mewn Spitfire. Doedd dim yn well nac yn fwy perffaith na threulio amser yng nghwmni Taid.

Ond roedd hynny i gyd ar fin newid.

2

Slipars

Wrth i'r misoedd fynd heibio, roedd cyflwr meddwl Taid yn mynd â fo'n ôl i'r hen ddyddiau yn fwy aml. Ac ar ddechrau ein stori ni mae'r hen ŵr yn credu o ddifrif fod yr Ail Ryfel Byd yn dal yn ei anterth, er bod y rhyfel wedi dod i ben ddegawdau ynghynt.

Roedd Taid wedi dechrau drysu, cyflwr sydd yn gyffredin i lawer o hen bobol. Mae'n gyflwr trist, a does dim modd ei wella. Yn wir, edrychai'n debyg y byddai cyflwr Taid yn gwaethygu ymhen amser, gan waethygu cymaint nes y byddai o, efallai, ddim yn gallu cofio'i enw.

Ond, fel y gwelir yn aml, mae comedi i'w chael mewn trasedi. Yn ddiweddar, achosodd cyflwr yr hen ŵr lawer iawn o chwerthin. Ar Noson Guto Ffowc, pan daniodd y bobol drws nesa eu tân gwyllt yn yr ardd, mynnodd Taid fod pawb yn rhedeg i'r lloches rhag y bomiau. A'r amser hwnnw pan wnaeth Taid dorri un mintys siocled yn bedwar darn gyda chyllell boced a'i rannu gyda'r teulu am fod 'pawb ar rasions'. Ond y digwyddiad mwyaf doniol oedd pan wnaeth Taid feddwl mai bomar Lancaster oedd y troli siopa yn yr archfarchnad. Taflodd fagiau anferth

o flawd wrth fynd ar wib heibio'r silffoedd. Roedd y 'bomiau' yn ffrwydro ym mhobman – dros y bwyd, y tiliau, hyd yn oed dros ben reolwraig flin yr archfarchnad a oedd yn flawd o'i chorun i'w sawdl. Edrychai fel bwgan. Bu'n rhaid glanhau am wythnosau. Cafodd Taid ei hel o'r archfarchnad, a hynny am byth.

Weithiau roedd dryswch Taid yn fwy trist. Doedd Jac erioed wedi cyfarfod ei nain. Y rheswm am hynny oedd ei bod hi wedi marw bron i ddeugain mlynedd yn ôl. Digwyddodd hynny un noson tua diwedd y rhyfel pan oedd y Natsïaid yn bomio'r wlad. Ar y pryd, babi oedd tad Jac. Ta waeth, pan arhosai Jac yn fflat bychan yr hen ŵr, byddai weithiau'n clywed Taid yn galw 'Pegi, cariad', fel petai hi yn yr ystafell drws nesaf. Mi fyddai dagrau'n cronni yn llygaid y plentyn bryd hynny. Roedd o'n torri ei galon.

Ond er gwaethaf popeth roedd Taid yn ddyn balch. Roedd rhaid i bob dim fod yn ei le.

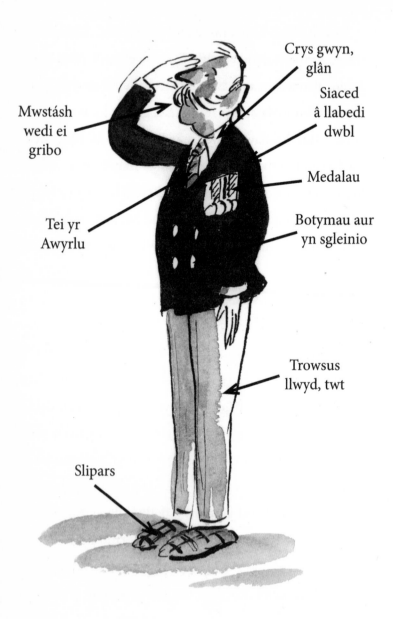

Crys gwyn, glân

Siaced â llabedi dwbl

Mwstásh wedi ei gribo

Medalau

Botymau aur yn sgleinio

Tei yr Awyrlu

Trowsus llwyd, twt

Slipars

Roedd Taid bob amser yn drwsiadus. Gwisgai ei iwnifform bob dydd, gyda'i siaced â llabedi dwbl, crys gwyn, glân a throwsus llwyd, twt. A thei yr Awyrlu – un lliw marŵn gyda streipiau arian a glas – wedi ei glymu am ei wddf. Fel llawer iawn o beilotiaid yr Ail Ryfel Byd, roedd ganddo fwstásh i'w ryfeddu ato, un mor hir nes ei fod o'n cyrraedd ei locsyn clust. Roedd o'n debyg i farf, heb y blew o gwmpas yr ên. Mi fyddai Taid yn troi dau ben ei fwstásh am oriau nes eu bod yn bigau perffaith.

Un arwydd amlwg o gyflwr meddwl Taid oedd ei ddewis o esgidiau. Slipars. Doedd yr hen ŵr ddim yn gwisgo esgidiau bellach. Roedd o'n anghofio'u rhoi nhw am ei draed. Beth bynnag oedd y tywydd – glaw, cenllysg neu eira – mi fyddai'n gwisgo'i slipars siec brown. Wrth reswm, roedd ymddygiad Taid yn peri poen meddwl i'r oedolion. Weithiau mi fyddai Jac yn cogio mynd i'w wely cyn cropian o'i ystafell ac eistedd ar dop y grisiau yn ei byjamas. Yno gallai wrando ar ei dad a'i fam yn y gegin yn trafod Taid. Roedden nhw'n defnyddio geiriau mawr, rhai doedd Jac ddim yn eu deall, i ddisgrifio 'cyflwr' Taid. Yna mi fyddan nhw'n dadlau ynglŷn â rhoi ei daid mewn cartref hen bobol. Roedd y bachgen yn casáu eu clywed nhw'n trafod ei daid yn y ffordd honno, fel petai'r hen ŵr yn broblem. Ac yntau ond yn ddeuddeg oed, doedd Jac, gwaetha'r modd, ddim yn gallu gwneud dim ynglŷn â'r peth.

Ond doedd hyn ddim yn stopio Jac rhag gwrando a gwirioni ar anturiaethau'r hen ŵr, er bod y straeon bellach mor real i Taid nes ei fod ef a Jac yn eu hail-greu. Roedd yr anturiaethau yn union fel y rhai yn eu hoff ffilmiau.

Roedd gan Taid hen beiriant chwarae recordiau a oedd yr un maint â bath. Byddai'n chwarae eu recordiau gyda'r sain mor uchel â phosib. Corau meibion oedd ei ffefrynnau a byddai Jac ac yntau'n gwrando ar ganeuon fel 'Y Ddau Wlatgarwr', 'Calon Lân', 'Cwm Rhondda' a 'Rhyfelgan Gwŷr Harlech' trwy'r gyda'r nos. Dwy gadair freichiau oedd eu cocpits. Wrth i'r corau gyrraedd eu huchafbwynt, roedden nhw hefyd yn hedfan yn uchel yn eu hawyrennau dychmygol. Spitfire i Taid a Hurricane i Jac. I fyny, fyny, fry â nhw! Gyda'i gilydd hedfanai'r ddau uwchben y cymylau gan drechu awyrennau'r gelyn. Bob nos Sul roedd y ddau arwr yn ennill pob brwydr, a hynny heb hyd yn oed adael fflat bychan yr hen ŵr.

Gyda'i gilydd roedd Jac a Taid yn byw yn eu byd bach eu hunain ac yn cael nifer fawr o anturiaethau.

Ond, y noson mae'n stori ni'n dechrau oedd y noson hefyd pan gychwynnodd yr antur go iawn.

3

Arogl Caws

Y noson arbennig yma, roedd Jac yn ei ystafell wely yn breuddwydio ei fod yn beilot yn yr Ail Ryfel Byd, fel roedd o'n arfer ei wneud bob nos. Roedd o'n eistedd wrth y llyw yn ei Hurricane, yn herio sgwadron o Fesserschmitts peryglus, pan glywodd o'r ffôn yn canu.

RING RING **RING RING.**

Dyna od, meddyliodd, achos doedd dim ffonau mewn awyrennau yn ystod y 1940au. Ond roedd y ffôn yn dal i ganu.

RING RING **RING RING.**

Deffrôdd y bachgen yn sydyn. Wrth iddo eistedd i fyny yn ei wely, trawodd ei ben yn erbyn ei fodel o'r bomar Lancaster a grogai o'r nenfwd.

'Aw!' gwaeddodd. Edrychodd i weld pa amser oedd hi ar ei wats peilot arbennig, un roedd ei daid wedi ei rhoi iddo'n anrheg.

2:30am.

Pwy ar y ddaear oedd yn galw'r adeg hon o'r bore?

Neidiodd y bachgen o dop ei wely bync ac agor drws ei ystafell wely. Gallai glywed ei fam yn siarad ar y ffôn yn y cyntedd i lawr y grisiau.

'Na, 'dan ni ddim wedi ei weld o'n fan'ma,' meddai.

Ar ôl ennyd, siaradodd ei fam eto. Roedd y ffordd roedd hi'n siarad yn awgrymu ei bod yn siarad efo'i dad. 'Felly does dim golwg ohono fo'n unlle? Wel be wyt ti am neud, Barry? Dwi'n gwybod ei fod o'n dad i chdi, ond alli di ddim chwilio amdano trwy'r nos!'

Doedd Jac ddim yn gallu cadw'n dawel am un eiliad arall. Gwaeddodd o dop y grisiau, 'Be sy 'di digwydd i Taid?'

Edrychodd Mam i fyny'r grisiau.' O, da iawn, Barry – ti wedi llwyddo i ddeffro'r hogyn!' Rhoddodd ei llaw dros geg y ffôn. 'Dos yn ôl i dy wely'r munud yma, Jac! Ti angen mynd i'r ysgol yn y bore!'

''Dio'm ots gen i!' atebodd y bachgen yn heriol. 'Be sy 'di digwydd i Taid?!'

Dychwelodd Mam yn ôl at y ffôn. 'Ffonia fi'n ôl mewn dau funud, Barry. Rhaid imi sortio'r hogyn 'ma!' A rhoddodd y ffôn yn ôl yn gadarn yn ei grud.

'Be sy 'di digwydd?' mynnodd y bachgen eto wrth iddo redeg i lawr y grisiau at ei fam.

Ochneidiodd Mam yn ddramatig, fel petai beichiau'r byd ar ei hysgwyddau. Roedd hi'n gwneud hynny'n reit aml. A dyna'r union eiliad pan wnaeth Jac arogli gwynt caws. Ac nid caws cyffredin. CAWS DREWLLYD, **caws glas,** caws wedi toddi, CAWS WEDI LLWYDO, **CAWS CAWSLYD**. Roedd ei fam yn gweithio ar y cownter caws yn yr archfarchnad leol, a ble bynnag yr oedd hi'n mynd roedd gwynt caws yn ei dilyn.

Safai'r ddau ohonyn nhw yn y cyntedd, Jac yn ei byjamas glas streipiog a'i fam yn ei gŵn nos llaes, pinc. Roedd cyrlars yn ei gwallt a hufen tew wedi ei baentio'n drwch ar ei hwyneb, ei thalcen a'i thrwyn. Roedd hi'n gwneud hynny bron bob nos. Doedd Jac erioed wedi deall yn iawn pam. Roedd Mam yn meddwl ei bod yn dipyn o bishyn ac yn aml iawn yn honni â balchder mai hi oedd 'wyneb deniadol y cownter caws', os oedd ffasiwn beth yn bod.

Rhoddodd Mam y golau ymlaen gan achosi i'r ddau smicio'u llygaid am eiliad.

'Mae dy daid wedi mynd ar goll eto!'

'O, nac'di!'

'O, yndi!' Ochneidiodd unwaith eto. Roedd hi'n amlwg ei bod wedi alaru ar yr hen ŵr. Weithiau mi fyddai'n ochneidio wrth wrando ar anturiaethau rhyfel Taid, fel petai wedi syrffedu. Doedd Jac ddim yn hoffi hynny. Roedd clywed storïau Taid yn llawer mwy difyr na chlywed am gaws mwyaf poblogaidd yr wythnos. 'Cafodd dy dad a minnau alwad ffôn tua hanner nos.'

'Gan bwy?'

'Ei gymydog i lawr grisiau – ti'n gwybod, dyn y siop bapurau newydd ...'

Ar ôl i'w dŷ fynd yn rhy fawr iddo roedd Taid wedi symud i fyw i fflat bychan uwchben siop. Ac nid unrhyw hen siop, ond siop bapurau newydd. Ac nid unrhyw siop bapurau newydd, ond Siop Huw.

'Siop Huw?' gofynnodd Jac.

'Ia, dyna'i enw fo. Mi ddeudodd Huw ei fod wedi clywed drws dy daid yn cau tua hanner nos. Mi gnociodd ar ei ddrws ond doedd dim ateb. Aeth y creadur bach i banig a ffonio fan'ma.'

'Ble mae Dad?'

'Mi neidiodd i'r car rhyw gwpwl o oriau'n ôl a mynd i chwilio amdano.'

'Cwpwl o oriau?!' Doedd y plentyn ddim yn credu'r hyn roedd o'n ei glywed. 'Pam na fasach chi wedi 'neffro i?'

Ochneidiodd Mam unwaith yn rhagor. Roedd y sgwrs yn prysur droi'n fôr o ochneidiau. 'Mae dy dad a finnau'n gwybod dy fod yn meddwl y byd ohono fo, felly doedden ni ddim eisiau dy boeni di.'

'Wel dwi *yn* poeni!' atebodd y bachgen. Y gwir oedd ei fod o'n teimlo'n agosach at ei daid na neb arall o'r teulu, gan gynnwys ei fam a'i dad. Roedd treulio amser gyda Taid yn amhrisiadwy.

''Dan ni i gyd yn poeni,' atebodd Mam. 'Dwi'n poeni'n ofnadwy.'

'Wel, 'dan ni i gyd yn poeni'n ofnadwy.'

'Wel, dwi'n poeni'n ofnadwy ofnadwy.'

'Wel, 'dan ni gyd yn poeni'n ofnadwy ofnadwy ofnadwy. Rŵan, plis gawn ni beidio cael cystadleuaeth pwy sy'n poeni'n fwyaf ofnadwy!' gwaeddodd yn flin. Sylwodd Jac fod ei fam yn mynd yn fwy nerfus ac felly penderfynodd beidio ag ateb ei brawddeg olaf, er ei fod o'n poeni'n ofnadwy ofnadwy ofnadwy ofnadwy.

'Dwi 'di deud wrth dy dad ganwaith o'r blaen byddai'n well i dy daid fynd i gartref hen bobol!'

'Byth!' meddai'r bachgen. Roedd o'n nabod yr hen ŵr yn well na neb. 'Mi fyddai Taid yn casáu hynny!' Roedd Taid – neu Wing Commander Williams, fel yr oedd yn cael ei alw'n ystod y rhyfel – yn rhy falch i dreulio'i ddyddiau olaf yng nghanol hen bobol yn gwau ac yn gwneud croeseiriau.

Ysgydwodd Mam ei phen. 'Ti'n rhy ifanc i ddeall, Jac.'

Fel pob plentyn, roedd yn gas gan Jac glywed y geiriau

hynny. Ond nid hwn oedd yr amser i ddadlau. 'Plis, Mam, gawn ni fynd i chwilio amdano?'

'Wyt ti'n GALL, dwed?' atebodd hi. 'Mae hi'n rhewllyd heno!'

'Ond mae'n rhaid i ni wneud rhywbeth. Mae Taid allan 'na'n rhywle, ac ar goll!'

RING RING RING RING.

Rhuthrodd Jac am y ffôn cyn i'w fam allu ateb. 'Dad? Ble wyt ti? Sgwâr y dref? Mae Mam newydd ddeud y dylian ni fynd allan i chwilio amdano fo,' meddai Jac yn gelwyddog, wrth iddi edrych yn flin arno. 'Mi fyddwn ni yno mor fuan â phosib.'

Rhoddodd Jac y ffôn i lawr cyn gafael yn llaw ei fam.

'Mae Taid ein hangen ni ...' meddai.

Agorodd Jac y drws a rhedodd y ddau allan i'r tywyllwch.

4

Beic Tair Olwyn Ail-law

Edrychai'r dref yn anghyfarwydd iawn y noson honno, a phobman yn dywyll ac yn dawel. Roedd hi'n ganol gaeaf, y niwl fel bwgan dros y tir, a'r ddaear yn wlyb socian ar ôl glaw trwm.

Roedd Dad wedi mynd â'r car gan orfodi Jac i fynd ar ei feic tair olwyn. Beic i blant bach oedd hwn, yn anrheg ben-blwydd pan oedd o'n dair oed, a bellach roedd y beic yn llawer rhy fychan iddo. Ond doedd gan ei deulu ddim digon arian i brynu un newydd ac felly roedd rhaid i hwnnw wneud y tro.

Eisteddai Mam ar y cefn, yn cydio yn ei ysgwyddau. Petai un o'i ffrindiau ysgol wedi ei weld yn rhoi lifft i'w fam ar ei feic tair olwyn, mi fyddai Jac wedi gorfod mynd i fyw ar ei ben ei hun i ogof bellennig am weddill ei oes.

Wrth iddo bedlo'n gyflym i lawr y stryd, roedd caneuon corau meibion Taid i'w clywed ym mhen Jac. Ac o gofio mai beic tair olwyn plentyn bach oedd o, roedd yn drwm iawn, yn enwedig gyda'i fam yn eistedd ar y cefn gyda'i gŵn nos pinc, llaes yn chwifio yn y gwynt.

Wrth i olwynion y beic droi, troi hefyd roedd meddyliau Jac yn ei ben. Teimlai'r bachgen yn agosach at yr hen ŵr na neb arall; siawns na fedrai o ddyfalu ble'r oedd ei daid?

Welson nhw neb ar eu ffordd i sgwâr y dref, lle'r oedd golygfa drist yn eu disgwyl.

Yng nghar bach brown y teulu, dyna lle'r oedd Dad yn ei byjamas a'i hen gôt yn pwyso ar y llyw. Hyd yn oed o bellter roedd Jac yn gallu gweld bod ei dad wedi cyrraedd pen ei dennyn. Roedd Taid wedi mynd ar goll o'i fflat saith gwaith mewn ychydig fisoedd.

Pan glywodd o'r beic tair olwyn yn agosáu, sythodd Dad yn ei sedd. Roedd tad Jac yn denau a llwydaidd yr olwg. Gwisgai sbectol ac edrychai'n llawer hŷn na'i oed. Yn aml iawn roedd ei fab yn meddwl a oedd bod yn briod â'i fam wedi ychwanegu blynyddoedd at oedran go iawn y creadur.

Sychodd Dad ei lygaid gyda llawes ei gôt. Roedd hi'n amlwg ei fod wedi bod yn crio. Cyfrifydd oedd tad Jac, yn treulio pob diwrnod yn gwneud syms diflas, ac yn un oedd yn methu mynegi ei deimladau. Dyn tawel, diymhongar. Ond gwyddai Jac fod ei dad yn caru ei dad yn fawr, er bod y ddau mor wahanol. Roedd fel petai cariad at antur wedi osgoi un genhedlaeth, gyda phen ei daid yn y cymylau a phen ei dad wedi ei gladdu mewn rhifau.

'Ydach chi'n iawn, Dad?' gofynnodd y bachgen, gyda'i wynt yn ei ddwrn ar ôl yr holl bedlo.

Wrth i'w dad agor y ffenest daeth yr handlen i ffwrdd yn ei law. Byddai darnau'n disgyn i ffwrdd yn aml oherwydd bod y car yn hen ac yn rhydlyd.

'Yndw, yndw, dwi'n iawn,' atebodd y tad yn gelwyddog, wrth iddo edrych ar yr handlen yn ei law, heb y syniad lleiaf beth i'w wneud â hi.

'Dim golwg o'r hen ŵr?' gofynnodd Mam, gan wybod eisoes beth fyddai'r ateb.

'Na,' atebodd Dad yn dawel. Trodd ei ben er mwyn cuddio'r gofid yn ei lygaid. 'Dwi wedi chwilio amdano ym mhobman yn y dref ... ers oriau.'

'Wnaethoch chi chwilio yn y parc?' gofynnodd Jac.

'Do,' atebodd Dad.

'A'r orsaf reilffordd?'

'Do. Roedd hi wedi ei chloi dros nos ond doedd neb tu allan.'

Yn sydyn cafodd Jac syniad ysbrydoledig, mor ysbrydoledig nes iddo faglu dros ei eiriau. 'Y Gofeb Ryfel?!'

Syllodd y dyn ar ei fab cyn ysgwyd ei ben yn drist. 'Dyna'r lle cynta wnes i chwilio.'

'Wel, dyna ni, 'ta!' cyhoeddodd Mam. 'Rhaid galw'r

heddlu. Gawn *nhw* aros ar eu traed trwy'r nos yn chwilio amdano. Dwi'n mynd yn ôl i 'ngwely. 'Dan ni'n hysbysebu caws Caerffili arbennig ar y cownter fory ac mae'n bwysig 'mod i'n edrych ar fy ngora.'

'**Na!**' meddai Jac. O gofio'r sgwrs a glywodd yn y nos rhwng ei fam a'i dad, gwyddai Jac y byddai hynny'n drychineb. Cyn gynted ag y byddai'r heddlu'n dechrau busnesu byddai cwestiynau'n cael eu gofyn a ffurflenni i'w llenwi. Mi fyddai'r hen ŵr yn 'broblem'. Ac o ganlyniad i'w gyflwr mi fyddai doctoriaid yn ei archwilio ac yn penderfynu anfon Taid i gartref hen bobol. I rywun fel ei daid a oedd wedi byw bywyd annibynnol, anturus mi fyddai hynny'n waeth na'i anfon i garchar. Yn syml iawn, roedd rhaid dod o hyd iddo.

'**I FYNY, FYNY, FRY**...' sibrydodd y bachgen dan ei wynt.

'Be ddeudist ti?' gofynnodd Dad, ddim yn ei ddeall.

'Dyna be mae Taid yn ei ddeud pan 'dan ni gyda'n gilydd yn ei fflat. Wrth i ni godi i'r awyr mae o bob amser yn deud "**I FYNY, FYNY, FRY**".'

'Ia? Wel ... ?' mynnodd Mam. Tro hwn, mi edrychodd i fyny ac ochneidio ar yr un pryd. Dwbl mami-whami!

'Ia, wel ...' atebodd Jac. 'Betia i taw yn fan'no mae Taid. I fyny, fyny, fry yn rhywle.'

Meddyliodd y bachgen yn galed. Pa adeilad oedd yr uchaf yn y dref? Ar ôl rhai eiliadau cafodd syniad. **'Dilynwch fi!'** gwaeddodd Jac cyn pedlo fel cath i gythraul ar ei feic tair olwyn.

5

Taid, To a Trwbwl

Y man uchaf yn y dref oedd meindwr yr eglwys. Gellid ei weld o filltiroedd i ffwrdd. Roedd Jac yn rhyw amau y byddai Taid wedi ceisio'i ddringo. Pan oedd ar goll yn y gorffennol, cafwyd hyd iddo mewn mannau uchel – pen coeden neu ysgol – ac un tro ar ben bws deulawr. Roedd fel petai eisiau cyffwrdd yr awyr, fel y byddai o'n ei wneud pan oedd o'n beilot yn yr Awyrlu flynyddoedd maith yn ôl.

Wrth agosáu at yr eglwys gwelodd y bachgen silwét amlwg o ddyn yn eistedd ar ben y meindwr. Roedd siâp ei gorff i'w weld yn glir yng ngolau llachar y lleuad lawn.

O'r eiliad y gwelodd Jac ei daid fe wyddai'n iawn beth oedd yr hen ŵr yn meddwl roedd o'n ei wneud. Hedfan ei Spitfire.

Wrth droed yr eglwys fawr oedd y ficer bach, y Parchedig Puw Duw, dyn gyda chudyn o wallt hir wedi

ei gribo dros ei ben moel a gwallt wedi ei liwio mor ddu nes ei fod o'n las. Roedd ei lygaid mor fach â dannedd malwen, wedi eu cuddio tu ôl i sbectol rimyn du a orweddai'n gyfleus ar ei drwyn mochyn, a hwnnw bob amser yn anelu ar i fyny er mwyn iddo edrych i lawr ar bobol.

Doedd teulu Jac ddim yn ffyddlon yn yr eglwys ac felly yr unig dro roedd y bachgen wedi gweld y ficer oedd ar y stryd yn y dref. Ond un tro gwelodd y Parchedig Puw Duw yn cario cratiad o siampên drud yr olwg o'r archfarchnad. Ar achlysur arall, taerodd Jac ei fod wedi gweld yr un dyn yn pasio mewn Lotus Esprit ac yn ysmygu sigâr enfawr. Onid oedd ficeriaid i fod i helpu'r tlodion, meddyliodd Jac un tro, ac nid hel pres iddyn nhw eu hunain?

Gan ei bod yn ganol nos roedd y Parchedig Puw Duw yn gwisgo'i ddillad nos. Roedd ei byjamas a'i ŵn nos wedi eu gwneud o'r sidan gorau ac am ei draed roedd pâr o slipars melfed gyda'r llythrennau 'E' ac 'C' (Eglwys Cymru). Ar ei arddwrn roedd wats aur gyda deiamwntau drudfawr arni. Roedd hi'n bur amlwg ei fod o'n mwynhau pethau gorau bywyd.

'Dowch i lawr o fan'na!' bloeddiodd y Parchedig Puw Duw ar yr hen ŵr, wrth i'r teulu gyrraedd y fynwent.

'Nhaid i ydy o!' gwaeddodd Jac, a oedd unwaith eto'n fyr ei wynt ar ôl pedlo'n gyflym ar ei feic tair olwyn. Roedd arogl sigârs ar anadl y Parchedig Puw Duw, arogl roedd y bachgen yn ei gasáu ac yn ei wneud yn benysgafn.

'Wel, be ar y ddaear mae o'n ei wneud ar do f'eglwys i?'

'Ddrwg iawn gen i, ficer,' meddai Dad. 'Nhad ydy o. Mae o'n drysu weithiau ...'

'Yna mi ddylai fod dan glo! Mae o eisoes wedi symud peth o'r plwm oddi ar fy nho i!'

Ymddangosodd giang o ddynion garw yr olwg o'r tu ôl i'r cerrig beddau, eu pennau wedi eu heillio, tatŵs a dannedd ar goll. Gan eu bod yn gwisgo ofarôls ac yn cario rhawiau, meddyliodd Jac mai dynion agor beddau oedden nhw. Er, roedd hynny'n rhywbeth od i'w wneud yng nghanol nos.

Rhoddodd un ohonyn nhw dortsh i'r ficer cyn i hwnnw daflu golau'n syth i lygaid yr hen ŵr.

'DOWCH I LAWR AR UNWAITH!'

Unwaith eto, ni chafodd ateb. Yn ôl ei arfer, roedd Taid yn ei fyd bach ei hun. **'Pwyll pia hi! Cadw'r adenydd yn syth!'** meddai. Roedd hi'n berffaith amlwg i bawb ei fod o'n wirioneddol gredu ei fod o yn hedfan ei Spitfire.

'Wing Commander yma!' ychwanegodd Taid.

'Am be gythraul mae o'n mwydro?!' mynnodd y Parchedig Puw Duw, cyn yngan dan ei wynt, 'Mae'r dyn yn gwbwl wallgo!'

Yna, dyma un o'r torwyr beddau, cawr o ddyn, ei ben wedi ei eillio a thatŵ o we pry cop ar ei benelin, yn dweud, 'Odych

66

chi moyn i fi nôl dryll, Mr Parchedig Syr? Cwpwl o siots a bydde fe lawr mewn ... wel, mewn siot!'

Chwarddodd rhai o'r torwyr beddau eraill wrth werthfawrogi'r jôc wan.

Dryll?! Roedd yn rhaid i'r bachgen feddwl yn gyflym os oedd ei daid am ddod i lawr yn saff. 'Na, alla i ei gael o'r twr.' Roedd gan Jac syniad. Gwaeddodd ar ei daid, gan ddynwared acenion posh y ffilmiau rhyfel roedd y ddau'n arfer eu gwylio. 'Wing Commander Williams? Eich Squadron Leader sy 'ma, at eich gwasanaeth.'

Edrychodd yr oedolion yn hurt arno.

'Wing Commander Williams yma. Dim byd i'w adrodd ar hyn o bryd, Squadron Leader. Does dim sôn am y Luftwaffe heno dros Fae Abertawe.'

'Diolch, Wing Commander. Cewch ddychwelyd i'ch barics, felly.'

'Diolch, syr!'

O droed yr eglwys, edrychodd pawb i fyny ar yr hen ŵr wrth iddo ddychmygu glanio ei Spitfire yn berffaith, a hynny tra oedd yn dal i eistedd ar y meindwr. Roedd Taid yn argyhoeddedig ei fod o'n dal wrth lyw'r awyren; wnaeth o hyd yn oed feimio diffodd yr injan. Wedyn agorodd do gwydr y cocpit a dringo allan.

Caeodd Dad ei lygaid. Nid oedd yn gallu gwylio'r olygfa gan ei fod o'n ofni bod ei dad am ddisgyn. Roedd llygaid Jac hefyd fel bylbiau enfawr yn ei ben.

Dringodd yr hen ŵr yn ôl i lawr y meindwr i'r to. Am eiliad safodd ar ben y to cyn cerdded yn hapus braf ar ei hyd. Ond roedd un darn o blwm, un yr oedd wedi ei symud yn gynharach wrth ddringo, wedi gadael bwlch ar y to ac felly ar ôl cwpwl o gamau ...

... a hedfanodd Taid trwy'r awyr.

'Naaaa!' gwaeddodd Jac.

'DAD!' gwaeddodd Dad.

'Aaaaa!' sgrechiodd Mam.

Edrychodd y ficer a'r torwyr beddau yn od arnyn nhw. Sglefriodd yr hen ŵr i lawr y to gan ddisodli rhai o deils plwm, gwerthfawr y ficer.

RHACS!
RHACS!

Wrth iddyn nhw ddisgyn yn deilchion i'r llawr bownsiodd Taid dros ymyl y to.

WHYSH!

Ond ar yr union eiliad honno, heb ddim ffys na ffwdan, llwyddodd yr hen ŵr i afael mewn darn o'r

gwter a daeth ei gwymp i ben. Siglai ei goesau tenau yn yr awyr, ei slipars yn taro yn erbyn gwydr lliw ffenest yr eglwys.

'Byddwch yn ofalus o'm **ffenest liw** i!' gwaeddodd y ficer.

'Daliwch eich gafael, Dad', gwaeddodd tad Jac.

'Ddeudish i y dylian ni fod wedi galw'r heddlu,' meddai Mam, ei geiriau'n fawr o gymorth i neb.

'Mae gen i fedydd yn yr eglwys peth cynta bore fory!' eglurodd y Parchedig Puw Duw. 'Allwn ni ddim treulio'r bore'n glanhau gweddillion eich taid!'

'Dad? DAD?' gwaeddodd tad Jac.

Meddyliodd Jac am eiliad. Os na fyddai'n gwneud rhywbeth yn fuan mi fyddai Taid yn disgyn yn glewt i'r llawr.

'Neith o'm ymateb i'r geiriau yna,' meddai'r bachgen. 'Gadewch i mi drio.' Yna, gwaeddodd Jac unwaith yn rhagor. 'Wing Commander? Squadron Leader sy 'ma eto!'

'A! Fan'na dach chi!' gwaeddodd Taid o'r gwter. Roedd llysenw Jac bellach yn un real iawn i'r hen ŵr. Credai Taid mai ei gyd-beilot oedd yn siarad ag o.

'Cerddwch i'r dde, ar hyd adain yr awyren,' gwaeddodd Jac.

Arhosodd Taid am ennyd cyn ateb, 'Iawn, syr.' Wedyn dringodd gyda'i ddwylo ar hyd y gwter. Roedd tacteg Jac yn un annisgwyl ond mi weithiodd. Os oeddech angen cyfathrebu efo Taid

roedd rhaid mynd i'w fyd o.

Sylwodd Jac fod peipen law ar ochr yr eglwys.

'Wing Commander,

ydach chi'n gweld y beipen wrth ymyl eich llaw dde?' gwaeddodd y bachgen.

'Yndw, Squadron Leader.'

'Gafaelwch yn dynn ynddi, syr, a dringwch i lawr yn araf.'

Edrychodd Mam a Dad yn gegrwth wrth i Taid swingio fel acrobat o'r gwter i'r beipen. Safodd amser yn stond wrth iddo gydio yn un pen o'r beipen law, ond yn anffodus roedd pwysau Taid yn rhy drwm iddi. Daeth hi'n rhydd o'r wal a dechrau plygu i gyfeiriad y llawr.

GwWiIiIICH meddai'r beipen.

A oedd Jac wedi dweud y peth anghywir? A oedd o'n gyfrifol am y ffaith fod ei daid ar fin disgyn yr holl ffordd i'r llawr?

Rhoddodd y bachgen sgrech annaearol. 'NAAAAAAAAAAAA!'

6

Bwldosar heb Frêcs

Er mawr rhyddhad i Jac, ni thorrodd y beipen law ond yn hytrach mi blygodd yn araf i'r llawr dan bwysau'r hen ŵr. O'r diwedd, glaniodd yn saff ar y ddaear.

Ar ôl i'w slipars gyffwrdd â gwair gwlyb y fynwent, martsiodd Taid i gyfeiriad y gweddill a'u saliwtio, unwaith eto mewn acen posh. 'Wing Commander Williams at eich gwasanaeth.'

Doedd Mam ddim yn orhapus â'r actio gwirion.

'Wing Commander?' dywedodd y bachgen. 'Gadewch i mi fynd â chi i'r car. Awn ni â chi'n ôl i'r barics cyn gynted â phosib.'

'I'r dim!' atebodd Taid.

Gafaelodd Jac yn ei fraich a'i arwain i gyfeiriad hen gar rhydlyd y teulu. Wrth iddo agor y drws, daeth yr handlen yn rhydd. Gosododd ei daid yn saff yn y sedd gefn cyn cau'r drws er mwyn i'r hen ŵr gael cyfle i gynhesu, a hithau'n noson oer, aeafol.

Wrth i Jac redeg yn ôl ar draws y fynwent, clywodd y Parchedig Puw Duw yn dweud wrth ei rieni, 'Dyw'r dyn yna ddim hanner call! Rhaid ei roi dan glo ...'

'Mae o'n berffaith iawn, diolch yn fawr!' meddai Jac, gan dorri ar draws y sgwrs.

Edrychodd y ficer i lawr ar Jac a gwenu, gan ddangos ei ddannedd, rhai fel y cymeriad 'Jaws' yn ffilmiau James Bond. Sylwodd Jac fod y dyn yn edrych fel petai newydd gael syniad. Yn sydyn, newidiodd y ficer dôn ei lais. 'Mr a Mrs ... ?' dechreuodd unwaith eto, gan swnio'n garedig a chwrtais.

'Williams,' atebodd Mam a Dad gyda'i gilydd.

'Mr a Mrs Williams, fel ficer ers rhai blynyddoedd, dwi wedi dod â llawer iawn o gysur i hen bobol y plwyf, a hoffwn i gael y cyfle i roi cymorth i'r hen ŵr.'

'O, fasach chi wir?' meddai Mam yn eiddgar, fel pysgodyn llwglyd yn llyncu bachyn.

'O, baswn i wrth fy modd, Mrs Williams. A dweud y gwir, dwi'n gwybod am le delfrydol iddo fo, rhywle agorwyd yn ddiweddar ar ôl i'r hen gartref gael ei chwalu i'r llawr gan fwldosar ... yn DDAMWEINIOL wrth gwrs ... y brêcs wedi torri.'

O gornel ei lygaid sylwodd Jac fod y torwyr beddau'n lled-chwerthin. Doedd y bachgen ddim yn deall yn iawn pam, ond teimlai fod rhywbeth o'i le.

'Do, wnaethon ni ddarllen yr hanes yn y papur lleol,' atebodd Dad. 'Bwldosar heb frêcs ... pwy fysa'n meddwl, e?'

'Mae Duw'n gweithredu mewn dirgel ffyrdd,' atebodd y Parchedig Puw Duw.

'Wyddoch chi, Mr Ficer?' ychwanegodd Mam. 'Dwi wedi bod yn deud wrth y ddau yma nes fy mod i'n hurt bost fod angen rhoi Taid mewn cartref. Ac mae Jill wrth y cownter caws yn cytuno efo fi.'

'O? Dach chi'n gweithio ar y cownter hwnnw?' gofynnodd y Parchedig Puw Duw. 'Ro'n i'n amau fy mod i'n ogleuo caws Caerffili!'

'Ar ei ben!' ebychodd Mam. 'Caerffili – fy arbenigedd. Arogl hyfryd, on'd tydi, Mr Ficer? Fel persawr.'

Syllodd Dad i'r nefoedd.

'Dim ots be mae hwn yn feddwl, mae Jill yn cytuno â mi,' meddai Mam, cyn ychwanegu, 'A chartref hen bobol fyddai'r lle gorau iddo fo.'

Edrychodd Jac ar ei dad ac ysgwyd ei ben yn galed, ond cymryd arno i anwybyddu ei fab wnaeth y tad.

'Ydy o'n lle hyfryd?' gofynnodd Dad.

'Mr Williams, faswn i byth yn ei argymell heblaw ei fod o'n lle hyfryd,' meddai'r ficer, mor ffals â dannedd Taid. 'Mae o'n well na hyfryd. Mae o fel Disneyland i oedolion. Yr unig broblem yw ei fod o'n boblogaidd ...'

'Ydy o?' gofynnodd Dad, hefyd bellach wedi llyncu abwyd y dyn gyda choler gron.

'O, yndi, mae'n anodd iawn cael lle ynddo,' meddai'r Parchedig Puw Duw.

'Wel, dyna ni felly,' meddai Jac. 'Fedar o ddim mynd yno.'

Heb gymryd anadl, parhau i siarad wnaeth y ficer. 'Ond yn ffodus iawn dwi'n nabod y fetron sy'n gofalu am y lle yn dda. Miss Ini Ffinihadoc. Dynes hyfryd, a dynes ddel hefyd – dwi'n siŵr y cytunwch chi â mi pan wnewch chi ei chyfarfod. Os ydach chi'n dymuno, gallaf ofyn iddi a fyddai'n bosib i'ch taid annwyl gael blaenoriaeth.'

'Dach chi'n garedig iawn, Mr Ficer,' meddai Mam.

'Beth yw enw'r lle?' holodd Dad.

'Tŷ Arch,' atebodd y Parchedig Puw Duw. 'Tydi o ddim yn bell o fan hyn. Ar gyrion y waun. Os ydach chi'n dymuno, gallaf ffonio Miss Ffinihadoc y funud yma a gofyn i un o'r hogiau fynd â fo yno heno ...' Cyfeiriodd y ficer at y torwyr beddau cas yr olwg.

'Mi fyddai hynny'n arbed trafferth,' cytunodd Mam.

'NA!' sgrechiodd Jac.

Bwriad Dad oedd cael y teulu i gymodi. 'Wel, diolch yn fawr iawn ichi, ficer. Wnawn ni feddwl am eich cynnig.'

'Na, wnawn ni ddim!' mynnodd Jac eto. 'Tydi Taid ddim yn mynd i unrhyw gartref! BYTH!'

Gwthiodd Dad ei wraig a'i fab i gyfeiriad y car ble'r oedd Taid wedi bod yn disgwyl yn amyneddgar.

Ond wrth i Jac eu dilyn gam neu ddwy y tu ôl, a heb i'w rieni glywed, sibrydodd y ficer yn dawel yn ei glust, 'Gawn ni weld am hynny, 'ngwas i ...'

7

Disneyland i Hen Bobol

Roedd hi bron wedi gwawrio erbyn iddyn nhw gyrraedd adref. Llwyddodd Jac i berswadio'i rieni y byddai'n well i'r hen ŵr dreulio'r noson gyda'r teulu yn hytrach nag yn ei fflat unig.

Eglurodd y bachgen hyn i'w daid mewn ffordd y byddai'n ei deall. 'Mae Prif Farsial yr Awyrlu wedi rhoi gorchymyn i chi newid baric.'

Cyn hir, roedd Taid yn cysgu'n drwm ar waelod y gwely bync, ac yn chwyrnu fel mochyn.

ChChChChChCh!
ChChChCh!

Roedd dau bigyn main ei fwstásh yn codi ac yn gostwng gyda phob anadl.

Yn methu cysgu, a'i galon yn curo fel drwm ar ôl antur y

noson, llithrodd y bachgen i lawr o ben y gwely bync. Yn ôl yr arfer, clywodd leisiau gwan ei rieni i lawr y grisiau a phenderfynodd glustfeinio. Agorodd ddrws ei ystafell wely'n ofalus heb wneud yr un smic. Eisteddodd ar y carped ar ben y grisiau gyda'i glustiau'n gwrando, fel cwningen nerfus.

'Roedd Mr Ficer yn iawn,' meddai Mam. 'Cartref hen bobol yw'r lle gorau iddo.'

'Dwi ddim mor siŵr, Barbara,' atebodd Dad. 'Fydd Taid ddim yn hapus mewn lle felly.'

'Wnest ti ddim gwrando ar y dyn caredig 'na? Be ddeudodd Mr Ficer am Dŷ Arch?'

''Deud ei fod fel Disneyland i hen bobol?'

'Hollol! Rŵan, dwi ddim yn meddwl am funud y bydd yno drên sgrech, rolarcostars a rhywun wedi ei wisgo fel llygoden anferth, ond mae'r lle'n swnio'n hyfryd.'

'Ond—'

'Mae'r ficer yn ddyn yr eglwys. Fasa fo byth yn deud celwydd!' meddai Mam, yn reit siarp.

'Efallai *bod* y lle fel y disgrifiodd o. Ond mae Taid wastad wedi hoffi bod yn annibynnol.'

'Yndi!' meddai Mam, yn teimlo ei bod ar fin ennill y

ddadl. 'Mor annibynnol nes ei fod o'n dringo i ben to'r eglwys yng nghanol nos!'

Bu tawelwch am ennyd. Doedd gan Dad ddim ateb i hynny.

'Gwranda, Barry, be arall allwn ni ei wneud?' ychwanegodd Mam. 'Mae'r hen ŵr yn peryglu ei fywyd. Bu bron iddo ddisgyn i lawr o'r to a lladd ei hun!'

'Dwi'n gwybod. Dwi'n gwybod ...' ochneidiodd Dad.

'Wel?'

'Efallai mai hynny fyddai orau.'

'Dyna hynna wedi ei setlo unwaith ac am byth. Gallwn ni fynd â fo i Dŷ Arch fory.'

Wrth i Jac glywed hyn o ben y grisiau, cronnodd deigryn yn ei lygaid cyn llithro'n araf i lawr ei foch.

8

Deud dy Ddeud!

Bore trannoeth, yn ôl ei arfer, roedd Taid yn ymddwyn fel petai dim byd anghyffredin wedi digwydd. Wrth iddo fwynhau ei facwn a'i wyau yng nghegin y teulu, roedd hi'n amlwg nad oedd o'n cofio dim am yr hyn ddigwyddodd y noson cynt.

'Mwy o fara, ar unwaith, forwyn fach, ar frys!' gorchmynnodd.

Doedd Mam ddim yn hoff iawn o gael ei thrin fel hyn. Edrychodd ar ei gŵr, gan ddisgwyl iddo wneud rhywbeth ynglŷn â'r peth ond penderfynodd Dad gymryd arno ei fod o'n darllen ei bapurau newydd.

Taflwyd dwy dafell o fara gwyn ar y bwrdd ac ymhen dim dechreuodd Taid socian y saim oddi ar ei blât. Wrth iddo sglaffio'r bara, dywedodd yn hy, 'Dwedwch wrth y gogyddes y cymera i fara saim y tro nesa, os gwelwch yn dda!'

'O, dach chi'n deud!' atebodd Mam yn goeglyd.

Cuddiodd Jac wên fawr, lydan.

Tolltodd yr hen ŵr ei de i'w geg cyn gweiddi, 'I lawr y lôn goch!' Dyna roedd o'n ei ddweud bob tro wrth yfed unrhyw ddiod.

'Mam, Dad, dwi wedi bod yn meddwl,' cyhoeddodd y bachgen. 'Gan 'mod i wedi mynd i'r gwely mor hwyr neithiwr dwi'n meddwl y byddai'n well imi beidio mynd i'r ysgol heddiw.'

'Beth?!' ebychodd Mam.

'Rhoi cyfle imi aros fan'ma i edrych ar ôl Taid. Deud y gwir, ella dyliwn i aros o'r ysgol am wythnos fach!'

Doedd Jac ddim yn rhy hoff o'r ysgol. Gan ei fod newydd gael ei ben-blwydd yn ddeuddeg oed, bu raid iddo fynychu'r ysgol fawr. Nid oedd wedi llwyddo i wneud ffrindiau yno eto. Unig ddiddordebau'r plant eraill oedd y seren bop ddiweddaraf neu ryw declyn newydd. Gan mai 1983 oedd hi, treuliai llawer o blant eu hamser yn chwarae efo Rubik's Cube dan eu desgiau. Methodd Jac â ffeindio yr *un* disgybl gyda diddordeb angerddol mewn awyrennau. Pan soniodd Jac am ei hobi ar ei ddiwrnod cyntaf, chwarddodd y plant am ei ben. Felly dysgodd Jac gau ei geg yn dynn.

'Ti yn mynd i'r ysgol heddiw, 'ngwas i!' Defnyddiai Mam y geiriau ''ngwash i' bob tro roedd o wedi gwneud rhywbeth o'i le. 'Deud wrth fo, Barry!'

Cododd Dad ei ben o'i bapur newydd. 'Wel, mi roedd hi'n noson hwyr neithiwr ...'

'BARRY!'

Penderfynodd y gŵr yn syth mai syniad gwael oedd tynnu blewyn o drwyn ei wraig, a newidiodd ei safbwynt. '... Ond wrth gwrs dyliat ti ddim colli diwrnod o'r ysgol. Ac yn y dyfodol hoffwn iti wneud pob dim mae dy fam annwyl yn ddeud 'that ti.' Yna ychwanegodd braidd yn ddigalon, 'Dyna fydda i'n ei wneud.'

Yna, dyma'r wraig yn rhoi pwniad amlwg i'w gŵr yn ei ysgwydd. Roedd hi eisiau iddo ddweud wrth Jac am y penderfyniad mawr ynglŷn â Taid. Gan fod Dad heb ymateb ar unwaith, rhoddodd bwniad arall iddo. Tro hwn, roedd y pwniad mor galed nes iddo weiddi, 'Aw!'

'Bar-ry ...' meddai, gan slyrian. Dyna sut roedd Mam yn dweud ei enw pan oedd hi'n ceisio'i annog i wneud rhywbeth.

Rhoddodd Dad ei bapur i lawr cyn cymryd ei amser i'w blygu'n dwt, a'r cyfan er mwyn oedi cyn gorfod siarad. Edrychodd yn syth at ei dad.

Roedd Jac yn ofni'r gwaethaf.

Ai dyma pryd roedd Dad am ddweud wrth Taid ei fod am gael ei anfon i Dŷ Arch?

'Gwrandwch, Dad. Dach chi'n gwybod ein bod ni'n eich caru chi yn fwy na dim byd arall ac yn dymuno dim ond y gorau i chi ...'

Yfodd Taid ei de yn swnllyd, fel mochyn mewn cafn. Doedd hi ddim yn amlwg ei fod wedi clywed geiriau ei fab o gwbwl, achos roedd ei lygaid yn berffaith lonydd. Dechreuodd Dad siarad eto, y tro hwn yn arafach ac yn uwch na'r tro cynt.

'Ydych ... chi ... yn gwr-an-do ... arna ... i?'

'Deud dy ddeud, Cadét!' atebodd Taid. Cilwenodd Jac. Doedd dim yn well ganddo na chlywed ei daid yn cyfarch ei dad fel aelod o'r rheng isaf un yn yr Awyrlu.

Dyma rengoedd yr Awyrlu –

Swyddog Cadét (baw isa'r domen)

Swyddog Peilot Dros Dro (bron yn y domen)

Swyddog Peilot (dechrau gwella)

Swyddog Hedfan (gellir gwneud yn well)

Lefftenant yr Awyrlu (ddim yn ddrwg)

Squadron Leader (gwell byth)

Commander (gwell byth eto)

Capten (www, dach chi wedi gwneud yn dda)

Comodôr (tydw i'n bwysig!)

Is-farshal (siŵr fod eich mam yn falch ohonoch)

Marshal (www, da!)

Prif Farsial (bron yno, cariad)

Marsial yr Awyrlu Brenhinol
(Mr Ylwch-chi-fi-pwysig-pwysig-haul-yn-codi-o-'mhen-ôl-i)

Cymerodd Dad (neu Swyddog Cadét Williams, fel roedd Taid yn arfer ei alw) wynt mawr cyn dechrau eto. 'Wel, 'dan ni i gyd yn eich caru chi'n fwy na dim byd arall a 'dan ni i gyd yn meddwl, wel, syniad y ... y ... forwyn...'

Syllodd Mam ar Dad fel petai wedi gollwng cosyn o'r caws gorau mewn baw gwartheg.

'... Syniad Barbara, dwi'n feddwl. Ond ar ôl trafod neithiwr rydan ni'n dau'n cytuno. Rydyn ni'n meddwl y byddai hi'n syniad da i chi fynd i ...'

Roedd yn rhaid i Jac ddweud rhywbeth, unrhyw beth. Rhaid oedd oedi'r penderfyniad, felly cyn i Dad orffen ei frawddeg, gwaeddodd Jac, ' ... i'r ysgol heddiw efo fi!'

9

Sialc pob Lliw

Drwy'r tymor, bu Jac yn swnian ar Miss Jones ei athrawes Hanes yn gofyn iddi wahodd Taid i'r dosbarth. Yn ei ysgol newydd roedd y plant wedi dechrau astudio'r Ail Ryfel Byd. A phwy'n well i'w dysgu na rhywun oedd wedi bod yn rhan o'r rhyfel? Ar ben hynny, mi fyddai'r plant eraill yn gweld pa mor cŵl oedd ei daid. Efallai wedyn byddai'r syniad o gasglu modelau o awyrennau ddim mor drist wedi'r cwbwl.

Dynes dal, denau oedd Miss Jones, yn gwisgo sgert reit i lawr at ei fferau a choler ei blows i fyny at ei gên. Crogai ei sbectol o amgylch ei gwddf ar gadwyn aur. Roedd hi'n un o'r athrawon hynny oedd yn gallu gwneud pwnc diddorol i swnio'n hynod anniddorol. Gallai Hanes fod yn gyffrous, gyda straeon am yr arwyr a'r dihirod a lywiodd tynged y byd, brenhinoedd a breninesau gyda gwaed ar eu dwylo, brwydrau ffyrnig, ac arteithio ciaidd a chreulon.

Yn anffodus, roedd dull dysgu Miss Jones yn ddiflas tu hwnt. Yr unig beth fyddai hi'n ei wneud fyddai ysgrifennu dyddiadau ac enwau ar y bwrdd du gyda gwahanol liwiau o sialc. Yna, byddai ei disgyblion yn copïo popeth yn eu llyfrau. **'Ffeithie! Ffeithie! Ffeithie!'** gwaeddai, wrth scriblan. Yr unig beth o ddiddordeb iddi oedd ffeithiau. Yn ystod un wers arbennig, dringodd bechgyn slei ei dosbarth trwy'r ffenest a mynd i gicio pêl ar yr iard. Ni sylwodd Miss Jones eu bod wedi diflannu achos roedd ei thrwyn yn sownd yn y bwrdd du.

Doedd perswadio'r athrawes Hanes i wahodd Taid i'r dosbarth ddim wedi bod yn waith hawdd. Yn y diwedd, bu raid i Jac ei llwgrwobrwyo gyda phecyn o sialciau lliwgar o'r siop bapurau newydd leol. Yn ffodus i'r bachgen, roedd Huw, perchennog y siop, wedi eu gwerthu iddo fel un o'i 'gynigion arbennig'. Roedden nhw i'w cael am ddim gyda bocs o siocledi oedd wedi llwydo.

Yn lwcus iawn, Hanes oedd ail wers y diwrnod, oblegid roedd ymweliad Taid wedi gorfodi ei ŵyr i fod yn hwyr i'r ysgol. Yn gyntaf oll, bu raid perswadio'r hen ŵr mai 'ysgol hedfan yr Awyrlu' oedd hi, ac nid yr ysgol gyfun

leol. Yn ail, trodd y 'ffordd fer' i'r ysgol yn 'ffordd hir' wrth i Taid fynnu dringo i ben y goeden uchaf yn y parc er mwyn iddo allu 'cadw golwg ar awyrennau'r gelyn'. Gan fod dod i lawr o'r goeden yn cymryd llawer iawn mwy o amser na'i dringo, bu raid i Jac fenthyca ysgol gan lanhawr ffenestri cyfagos er mwyn helpu'r hen ŵr i'r llawr.

Wrth i'r ddau gamu trwy giatiau'r ysgol, edrychodd Jac ar ei wats Awyrlu a sylweddolodd fod y wers Hanes wedi dechrau ers deng munud! Ac os oedd un peth yr oedd Miss Jones yn ei gasáu, bod yn hwyr oedd hynny. Trodd pawb i edrych ar Jac wrth iddo gerdded i mewn i'r dosbarth yn llawn cywilydd, a'i wyneb yn goch fel tomato. Roedd yn casáu unrhyw sylw.

'Pam odych chi'n hwyr, grwt?' gofynnodd Miss Jones, wrth iddi dynnu ei thrwyn oddi ar y bwrdd du.

Ond cyn i Jac gael cyfle i ateb, daeth Taid i mewn.

'Wing Commander Williams at eich gwasanaeth, madam,' meddai gan saliwtio, cyn plygu a chusanu llaw yr athrawes.

'Miss Jones,' atebodd hithau, gan led-chwerthin gyda'i llaw dros ei cheg. Roedd hi'n amlwg wedi gwirioni ar ymddygiad cwrtais Taid. Mae'n bur debyg bod sawl blwyddyn wedi mynd heibio ers i unrhyw ddyn roi sylw iddi. Parhau i led-chwerthin wnaeth yr athrawes, cyn i'r dosbarth wneud yr un peth. I'w tawelu, rhythodd arnyn nhw fel petai newydd ffeindio lwmp o faw ci yn ei drôr. Roedd ei rhythu cas yn gweithio bob tro.

'Eisteddwch, Mr Williams. O'dd dim syniad 'da fi eich bod chi'n dod yma heddi.' Rhythodd ar Jac. Gwenodd

Jac yn ôl yn gynnes. 'Ond rydych chi yma nawr felly fe wnewn ni'n gore. Wy'n deall eich bod am weud eich hanes 'thon ni amdanoch chi'n beilot yn ystod yr Ail Ryfel Byd?'

'Roger!' atebodd Taid.

Trodd yr athrawes at y drws rhag ofn bod rhywun o'r enw 'Roger' ar fin dod i mewn. 'Yyy ... pwy yw Roger?'

'"Iawn" mae o'n feddwl, miss,' eglurodd Jac.

'Llaw i fyny os ydych chi moyn gweud rhywbeth, grwt!' meddai hi'n siarp, cyn troi at daid Jac. 'Ni newydd ddechre astudio hanes y Blits dros Abertawe. Allwch chi weud 'thon ni rywfaint o'ch profiad personol o'r digwydd arbennig hwnnw, os gwelwch yn dda?'

Ysgydwodd Taid ei ben a throi pigau ei fwstásh unigryw. 'Wrth gwrs, madam. Ers diwedd 1940 roedden ni'n amau bod gan y gelyn gynlluniau mawr. Dymuniad Mr Hitler oedd creu **chwalfa anferth**. Cofio ein radar ni'n sylwi, ganol Chwefror y flwyddyn wedyn, ar sgwadron enfawr o

Luftwaffe Junkers yn nesáu at yr arfordir gydag awyrennau Messerschmitt yn eu gwarchod. Roedd cymaint ohonyn nhw'r diwrnod hwnnw roedd yr awyr yn ddu.'

Yng nghefn y dosbarth roedd Jac mor falch â phaun. Roedd yr holl ddosbarth ar gledr llaw ei daid, yn gwrando ar bob gair. Am eiliad teimlodd fel y disgybl mwyaf cŵl yn yr ysgol.

'**Doedd gynnon ni ddim amser i'w wastraffu.** Roedd y gelyn yn nesáu'n gyflym. Ac os nad o'n ni'n eu concro yn yr awyr, a hynny ar unwaith, mi fasan ni'n cael ein concro ar y ddaear.'

'O, na,' meddai merch, yn gegrwth yn y rhes flaen.

'O, ia!' atebodd Taid. 'Mi fyddai'r maes awyr cyfan wedi mynd ar dân. Fy sgwadron i oedd y cynta i fod yn barod, ac fel y Wing Commander, fi oedd yn ein harwain ni. Ymhen eiliadau roeddan ni yn yr awyr. **I FYNY, FYNY, FRY!** Troed ar y sbardun ac roedd fy Spitfire yn mynd ar gyflymder o 300 milltir yr awr ...'

'Waw!' gwaeddodd bachgen o'r cefn, wrth godi ei ben o'i gylchgrawn pêl-droed. '300 milltir yr awr!'

'Cefais neges ar y radio gan y Prif Farsial yn dweud bod mwy ohonyn nhw na ni. Bedair gwaith yn fwy.

Felly bu raid i mi feddwl y gyflym. Roedd angen rhoi syrpréis iddyn nhw. Gorchmynnais y sgwadron i guddio uwchben y cymylau. Y cynllun oedd disgwyl tan iddyn nhw ddod mor agos fel y gallwn ni eu hogleuo, ac yna

YMOSOD!'

'Pa ddyddiad yn gwmws oedd hwn, Mr Williams?' gofynnodd yr athrawes, gan dorri ar draws. 'Wy moyn ei nodi ar y ford ddu mewn sialc coch. Dyddiade bob amser mewn sialc coch.'

Roedd gan Miss Jones reolau llym ynglŷn â pha liwiau roedd hi'n eu rhoi ar y bwrdd du –

Sialc coch – dyddiadau

Sialc gwyrdd – lleoedd

Sialc glas – digwyddiadau

Sialc oren – brwydrau enwog

Sialc pinc – dyfyniadau

Sialc piws – brenhinoedd a breninesau

Sialc melyn – gwleidyddion

Sialc gwyn – arweinwyr milwrol

Sialc du – nid yw'n bosib ei weld ar fwrdd du.

Ei ddefnyddio dim ond pan oedd raid.

Meddyliodd Taid am ennyd. Llyncodd Jac ei boer. Doedd yr hen ŵr ddim yn rhy hoff o ddyddiadau.

Ond o'r diwedd, atebodd yn hyderus. 'Y pedwerydd ar bymtheg o Chwefror, un ar ddeg o'r gloch yn y bore. Cofio'n iawn!'

Ysgrifennodd yr athrawes y **ffeithie, ffeithie, ffeithie** hyn i gyd ar y bwrdd du, gyda'r sialc coch yn gwichian wrth i Taid barhau â'i stori.

'Felly dyma fi'n disgwyl tan yr eiliad olaf. A chyn gynted ag y gwelais i'r Messerschmitt gynta yn dod allan o'r cymylau, rhoddais y gorchymyn:

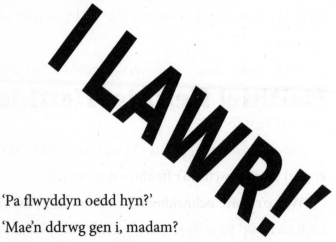

'Pa flwyddyn oedd hyn?'

'Mae'n ddrwg gen i, madam?'

'Pa flwyddyn oedd hyn?' meddai hi eto.

Yna trychineb. Aeth wyneb yr hen ŵr yn wacach na gwag.

10

Ffeithie, Ffeithie, Ffeithie

O gefn y dosbarth, ceisiodd Jac amddiffyn ei daid. 'Miss, mi fyddai'n well i chi beidio torri ar ei draws trwy ofyn cwestiynau ...'

'Ond mae hon yn wers Hanes! Ni moyn **ffeithie! ffeithie! ffeithie!**' atebodd Miss Jones.

'Plis, miss. Rhowch gyfle i'r Wing Commander orffen ei stori ac mi gewch chi'r ffeithiau nes ymlaen.'

'Wel, o'r gore,' ochneidiodd yr athrawes, gyda'i sialc coch yn barod yn ei llaw. 'Ewch ymlaen, Mr Williams.'

'Diolch yn fawr, madam,' meddai Taid. 'Rŵan, ble'r o'n i?'

Roedd hi'n bur amlwg bod yr hen ŵr wedi cael ei daflu oddi ar ei echel. Diolch i'r drefn fod ei ŵyr yn gwybod y stori tu chwith allan. Clywodd yr hanes arbennig hwn gannoedd o weithiau, a hynny'n ddiflino. Rhoddodd Jac bwt o gymorth i'w daid. 'Mi welsoch chi'r Messerschmitt a rhoi gorchymyn i— '

'Fynd i lawr! Ia, dyna wnes i! Cyn gynted ag y daeth y sgwadron o Spitfires drwy'r cymylau, sylweddolon ni y byddai hon yn frwydr enbyd.' Goleuodd llygaid Taid. Roedd o'n ôl yn y gyflafan fel petai wedi digwydd y diwrnod cynt. 'Roedd y radar wedi amcangyfrif cyfanswm o gant o awyrennau. Ond roedd hyn yn edrych yn debycach i ddau gant! Cant o Junkers a rhyw gant o Fesserschmitts. A dim ond saith ar hugain o Spitfires oedd gynnon ni.'

Roedd y plant wrth eu boddau. Yn gyflym, scriblodd Miss Jones y **ffeithiau ffeithiau ffeithiau** hollbwysig ar y bwrdd du, ffeithiau megis sawl awyren oedd ar bob ochr, a hynny mewn sialc amryliw. Cyn gynted ag yr oedd hi wedi gorffen, dewisiodd y sialc coch (dyddiadau'n unig) ac agorodd ei cheg fel petai ar fin siarad. Ond cyn iddi ddweud gair, gwaeddodd yr holl ddosbarth, **"SHYYYYYSH!"**

Roedd Taid yn ei elfen bellach, a'r plant wedi eu swyno. 'Taniais y *machine gun* a dechreuodd y frwydr – brwydr anturus ond dychrynllyd ar yr un pryd – gyda'r awyr yn llawn bwledi, mwg a thân.

Bang!

Saethais y Messerschmitt gynta. Parasiwtiodd peilot y Luftwaffe allan o'i awyren.

Bang!

Ac un arall!

Ein bwriad y diwrnod hwnnw oedd saethu'r Junkers. Rheini oedd yr awyrennau peryglus. Roedd pob un o'r bomars hynny'n cario tunelli o ffrwydriadau. Os na fyddwn ni'n eu stopio mi fyddai'r bomiau'n glanio ar ben y bobol ar y ddaear. I fyny yn yr awyr aeth y frwydr ymlaen am oriau. Rhaid bod yr Awyrlu wedi saethu hanner cant o awyrennau'r gelyn y diwrnod hwnnw. Ac roedd llawer o'r Luftwaffe wedi eu difrodi mor ddrwg fel bu raid iddyn nhw fynd yn ôl ar draws y Sianel gyda'u cynffonau rhwng eu coesau. Dychwelodd fy sgwadron i'n ôl y diwrnod hwnnw fel arwyr.'

Dechreuodd pob un o blant y dosbarth guro'u dwylo.

'HWRÊ!'

11

Arwr

Wrth i'r curo dwylo ddod i ben, ailddechreuodd Taid adrodd ei stori. 'Ond doedd hwn ddim yn amser i ddathlu. Gwyddwn y byddai'r gelyn yn ei ôl, a hynny'n fuan. Ac mi fyddai llawer mwy ohonyn nhw'r tro nesa. Roedd Brwydr Prydain wedi dechrau go iawn. Y diwrnod hwnnw, mi gollais bedwar peilot dewr o fy sgwadron.'

Roedd dagrau'n cronni'n ei lygaid.

Eisteddodd y dosbarth mewn tawelwch llethol. Dyma beth oedd gwers Hanes i'w chofio.

Trodd y bachgen oedd wrth ymyl Jac a sibrwd, 'Mae dy daid yn mega arwr!'

'Dwi'n gwybod,' atebodd Jac, gyda gwên lydan.

'Wel, diolch yn fowr i chi am eich amser, Mr Williams,' meddai Miss Jones yn uchel, gan ddifetha hud yr eiliad.

''Rydym yn nesáu tuag at ddiwedd y wers, blant. Mae fy sialc coch yn barod yn fy llaw. Mae'n bwysig i ni nodi'r holl **ffeithie, ffeithie, ffeithie!** Felly gwedwch 'thon ni nawr, os gwelwch yn dda, ym mha flwyddyn ddigwyddodd hyn?'

'Y flwyddyn?' gofynnodd Taid.

'Ie. Wy moyn 'i sgrifennu fe ar y ford ddu. Os yw fy nisgyblion am gael unrhyw obaith o baso'r arholiade mae'n rhaid iddyn nhw wybod **ffeithie, ffeithie, ffeithie,** a mwy o **ffeithie!'**

Edrychodd yr hen ŵr yn ddryslyd arni. 'Eleni.'

'Beth chi'n feddwl "eleni"?' gofynnodd yr athrawes.

'Y flwyddyn hon, madam. 1941.'

Chwarddodd y dosbarth yn nerfus. Rhaid mai tynnu coes roedd yr hen ŵr. Symudodd Jac yn anghyfforddus yn ei sedd.

Yn ôl yr arfer, rhythodd Miss Jones gan dawelu'r dosbarth. 'Odych chi o ddifri yn meddwl ei bod hi'n dal yn 1941?!'

'Wrth gwrs ei bod hi'n 1941! Mae'r Brenin George VI ar yr orsedd, a Mr Churchill yn brif weinidog!'

'Na na na, Mr Williams. Mae hi'n 1983!'

'All hi ddim bod!'

'Ody ma' hi! Welsoch chi ddim o Superted ar y teledu neithiwr? Chi'n cofio bod merch wedi ennill Coron y Steddfod dros y haf?'

Edrychodd Taid ar yr athrawes fel petai hi'n drysu'n llwyr.

'Ond does dim teledu oherwydd y rhyfel! A merch yn ennill Coron y Steddfod? Ydach chi wedi dechrau mynd o'ch co', madam?!'

'Wy'n credu taw chi sydd wedi dechre mynd o'ch co', Mr Williams! Wel, diolch yn fawr i chi am eich ymweliad hynod, hynod o ddiddorol,' meddai'r athrawes yn sarhaus. 'Nawr, gw bei.'

Helodd hi'r hen ŵr o'i gadair fel petai hi'n cael gwared ar golomen. Yna, dan ei gwynt, dywedodd wrth y dosbarth, 'Sdim angen ysgrifennu dim wedodd yr hen ŵr wedi'r cwbwl. Dyw e ddim yn gwybod pa flwyddyn yw hi, a ma' fe'n dala i wisgo'i slipars!'

Safodd Taid druan o flaen y dosbarth. Un funud roedd o'n hedfan fry, fry i'r awyr, a nawr edrychai fel petai wedi disgyn i lawr, lawr i'r ddaear. Roedd calon Jac yn gwaedu drosto.

DRiNG!

Canodd y gloch ar yr union amser iawn. Doedd y bachgen erioed wedi bod mor falch bod gwers ar ben.

Wrth i bawb redeg allan o'r dosbarth, gwthiodd Jac y plant eraill o'r neilltu er mwyn cael gair gyda'i daid. Roedd y wers Hanes wedi mynd o fod yr un orau i'r un waethaf.

Wrth i Jac gyrraedd ei daid, gwaeddodd Miss Jones. 'Jac, ga i air, os gwelwch yn dda?'

'Un eiliad, syr,' meddai'r bachgen wrth ei daid, cyn camu at ei athrawes.

'A wnewch chi addo i fi na wnewch chi ddod â'ch taid i'r dosbarth hwn byth eto?'

'Gaddo!' atebodd Jac trwy'i ddannedd, yn flin fel cacwn. 'Ddo' i byth â fo yma eto!'

Trodd y bachgen i afael yn llaw Taid. Teimlai ei groen hen fel un plentyn, yn feddal, fel lledr esgid ddrud.

'Dowch, Wing Commander. Awn ni'n ôl i'r baric.'

'Dwi ddim yn ... dwi ddim yn deall,' meddai'r hen ŵr. 'Wnes i rywbeth o'i le? Wnes i ddilyn y gorchymyn cywir?'

Wrth weld yr hen ŵr fel hyn, roedd hi'n anodd iawn peidio crio. Ond roedd Jac yn benderfynol o fod yn gryf. 'Na, Wing Commander, wnaethoch chi ddim byd o'i le. Wnaethoch chi ddim, a wnewch chi ddim ... byth.'

12

Chwarae Triwant

Doedd Jac ddim wedi chwarae triwant o'r ysgol o'r blaen. Ond roedd yn rhaid iddo wneud yn siŵr bod Taid yn cyrraedd yr holl ffordd adref gan fod yr hen ŵr wedi drysu mwy nag arfer. Roedd Miss Williams wedi achosi iddo golli ei hyder, gan wneud iddo deimlo braidd yn simsan ar ei draed.

A'r peth olaf roedd y bachgen eisiau ei wneud oedd galw ei rieni. Petaen nhw'n darganfod pa mor drychinebus oedd ymweliad Taid â'r ysgol, y tebygrwydd oedd y byddan nhw'n ei yrru'n syth i Dŷ Arch. Felly aeth Jac â'r ddau ohonyn nhw i fflat Taid.

Wrth iddyn nhw agosáu, roedd Huw yn sefyll yn ffenest fudr ei siop, yn ceisio dangos ei ddawn artistig. Roedd yn trefnu arddangosfa drawiadol o ddau o'i gynigion arbennig yr wythnos – licorish a chardiau pêl-droed. Roedd y licorish wedi ei droelli o amgylch

y cardiau, gan wneud i'r ddau beth edrych yn anniben.
Cyn gynted ag y gwelodd o Jac a'i daid, rhuthrodd i'w
cyfarch.

'A-ha! Mr Walliams! A Mr Walliams Bach!'

'Williams!' cywirodd Jac.

'Dyna ddywedais i!' protestiodd Huw. 'Walliams!'

Fel y plant eraill, roedd Jac yn hoff iawn o berchennog y siop bapurau newydd. Dyma ddyn oedd yn gallu rhoi gwên ar wynebau pawb.

'Wel, Mr Walliams, sut mae fy hoff gwsmer heddiw? Roeddwn i'n poeni'n ofnadwy pan aethoch chi ar goll o'ch fflat.'

'Ah, fy ngwas ffyddlon! Man hyn wyt ti,' meddai Taid.

'Gwas? Be ar y ddaear yw ystyr hynny?' gofynnodd Jac. Doedd o erioed wedi clywed ei daid yn galw Huw yn was o'r blaen.

Sibrydodd Huw wrth y bachgen. 'Gofynnais i 'nhad am hyn. Dywedodd efallai fod dy daid yn cofio cael gwas a morwyn yn gweini arno fo a'i deulu ar y fferm pan oedd o'n hogyn bach. Dwi'n credu bod dy daid yn drysu mwy a mwy pob dydd.'

'Be ddeudist ti, was?' gwaeddodd Taid, wrth iddo gymryd rhai o'r siocledi wedi llwydo.

'Dim, syr!' atebodd Huw. 'Dwi'n ffeindio bod bywyd yn haws os yw rhywun yn cytuno efo bob dim mae o'n ei ddeud,' sibrydodd wrth Jac.

'A finnau,' atebodd y bachgen. 'A nawr dwi angen ychydig o help i fynd â fo i fyny'r grisiau.'

'Wrth gwrs, Jac bach. Ond cyn iti fynd, faset ti'n hoffi prynu copi o'r *Cymro* o 1975?'

'Dim diolch, Huw.'

Ond doedd dyn y siop bapurau ddim am ildio'n rhwydd. 'Mae llawer o'r newyddion lleol yn ddigon tebyg, felly mi fydd rhan fwyaf o'r wybodaeth yn ddiddorol.'

'Dwi'n credu dylian ni fynd â Taid i fyny'r grisiau.'

'Wrth gwrs. Nawr, faint rhoi di i mi am y toffi 'ma efo siocled arno? Mae rhywun wedi llyfu ychydig o'r siocled a does dim toffi yn y canol.' Ar hynny, tynnodd y siopwr ddarn o bapur piws o'i boced.

'Huw, dim ond y papur yw hwnna!'

'Dyna pam mae o'n hanner pris!'

Ond does dim losin ynddo!'

'Alli di sniffio'r papur!'

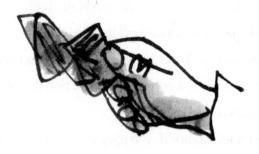

'Dyna ddigon o fân siarad, diolch yn fawr, gwas ffyddlon!' torrodd Taid ar draws, wrth iddo stwffio rhai o'r siocledi wedi llwydo i'w bocedi, i'w bwyta nes ymlaen. 'Mae'n ganol pnawn – amser imi gael fy nghyntun.'

Teimlad od oedd rhoi'r hen ŵr yn ei wely. Tan yn ddiweddar, Taid oedd yn rhoi Jac yn ei wely. Nawr roedd eu dyletswyddau wedi eu cyfnewid.

Yn ddiweddar, byddai Taid yn blino yn ystod y dydd ac o ganlyniad yn cymryd napyn am awr ar ôl cinio. Caeodd Huw ei siop am ychydig er mwyn helpu Jac i gael ei daid i fyny'r grisiau'n saff.

'Cyntun bach!' Dyna oedd Taid yn galw ei napyn yn y prynhawn. Caeodd Huw y llenni blêr yn yr ystafell wely wrth i Jac osod planced dros yr hen ŵr.

'Gwnewch yn siŵr fod tanwydd yn fy Spitfire, Squadron Leader. Rhaid imi fod yn barod rhag ofn imi gael galwad brys. Gall y Luftwaffe ddychwelyd ar unrhyw adeg.'

'Wrth gwrs, Taid,' atebodd Jac, heb feddwl.

'Pwy yw'r "Taid" 'ma?!' gofynnodd, yn effro mwyaf sydyn.

'Wrth gwrs, Wing Commander, syr,' cywirodd Jac ei hun, gan saliwtio er mwyn cynnal y rhith.

'Dyna welliant, offisar! Gewch chi fynd rŵan! Dwi wedi blino cymaint, gallwn gysgu ar lein ddillad!'

Ar hynny, saliwtiodd Taid cyn agor ei geg yn flinedig. A chyn gynted ag y caeodd ei lygaid dechreuodd y chwyrnu mawr.

'ChChChCh! ChChChCh! ChChChCh! ChChCh! ChChCh! ChChCh!'

Aeth pigau blaen mwstásh yr hen ŵr i fyny ac i lawr wrth i Jac a Huw gerdded yn dawel o'i ystafell wely.

13

Codi Gwallt y Pen

Yn ôl yn ei siop bapurau newydd, tynnodd Huw ddau grât i ganol y llawr er mwyn iddo ef a Jac eistedd arnyn nhw. Yna, aeth i chwilio am rywbeth i'w fwyta, cyn penderfynu dewis wy Pasg wedi torri a hanner paced o fisgedi caws a oedd rhywffordd wedi llithro y tu ôl i'r gwresogydd.

'Diolch yn fawr am ffonio Dad neithiwr, Huw,' meddai Jac.

'Dim problem, Jac. Nid dyna'r tro cynta i dy daid ddiflannu ar ôl iddi dywyllu.'

'Dwi'n gwybod,' atebodd y plentyn, yn amlwg yn poeni. Gwyddai y gallai crwydro yn ystod y nos, a hynny ganol gaeaf, ladd rhywun o oed ei daid.

'Troeon o'r blaen, ro'n i bob amser wedi llwyddo i redeg ar ei ôl i lawr y stryd a mynd â fo'n ôl i fyny'r grisiau. Fel ti'n gallu gweld, mae gen i gorff athletwr,' meddai'r siopwr, wrth osod ei law ar ei fol mawr. Siglodd hwnnw fel jeli anferth, fel petai daeargryn wedi ei daro. 'Ond neithiwr do'n i ddim digon cyflym achos ro'n i braidd yn benysgafn ar ôl bwyta *liquers* siocled.'

Doedd Jac ddim yn sylweddoli bod hynny'n bosib. 'Faint fytoch chi, Huw?'

'Dim ond tri,' atebodd y siopwr, yn ddiniwed.

'Ond does dim llawer o alcohol mewn tri, siawns?'

'Tri bocs,' cyfaddefodd Huw. 'Mae gen i dipyn bach o benmaenmawr heddiw. Ti'n gweld, ro'n i wedi methu eu gwerthu nhw adeg Dolig, am eu bod nhw'n rhy hen.'

'Ond dim ond mis Ionawr ydy hi.'

'Nadolig 1979 oedd y dyddiad ar y bocs.'

'O!' atebodd y bachgen.

'Ro'n nhw wedi mynd yn wyn,' cyfaddefodd y siopwr. 'Ta waeth, erbyn i mi ddod o 'ngwely, gwisgo a mynd allan i'r stryd, roedd o wedi mynd. Chwiliais amdano i fyny ac i lawr y ffordd ond doedd dim golwg ohono'n unman. Mae dy daid yn medru symud yn gyflym. Efallai bod ei feddwl yn wan ond mae ei gorff yn gryf o hyd. Wedyn rhuthrais yn ôl i fy fflat a byseddu trwy'r llyfr ffôn ond mae camgymeriad ynddo achos mae o'n deud "Williams" yn hytrach na "Walliams".'

Roedd y bachgen ar fin cywiro Huw ond penderfynodd mai gwell fyddai peidio.

'Ta waeth, mi ffeindiais y rhif o'r diwedd a ffonio dy dad. Dywedodd Mr Walliams y byddai'n mynd i chwilio amdano'n ei gar. Sy'n f'atgoffa i, ble'n union ddaethoch chi o hyd i dy daid yn y diwedd?'

'Chwilion ni ym mhob man yn y dref, Huw,' eglurodd Jac. 'Ond roedden ni'n chwilio yn y lle anghywir wrth edrych i lawr yn hytrach nag i fyny.'

Crafodd y siopwr ei ben. 'Dwi dim yn dy ddeall di,' dywedodd, gan roi bisged gawslyd arall yn ei geg. 'Mae yna lwydni dros y rhain i gyd,' ychwanegodd, cyn eu stwffio i lawr ei gorn gwddwg.

'Mae fy nhaid wastad yn deud, "**I FYNY, FYNY, FRY!**" Dyna roedd o'n arfer ei ddeud wrth godi i'r awyr pan oedd o'n beilot yn yr Awyrlu.'

116

'Ia. Wel?'

'Felly ro'n i'n gwybod y bydda fo i fyny'n uchel yn rhywle. Nawr, lle ydach chi'n meddwl yw'r man uchaf yn y dref?'

Meddyliodd Huw am eiliad. 'Mae'r jar acw o Jelly Babies yn uchel iawn. Dwi'n gorfod cael ysgol fechan i'w chyrraedd hi.'

Ysgydwodd Jac ei ben yn ddiamynedd. 'Na, nid fan'na! Meindwr yr eglwys!'

'Brensiach y bratia! Sut ar y ddaear aeth dy daid i fyny fan'no?'

'Rhaid ei fod o wedi dringo i fyny. Roedd o eisio cyffwrdd â'r awyr. Pan oedd o i fyny'n fan'na roedd o'n meddwl ei fod o'n hedfan ei Spitfire.'

'O, diar. Ar ben meindwr yr eglwys, yn meddwl ei fod o'n beilot awyren. Mae'r hen ŵr yn lwcus ei fod yn fyw. Rwy'n ofni bod cyflwr meddwl dy daid yn mynd yn waeth bob dydd.'

Daeth deigryn i lygaid y bachgen wrth i'r gwirionedd ei daro, fel petai wedi cael ei lorio gan un o flaenwyr Cymru. Yn reddfol, rhoddodd Huw ei fraich o gwmpas y bachgen.

'Dyna ti, Jac, mae gen ti hawl i grio. Fasat ti'n hoffi prynu paced o hancesi ail-law?'

Doedd gan Jac fawr o ffansi sychu ei lygaid gyda rhywbeth oedd eisoes wedi cael ei ddefnyddio i sychu trwyn, ac felly atebodd,' Dim diolch, Huw. Y broblem yw bod Mam a Dad eisio i Taid fynd i'r cartref hen bobol newydd ar gyrion y waun, Tŷ Arch.'

'O, diar,' dywedodd Huw dan ei wynt, gan ysgwyd ei ben.

'Be sy'n bod?'

'Mae'n ddrwg gen i, Mr Walliams bach, ond dwi ddim yn rhy hoff o olwg y lle hwnnw. Mae o'n ddigon â chodi gwallt fy mhen i.'

Aeth ias oer i lawr cefn Huw wrth feddwl am y lle. 'Mae rhai o'r bobol leol yn deud mai'r unig ffordd allan o Dŷ Arch yw ... mewn arch!' ychwanegodd gydag ofn yn ei lygaid.

'Na!' gwaeddodd Jac. 'Cheith o byth mynd i fan'no, 'te. Ond, Huw – mae fy rhieni eisoes wedi penderfynu. Wnawn nhw ddim ailfeddwl.'

'Pam na fedar dy daid ddod i fyw gyda dy deulu?'

Gwenodd Jac fel giât. 'Mi faswn i'n hoffi hynny!'

'Dyna oedd y drefn flynyddoedd yn ôl – y bobol ifanc yn gofalu am yr hen bobol. Mae fy modryb yn hen ac yn byw efo fi yn y fflat.'

'Do'n i ddim yn gwybod hynny.'

'O, yndi. Anti Dhriti. Ond fedar hi ddim gadel y fflat.'

'Pam, ydy hi'n rhy hen?'

'Na. Rhy dew.' Dechreuodd sibrwd ac edrych i fyny ar y nenfwd. 'Roedd hi wastad yn ddynes fawr ond ers iddi fyw uwchben y siop, a chael blas ar y losin, mae hi wedi chwyddo fel **balŵn**. Sa'n rhaid i mi logi craen a dymchwel waliau tasa hi eisio mynd am dro.'

Yn ei ben, gwelai Jac lun o ddynes fawr mewn sari liwgar yn cael ei chario ar draws y stryd gan graen. Yna dychwelodd ei feddyliau i'r broblem bresennol: Taid.

'Does gynnon ni ddim ystafell sbâr ond mae gen i wely bync. Deud y gwir, mi arhosodd Taid neithiwr. A does dim rheswm pam fedar o ddim aros am byth! Huw, chi yw'r dyn mwya clyfar yn y byd i gyd!'

'Dwi'n gwybod,' atebodd y siopwr yn wylaidd.

''Dwi am fynd adre'n syth i ddeud wrth Mam a Dad.'

'Gwna di hynny, Mr Walliams bach!'

Rhedodd y bachgen at y drws.

'A cofia ddeud wrth dy rieni i alw'n fy siop cyn bo hir. Mae gen i iogwrt ar gynnig arbennig ... wel, dwi'n ei alw o'n iogyrt, ond llefrith mis diwethaf ydy o ...'

Ond cyn i'r siopwr orffen ei frawddeg, roedd y bachgen wedi mynd.

14

Tin-dros-ben

Nid yw'n fawr o syndod, ond doedd rhieni Jac dim yn fodlon iawn symud yr hen ŵr i'w cartref, ond roedd dadleuon y bachgen o blaid ei daid mor gryf nes eu gorfodi i ailfeddwl. Fyddai Taid ddim yn cymryd llawer o le achos mi fyddai'n cysgu yn ystafell wely'r bachgen. Hefyd, addawodd Jac y byddai'n gofalu am ei daid pan oedd o ddim yn yr ysgol. Pan gytunodd ei rieni â'r syniad, roedd y bachgen mor hapus teimlai fel troi tin-dros-ben o gwmpas yr ystafell fyw.

'Dim ond dros dro fydd hyn – arbrawf ydy o,' nododd ei fam wrth Jac.

''Dan ni ddim yn rhy siŵr y gallwn ni edrych ar ei ôl am byth,' dywedodd ei dad, yn drist. 'Rhybuddiodd y doctoriaid y bydd ei gyflwr yn gwaethygu dros amser. Dwi ddim eisio i ti fod yn siomedig os bydd y sefyllfa'n newid.'

'Ac os eith o ar goll yn y nos unwaith eto,' mynnodd Mam, 'dyna'i diwedd hi, Jac! Bydd rhaid iddo fynd yn syth i Dŷ Arch!'

'Wrth gwrs! Wrth gwrs! Mi fydd o'n cysgu yn f'ystafell wely, felly galla i wneud yn siŵr fydd hynny ddim yn digwydd!' pwysleisiodd y bachgen. Yna, gan wenu fel sosej, rhedodd Jac o'r tŷ a mynd yn ôl i fflat Taid i ddweud y newyddion GWYCH wrtho.

15

Chwyrnu fel Eliffant

Helpodd Jac ei daid i symud ei eiddo o'i fflat bychan. Doedd gan Taid fawr o ddim, heblaw ei atgofion, ei gogls hedfan, pot o gŵyr mwstásh, a thun o spam. Yna, aethant i 'baric' newydd Taid.

Cyn gynted ag y cyrhaeddon nhw i fyny'r grisiau roedd y ddau'n chwarae peilotiaid yr Ail Ryfel Byd. Roedden nhw i fod yn eu gwelyau ers oriau. Ond aeth y ddau i fyny i'r awyr, Taid yn ei Spitfire a Jac yn ei Hurricane cyflym. '**I FYNY, FYNY, FRY!**', meddai'r ddau, wrth frwydro yn erbyn y Luftwaffe peryglus. Cymaint oedd eu swn, roedden nhw'n debygol iawn o ddeffro'r holl stryd. Ac am eiliad, doedd dim ots gan Jac o gwbwl bod dim ffrindiau agos ganddo; Taid oedd y ffrind gorau erioed! Ac fel roedd y ddau beilot arwrol ar fin glanio'u hawyrennau, cnociodd Mam yn galed ar ddrws yr ystafell wely. 'DIFFODD Y GOLAU, ddeudish i!' gwaeddodd yn uchel.

'Hoffwn petai'r forwyn yn ddistawach!' meddai Taid.

'GLYWISH I HYNNA!' meddai llais dynes tu allan i'r drws.

Ar ôl gêm o gardiau dan olau tortsh yn yr 'officer's mess', chwedl Taid, aeth yr hen ŵr at ffenest yr ystafell wely. Edrychodd i fyny ar yr awyr wag. Dim ond ambell seren yn wincian yn y tywyllwch oedd i'w gweld.

'Be 'dach chi'n ei wneud?' gofynnodd y bachgen.

'Gwrando am awyrennau'r gelyn, wrth gwrs.'

'Allwch chi glywed rhai?' gofynnodd Jac yn gyffrous. Erbyn hyn, eisteddai gyda'i goesau wedi eu croesi ar ben y gwely bync, ei fodelau o awyrennau'n crogi o gwmpas ei ben.

'Sssssssh...' sibrydodd Taid. 'Weithiau mae peilotiaid y Luftwaffe yn diffodd yr injan a gadael i'r awyren gleidio. Prif arf y gelyn yw syrpréis. Yr unig ffordd o ffeindio a ydyn nhw gerllaw yw clywed eu hadenydd yn chwibanu yn y gwynt. Gwrandewch, Squadron Leader ...'

Ceisiodd Jac wrando'n astud. A bod yn onest, roedd hyn yn abswrd. Dyma lle'r oedd y ddau, yn 1983, yn gwrando am awyrennau oedd ddim wedi hedfan dros Brydain ers bron hanner canrif. Ond roedd y peth yn fyw ym meddwl Taid, ac weithiau ym meddwl Jac ei hun.

'Petaen nhw'n bwriadu dod heno, mi fasan nhw yma erbyn hyn. Gwell i ni fynd i glwydo. Mae posibilrwydd cryf y bydd y gelyn yn cynllunio ymosodiad gyda'r wawr.'

'Deall yn iawn, Wing Commander,' meddai Jac, gan saliwtio'i daid, er nad oedd o'n siŵr iawn a ddylai o fod yn rhoi saliwt ac yntau yn ei wely.

Caeodd Taid y ffenest cyn llithro i mewn i'r gwely ar waelod y bync. 'Wel, nos dawch, Squadron Leader,' meddai, wrth ddiffodd y golau. 'Gobeithio nad ydach chi'n chwyrnu. Gas gen i chwyrnwrs!'

Yna syrthiodd yr hen ŵr i gysgu'n syth bìn a dechrau chwyrnu fel eliffant.

'ChChChCh! ChChChCh! ChChChCh! ChChChCh!'

Chwifiai pigau main ei fwstásh fel adenydd pilipala yn y gwynt.

Gorweddodd Jac ar ei wely, yn gwbwl effro. Er y chwyrnu, allai o ddim bod yn hapusach. Roedd wedi llwyddo i gadw ei daid rhag mynd i Dŷ Arch. Nawr bod y teulu i gyd dan yr un to, daeth rhyw deimlad o gynhesrwydd dros ei gorff i gyd.

Gorffwysodd Jac ei ben ar y gobennydd. Oddi tano roedd wedi cuddio'r allwedd i'w ystafell. Addawodd y bachgen i'w fam a'i dad na fyddai'r hen ŵr yn mynd ar grwydr ganol nos eto, felly pan oedd Taid ddim yn edrych cloiodd ddrws yr ystafell wely.

Syllodd y bachgen ar ei awyrennau'n troi yn y tywyllwch. Trueni na fasan nhw'n rhai go iawn, meddyliodd. Caeodd Jac ei lygaid a dechrau dychmygu ei fod yng nghocpit awyren yn yr Ail Ryfel Byd, yn hedfan uwchben y cymylau. Cyn hir roedd o'n cysgu fel top.

16

Gwely Gwag

DDDRRRIIINGGG!!!

Peth nesa wyddai Jac oedd clywed ei gloc larwm yn canu am saith o'r gloch, fel y byddai'n ei wneud bob diwrnod yn ystod yr wythnos. Wrth iddo orwedd ar dop ei wely bync, gosododd ei law ar ei hen gloc Awyrlu – un tun oedd angen ei weindio – a'i ddiffodd. Gyda'i lygaid yn dal ar gau, cofiodd yn sydyn fod ei daid wedi mynd i gysgu ar y gwely gwaelod. Gorweddodd yn llonydd am eiliad gan geisio gwrando ar yr hen ŵr yn chwyrnu. Dyna od, meddyliodd Jac. Doedd o ddim yn gallu clywed yr un smic. Ac eto gallai deimlo'r allwedd wedi ei chuddio dan y gobennydd. Rhaid bod y drws yn dal ar glo. Doedd hi ddim yn bosib i'r hen ŵr fynd allan.

Yn sydyn, sylweddolodd Jac ei fod yn oer. Yn boenus o oer. Roedd top ei blanced yn teimlo'n rhewllyd. Roedd haenan denau o farrug ar yr awyrennau uwch ei ben.

Rhaid ei bod hi yr un mor oer y tu mewn ag yr oedd hi'r tu allan.

Ar yr eiliad honno cododd chwa o wynt gaeafol ... gan ysgwyd y llenni. Rhaid bod y ffenest ar agor! Am ennyd allai Jac ddim mentro edrych ar y gwely oddi tano. Ond yn araf, magodd ychydig o nerth cyn cymryd un anadl ddofn ac edrych.

Roedd y gwely gwaelod yn wag.

Roedd y gwely wedi ei wneud mor dwt, edrychai fel petai neb wedi cysgu ynddo. Dyna sut un oedd Taid. Er ei fod am ddianc yng nghanol y nos, doedd o ddim am adael heb wneud ei wely. Roedd ei gyfnod yn yr Awyrlu wedi ei ddysgu sut i fod yn dwt ac yn drefnus.

Neidiodd Jac o'i wely a rhuthro at y ffenest. Edrychodd ar hyd y gerddi a oedd yn wyn dan farrug i weld a oedd unrhyw olwg o'i daid. Yna crwydrodd ei lygaid dros y coed, y toeau a hyd yn oed y polion lamp, rhag ofn bod ei daid wedi dringo i ben un ohonyn nhw. Dim. Ger y gerddi roedd y parc. Roedd hi'n dal yn gynnar a neb o gwmpas. Gorweddai haenen drwchus o farrug dros y glaswellt ond doedd dim ôl traed yn unlle.

Roedd Taid wedi hen ddiflannu.

17

Dim

Aeth dyddiau a nosweithiau heibio heb olwg o'r hen ŵr. Trefnwyd bod pobol y dref yn chwilota amdano, galwyd yr heddlu, ac fe aeth Jac ar y newyddion lleol ar y teledu i grefu'n ddagreuol am unrhyw wybodaeth am ei daid.

Dim.

Yn dilyn cyfarwyddyd y bachgen, archwiliwyd pob man uchel yn y cyffiniau. Pen y bryniau, toeau adeiladau, meindwr yr eglwys wrth gwrs, a hyd yn oed peilons trydan.

Dim.

Cynlluniodd Jac boster 'Ar Goll'. Llungopïwyd cannoedd ohonyn nhw yn yr ysgol ac aeth Jac o gwmpas ar ei feic i'w gludo ar bob coeden a pholyn lamp.

TAID AR GOLL!

MR JOHN WILLIAMS

Dim.

Bob tro byddai'r ffôn neu gloch y drws yn canu mi fyddai Jac yn rhedeg i'w hateb, yn gweddïo bod newyddion am Taid. Ond doedd dim sôn amdano'n unlle.

Teimlai'r bachgen yn euog, gan grio yn ei wely bob nos. Dywedodd ei fam a'i dad wrtho am beidio beio'i hun, ond roedd yn difaru nad oedd wedi gwrando ar eu cyngor.

Efallai mai'r cartref hen bobol *oedd* y lle gorau i'w daid; o leiaf mi fyddai'n saff yn y fan honno. Er bod y bachgen yn casáu cyfaddef, roedd hi'n debygol bod yr hen ŵr yn ormod o faich i'r teulu ofalu amdano.

Ac wrth i bob diwrnod fynd heibio, roedd y bwlch adawodd yr hen ŵr ar ei ôl yn mynd yn fwy.

A chyn hir, trawyd Jac gan un ffaith erchyll. Roedd bywyd yn mynd yn ei flaen; dychwelodd ei dad a'i fam yn ôl i'w gwaith; cariodd pobol y dref ymlaen gyda'u bywydau. Ymhen amser, hen hanes oedd diflaniad Taid.

Ond y peth gwaethaf un oedd y diffyg gwybodaeth. A oedd Taid wedi diflannu am byth? Oedd ar goll yn rhywle, yn disgwyl am gymorth?

Yn anfodlon, aeth y bachgen yn ôl i'r ysgol. Doedd hi

ddim yn hawdd canolbwyntio ar y gorau, ond bellach roedd meddwl Jac ar gyfeiliorn. Dim ots beth oedd y pwnc, roedd Jac yn methu'n lân â chanolbwyntio.

Bob diwrnod ar ôl ysgol mi fyddai'n galw yn siop Huw i weld a oedd unrhyw newydd.

DING! canodd y gloch wrth i Jac fynd i mewn. Roedd wythnos gyfan wedi mynd heibio ers diflaniad Taid.

'A, Mr Walliams bach! Fy hoff gwsmer! Tyrd i mewn o'r oerni!' gwaeddodd Huw o'r tu ôl i'r cownter.

Yn isel ei ysbryd, dim ond ysgwyd ei ben yn gwrtais wnaeth y bachgen.

'Rwyf wedi chwilota trwy'r papurau newydd eto heddiw, ond mae'n ddrwg gen i ddeud does dim sôn am dy daid,' meddai Huw.

'Dwi jest ddim yn deall y peth', atebodd Jac. 'Pan oedd yn mynd ar goll o'r blaen roedden ni bob amser yn dod o hyd iddo. Tro hwn mae fel petai o wedi diflannu oddi ar wyneb y ddaear.'

Pensynnodd Huw am eiliad cyn gafael mewn lolipop o'r cownter a dechrau ei lyfu. Crybachodd ei drwyn gan ei fod o'n amlwg ddim yn rhy hoff o'i flas, cyn ei roi'n ôl gyda'r gweddill i'w werthu.

Roedd sïon ers sbel yn ysgol Jac fod ôl llyfu ar lolipops Huw. Yn awr cafodd y bachgen gadarnhad. Ond yn od iawn, doedd hynny ddim yn golygu bod ganddo lai o feddwl o'r siopwr.

'Mae dy daid yn arwr rhyfel ...' meddyliodd Huw yn uchel.

'Yndi. Mae ganddo hyd yn oed Medal Aur yr Awyrlu,' cytunodd Jac. 'Dyna'r anrhydedd mwya y gall peilot ei ennill.'

' ... Felly alla i ddim credu bod dyn fel'na wedi rhoi'r gorau i fwynhau bywyd. Mae o allan yna'n rhywle, dwi'n gwybod ei fod o.'

ᴅɪɴ**G!** Am y tro cyntaf ers dyddiau, gadawodd y bachgen y siop yn ysgafndroed. Teimlai yn awr fod rhyw obaith. Adleisiodd sŵn awyren fel cacynen ar draws yr awyr. Wrth edrych i fyny, roedd Jac yn hanner gobeithio mai ei daid oedd o, ond wrth gwrs nid y Spitfire oedd hi. Dim ond jymbo jet gyffredin arall.

'**I FYNY, FYNY, FRY!**' meddai'r bachgen wrtho'i hunan.

Roedd Huw yn iawn – rhaid bod Taid allan yna yn rhywle.

Ond ble?

18

Plant Drwg

Anaml iawn yr oedd ysgol Jac yn cael teithiau undydd. Roedd y prifathro wedi gwrthod trefnu'r un trip arall wedi i fachgen lithro i lawr cynffon ysgerbwd Tyrannosaurus Rex yn yr amgueddfa – ar ei ben-ôl. Dim ond un enghraifft o ffwlbri oedd honno; roedd sawl un o'r achosion bellach yn rhai chwedlonol ...

– Yn Sw Bae Colwyn, neidiodd un ferch dros ben wal i ganol pengwiniaid. Meddyliodd fod codi ei siwmper dros ei phen, rhoi pysgodyn yn ei cheg a cherdded yn igam-ogam yn ei gwneud hi'n debyg i bengwin.

– Datblygodd taith i stiwdios y BBC i weld arddangosfa Doctor Who i fod yn un wallgof pan ddwynodd y bechgyn siwtiau'r Cybermen, Sontaran a'r Daleks, a chogio bod estronwyr o'r gofod yn ymosod ar y ddaear.

– Ar daith ysgol i'r pantomeim Nadolig dwynodd dau ddisgybl wisg y ceffyl. Daethpwyd o hyd i'r disgyblion fisoedd yn ddiweddarach wrth iddyn nhw geisio cymryd rhan yn y ras fawr yn Ffos Las.

– Ar ymweliad â chastell Conwy, bu helynt ofnadwy pan daniwyd athro o grombil canon. Daethpwyd o hyd iddo ger Llandudno, ar ben coeden.

– Pan aeth yr ysgol i weld *HMS Victory*, codwyd ei hangor gan ddau fachgen a'i hwylio o'r harbwr. Aethant ati hefyd i godi'r Faner Ddu a chyhoeddi eu bod yn fôr-ladron. Ar ôl treulio sawl mis ar y môr, fe'u harestiwyd gan long ryfel y Llynges Frenhinol.

– Trychineb llwyr oedd taith i fferm leol pan gafodd yr athro Daearyddiaeth ei hel i gorlan, ei osod mewn dip defaid, a chael cneifio'i wallt. Ond roedd hynny'n well na'r flwyddyn flaenorol pan glymwyd ef i'r peiriant godro!

– Yn ngaleri Glynn Vivian, sgriblodd un disgybl 'Bu Twm Tomos 'ma' ar un o ddarluniau Kyffin Williams, a hynny gyda beiro ddu. Gwadodd mai ef oedd yn gyfrifol ... tan i'r athro egluro wrtho mai ef oedd yr unig Twm Tomos yn yr ysgol gyfan!

– Tra ar ymweliad â'r banc, bu cywilydd mawr pan sylweddolwyd bod £1,000,000 wedi mynd ar goll. Mae Llew Llaw Flewog, yr athro Mathemateg, yn dal yn y carchar am ladrata.

– Camgymeriad mawr gorsaf y frigâd dân leol oedd gadael i'r plant fod yn gyfrifol am y beipen ddŵr. Hyrddiwyd athrawes i'r awyr gan y llif bwerus a bu yno am dros awr nes bod y tanc dŵr yn wag.

– Mae'r ysgol wedi ei gwahardd am oes o Madame
  Tussauds yn Llundain oblegid bod cwpwl o'r
  bechgyn wedi dwyn 'Shirley Bassey' o'r arddangosfa.
  Y diwrnod canlynol, aethon nhw â hi o gwmpas yr
  ysgol ar sglefrfwrdd gan gogio bod y gantores yno ar
  ymweliad.

Ond er gwaetha'r rhestr hir hyn o gamymddwyn,
ceisiodd Miss Jones berswadio'r prifathro i ailystyried
y gwaharddiad, ac o'r diwedd cafodd hawl i fynd â'r
dosbarth Hanes i'r Amgueddfa Ryfel.

Roedd Miss Jones yn nodedig am fod yr athrawes fwyaf llym yn yr ysgol ac roedd y prifathro'n ffyddiog na fyddai camymddwyn tra'i bod hi'n gyfrifol.

Gyda'i daid ar goll o hyd, roedd Jac wedi anghofio am y daith. Peth cyntaf yn y bore, camodd ar y bws gyda'i ben yn y cymylau. Does dim angen dweud bod y plant i gyd wedi sglaffio cynnwys eu bocsys bwyd cyn i'r bws adael iard yr ysgol – y diawled bach barus.

Profiad cymysglyd i Jac oedd ailymweld â'r Amgueddfa Ryfel. Roedd Jac wedi bod yno sawl gwaith o'r blaen gyda Taid, ac roedd yr adeilad bellach fel ail gartref iddo. Wrth gwrs, roedd ei daid yn gwybod mai ei daid oedd o bryd hynny.

Wrth i'r bws barcio gerllaw, adnabyddodd Jac y lle ar unwaith – adeilad hyfryd, gyda cholofnau Rhufeinig o'i flaen, cromen werdd ar y to, a dau ganon morwrol yn anelu i'r awyr ar y clos.

Bu bron i'r daith gael ei gohirio cyn i neb gamu oddi ar y bws. Roedd dau fachgen yn y sedd gefn wedi tynnu ei trowsusau i lawr a dangos eu penolau i griw o dwristiaid mewn oed o Japan. Ar ôl i Miss Jones fygwth eu blingo'n fyw, rhoddodd araith i bawb ar y bws.

'Nawr grondwch yn astud!' gwaeddodd wrth geisio cael sylw pawb. Roedd y plant i gyd yn rhy brysur yn mwynhau ac yn sglaffio'r teisennau a'r siocledi yn eu bocsys bwyd i wrando arni. **'Grrrrondwch yn astud!'** bloeddiodd. Bu tawelwch llethol.

'Bydd pob un ohonoch yn ymddwyn yn gall heddi. Chi'n cynrychioli'ch ysgol. Os bydd unrhyw awgrym o *whare ymboutu*, o **fistimanyrs**, neu *randibŵ*, fe fyddwn ni gyd yn mynd yn ôl gartre ar y bws.'

Fel sawl un o'r plant eraill, doedd gan Jac ddim syniad beth oedd ystyr y gair '*randibŵ*', ond dychmygodd ei fod efallai'n golygu llithro i lawr ysgerbwd deinosor ar ei ben-ôl.

'Nawr 'te, dyma'ch taflenni gwaith chi,' meddai, gan rannu bwndeli o bapur A4. Clywyd ochenaid fawr gan y plant a oedd wedi edrych ymlaen am daith undydd *heb* orfod gweithio. 'Mae un daflen waith i chi hefyd,' ychwanegodd, wrth roi darn o bapur i'r gyrrwr bws cegrwth. 'Yr hyn wy'n whilo amdano heddi yw'r tair

'Ff. Ffeithie. Ffeithie. Ffeithie.'

Cafodd Jac bip ar y daflen waith. Arni roedd cannoedd o gwestiynau, i gyd yn trafod yr un manylion hanesyddol diflas. Dyddiadau, enwau, lleoedd. Doedd Jac a'i ffrindiau ddim am gael munud i edmygu'r holl bethau diddorol oedd yn cael eu harddangos. Yn hytrach, roedd rhaid iddyn nhw dreulio'r holl amser yn darllen pob arwydd ar bob wal a nodi pob **ffaith, ffaith, ffaith**.

Roedd pob modfedd o'r amgueddfa wedi ei llenwi â thanciau, arfau ac iwnifforms, o'r gorffennol a'r presennol. Hoff le Jac oedd yr ystafell arddangos ble'r

oedd awyrennau'n hongian o'r nenfwd. Dyma lle cafodd o'r ysbrydoliaeth i hongian ei awyrennau yn ei ystafell wely.

Ac roedd casgliad anhygoel o awyrennau rhyfel yn yr amgueddfa: y Sopwith Camel, awyren dwy adain o'r

Rhyfel Byd Cyntaf; Luftwaffe Focke-Wulf, ac American Mustang. Ond rhoddwyd y lleoliad amlycaf i'r awyren orau ohonyn nhw i gyd – y Spitfire.

Wrth syllu arni unwaith yn rhagor, cododd Jac ei galon. Mewn rhyw ffordd od, roedd yr awyren yn gwneud i'r bachgen deimlo'n agos at ei daid unwaith eto.

19

Aderyn Ysglyfaethus

Bwriad llawer o'r plant o ysgol Jac oedd rasio trwy'r Amgueddfa Ryfel fel anifeiliaid gwyllt. Eu cynllun oedd mynd yn syth i'r siop anrhegion a gwario'u harian poced ar bethau sydd a wnelo dim oll â'r amgueddfa, fel rwber siâp hufen iâ sy'n drewi bob cam adref.

Yr unig beth roedd Jac eisiau ei wneud oedd syllu ar y Spitfire. Byddai'r peiriant yn ei hudo a'i swyno bob tro. A heddiw roedd yn ei hudo a'i swyno'n fwy nag arfer. Adeiladwyd y Spitfire i ladd a dinistrio, ond roedd hi hefyd yn hardd eithriadol. Wrth edrych arni eto, gallai Jac ddeall pam yr oedd yr awyren arbennig hon, yn fwy nag unrhyw awyren arall, yn rhan o chwedloniaeth.

Trueni na allai ei hedfan hi trwy'r awyr, **i FYNY, FYNY, FRY!** Roedd hi mor drist gweld yr aderyn anferth hwn yn hel llwch mewn amgueddfa, pan ddylai o fod yn torri trwy'r awyr fel cyllell boeth trwy fenyn.

O bob ongl, un hardd oedd y Spitfire. Wrth edrych oddi tani, sylwodd Jac fod ei bol mor llyfn â gwydr, a'r ddwy adain yn gryf a phwerus, fel aderyn ysglyfaethus. Ei hoff ddarn oedd y propelar. Yn eistedd ar du blaen yr awyren, edrychai fel mwstásh militaraidd. Nid peiriant oedd y Spitfire, ond person.

Yn ystafell y brif arddangosfa, gyda'i tho uchel, arweiniai grisiau i'r ail lawr; rhoddai hyn gyfle i'r ymwelwyr gael golwg well ar y gwahanol awyrennau a grogai o'r nenfwd. Ond pan aeth Jac i fyny yno i astudio'r Spitfire yn fwy manwl, sylwodd ar rywbeth od. Roedd y bybl perspecs a orweddai ar gocpit y Spitfire wedi stemio. Rhaid bod rhywbeth yn ei wresogi tu mewn. Ac odiach fyth oedd y sŵn a ddeuai o'r cocpit. Sŵn chwyrnu.

ChChChCh! ChChChCh!

Rhaid bod rhywun yn cysgu'n sownd yn y Spitfire!

20

Torri'r Rheolau

'Siapwch hi, Jac!' galwodd Miss Jones o'r llawr gwaelod, cyn troi a mynd i'r ystafell nesa yn yr amgueddfa.

'Dod, Miss,' gwaeddodd y bachgen ati, er nad oedd ganddo'r bwriad lleiaf o'i dilyn yr eiliad honno. Roedd o angen gweld a oedd rhywun yn cysgu go iawn yn y Spitfire.

'Helô?' galwodd Jac i gyfeiriad yr awyren.

ChChChCh! ChChChCh! ChChChCh! ChChChCh!

Doedd dim ateb.

Galwodd yr eildro, ychydig yn uwch. 'HELÔ!'

ChChChCh! ChChChCh! ChChChCh! ChChChCh!

ChChChCh! ChChChCh! ChChChCh! ChChChCh!

ChChChCh! ChChChCh! ChChChCh! ChChChCh! ChChChCh! ChChChCh! ChChChCh! ChChChCh!

Dal dim ateb.

O ble'r oedd o'n sefyll roedd hi'n amhosib i Jac gyrraedd y Spitfire. Mi fyddai neidio'n rhy beryglus; roedd yr awyrennau yn uchel o'r llawr.

Ond roedd adain y Sopwith Camel o fewn ei gyrraedd. Os allai Jac ddringo ar honno, rywsut, yna mi fyddai'n gallu camu ar yr awyren nesa ati. Ac wedyn cyrraedd y Spitfire.

Yn ei awyren ddychmygol gallai Jac fod yn ddewr. Ond mewn bywyd go iawn doedd o erioed wedi teimlo'n ddewr, dim ond yn swil a nerfus. Nawr, roedd ar fin torri'r rheolau.

Cymerodd anadl ddofn. Heb feiddio edrych i lawr, dringodd y bachgen i ben y wal. Caeodd ei lygaid am eiliad cyn neidio ar un o adenydd awyren y Rhyfel Byd Cyntaf.

THYNC!

Roedd y Sopwith Camel wedi ei gwneud o bren yn bennaf ac yn llawer ysgafnach nag yr oedd y bachgen wedi ei ddychmygu. Am ennyd, roedd Jac yn ofni colli ei falans a disgyn i'r llawr. Gan feddwl yn chwim, aeth i lawr ar ei benipliniau a'i ddwylo er mwyn sadio'i hun. Symudodd fel cranc ar hyd yr adain nes cyrraedd yr awyren gyfagos.

Hon oedd y Focke-Wulf, un o awyrennau peryclaf y Luftwaffe.

Unwaith eto, cymerodd anadl ddofn cyn neidio trwy'r awyr.

THYNC!

Glaniodd Jac ar adain y Focke-Wulf. Nawr dim ond un awyren oedd rhyngddo a'r Spitfire. Roedd o mor agos nes bod sŵn y chwyrnu o'r cocpit yn fyddarol.

ChChChCh! ChChChCh! ChChChCh! ChChChCh!

Os nad oedd eliffant anferth yn rhochian cysgu yn y cocpit, roedd Jac yn nabod y chwyrnu arbennig yna'n rhy dda ...

21

Gwaedd o'r Jyngl

'OI! TI!' Roedd y llais mawr yn diasbedain trwy'r ystafell arddangos.

Llyncodd Jac yn galed ac edrych i lawr o adain y Luftwaffe Focke-Wulf. Doedd o erioed wedi bod mewn helynt o'r blaen. A dyma fo nawr yn yr Amgueddfa Ryfel yn neidio o un adain awyren werthfawr i'r llall.

Edrychai dyn diogelwch anferth arno o'r llawr gwaelod. Roedd hi fel petai'r amgueddfa wedi dal y gorila mwyaf yn y jyngl, rhoi iwnifform amdano a tharo cap pig ar ei ben. Tyfai blew du hir allan o'i drwyn, ei wddf a'i glustiau.

'Fi?' gofynnodd y bachgen yn ddiniwed, fel petai'n rhywbeth cwbwl normal i eistedd ar ben adain awyren brin o'r Ail Ryfel Byd a oedd yn hongian o do'r amgueddfa.

'IE! TI! DERE I LAWR O FAN'NA!'

'Yr eiliad yma?' meddai Jac, gan gogio'i fod o ddim yn deall ei fod o'n gwneud rhywbeth o'i le.

'IE!'

Roedd y dyn yn dechrau colli ei dymer, ei lais yn swnio fel gwaedd o'r jyngl.

Ac roedd y waedd mor uchel nes denu sylw ymwelwyr eraill i'r ystafell. Ymhen dim roedd holl ffrindiau Jac yn edrych i fyny arno, yn methu credu'r peth. Cochodd Jac hyd at ei glustiau. Yna daeth Miss Jones i mewn i'r ystafell fel corwynt, ei sgert hir yn sgubo'r llawr.

'Jac Williams!' gwaeddodd. Gwyddai rhywun ei fod o mewn dŵr poeth pan oedd athro'n eich cyfarch wrth eich enw llawn. 'Dewch i lawr o fan'na y funed hon. Chi'n codi cywilydd ar yr ysgol!'

Roedd gan yr ysgol enw drwg eisoes, felly doedd Jac ddim yn siŵr a oedd hi'n bosib rhoi enw gwaeth iddi, ond nid dyma'r lle na'r amser i ddadlau.

Hefyd roedd gan y bachgen bethau eraill ar ei feddwl. 'Dwi jest eisio neidio ar y Spitfire yma, miss, ac yna dwi'n addo dod i lawr!' meddai.

Clywyd ton fechan o chwerthin o gyfeiriad y plant.

Ond doedd y dyn diogelwch ddim yn chwerthin. Rhedodd i fyny'r grisiau. Nid yn unig roedd o'n edrych fel gorila ond roedd doniau gorila ganddo hefyd! Neidiodd ar adain y Sopwith Camel. Fel gorila, rhaid ei fod o ddeg gwaith yn drymach na'r bachgen. Ysgydwodd yr awyren yn frawychus o'r naill ochr i'r llall, ei hadain yn taro adain yr awyren nesa ati.

CRASH!!

Achosodd hyn i'r Focke-Wulf ... honno roedd Jac yn eistedd arni ... i siglo'n beryglus.

SIGLO!

Collodd y bachgen druan ei falans yn llwyr. Hanner cwympodd nes ei fod yn hongian ar adain y Focke-Wulf gerfydd blaenau'i fysedd.

'**Aaaa!**'

gwaeddodd Jac, mewn ofn.

'Peidwch â chwmpo, Jac!' gwaeddodd Miss Jones o'r gwaelodion. Doedd yr ystafell arddangos yn yr Amgueddfa Ryfel ddim wedi gweld ffasiwn

ddrama erioed o'r blaen. 'Bydd pawb yn credu bo fi'n gwbwl anghyfrifol petai disgybl yn colli ei fywyd ar daith ysgol.'

Teimlodd Jac ei fysedd yn llithro'n araf fesul un i lawr adain fetel y Focke-Wulf.

'**Sa' di'n fan'na!**' sgyrnygodd y dyn diogelwch.

Beth arall alla i ei wneud? meddyliodd y bachgen.

Roedd hi'n ffordd hir iawn

i'r llawr

g
w
a
e
l
o
d.

22

Cyntun Bach

Yr eiliad honno sylwodd Jac fod to'r cocpit yn agor.

'Be ydy'r holl sŵn 'ma? Fedar peilot ddim cael cyntun bach mewn heddwch?'

'Taid!' gwaeddodd y bachgen, yn hynod falch ei fod wedi dod o hyd iddo o'r diwedd.

'Pwy yw'r "taid" 'ma?' gofynnodd Taid. Doedd o ddim yn ateb i'r enw hwnnw bellach, ond roedd hi'n hawdd iawn anghofio hynny.

'Wing Commander!' cywirodd Jac ei hun.

'Dyna welliant!' meddai'r hen ŵr wrth ddringo o'r cocpit a sefyll ar adain y Spitfire. Edrychodd Taid i lawr a sylweddoli ei fod yn hongian yn uchel o'r llawr. 'Twmffat twp! Rhaid fy mod i'n dal i hedfan!' meddai dan fwmian wrtho'i hun, cyn cychwyn dringo'n ôl i'r cocpit.

'Na, dach chi ddim yn dal i hedfan, syr!' gwaeddodd y bachgen.

Edrychodd taid Jac i lawr ar y dorf a oedd yn ymgasglu islaw. 'Mae hyn yn od.'

'Yyyy ... Wing Commander?' galwodd y bachgen, gan geisio'i orau glas i ddenu sylw ei daid.

Trodd Taid i gyfeiriad llais Jac. Roedd y bachgen yn dal i hongian gerfydd blaenau ei fysedd.

'Squadron Leader, be ar y ddaear dach chi'n ei wneud i lawr fan'na? Gadewch i mi'ch helpu chi!'

Camodd Taid ar hyd adain y Spitfire i gyfeiriad y Focke-Wulf ble'r oedd Jac yn hongian. Gafaelodd yr hen ŵr yn llaw ei ŵyr. Er ei fod yn hen roedd yn hynod o gryf.

A gan nad oedd gymnasteg yn un gryfderau Jac, roedd o'n falch o gael cymorth. Mewn un symudiad, cododd Taid y bachgen i fyny ar adain y Spitfire.

Dechreuodd y plant islaw weiddi a churo dwylo.

Heb feddwl, rhoddodd Jac ei freichiau o gwmpas ei daid a rhoi cwtsh mawr iddo. Roedd yr hen ŵr wedi bod

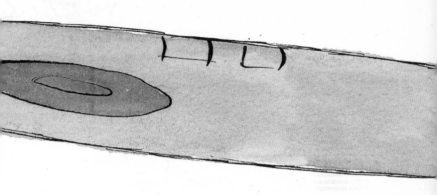

ar goll ers dros wythnos ac ofn mawr Jac oedd na fyddai'n ei weld byth eto.

'Cofiwch ein bod yng nghanol rhyfel, Squadron Leader!' meddai Taid. Yn araf a chynnil, tynnodd freichiau'r bachgen oddi ar ei ganol cyn i'r ddau wynebu ei gilydd a saliwtio.

Yn sydyn, y tu ôl iddyn nhw, clywyd llais mawr, un mwy nag un Bryn Terfel.

'CHI'CH DOU MEWN TRWBWL MOWR!' Roedd y llais anferth yn eiddo i'r dyn diogelwch hunanbwysig.

Yr eiliad honno, dyma'r hanner dyn/hanner gorila yn neidio o'r Focke-Wulf a glanio ar adain y Spitfire.

O ganlyniad i bwysau trwm y tri ohonyn nhw, dechreuodd y weiren uwch eu pennau dynhau a stretsio.

Twang!

Twang arall!

Ac yna ...

PING!

Trodd adain y Spitfire i gyfeiriad y llawr; roedd yr awyren bellach yn hongian gerfydd un weiren denau yn unig.

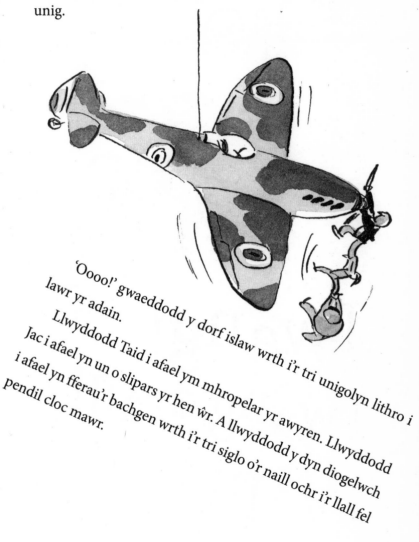

'Oooo!' gwaeddodd y dorf islaw wrth i'r tri unigolyn lithro i lawr yr adain.

Llwyddodd Taid i afael ym mhropelar yr awyren. Llwyddodd Jac i afael yn un o slipars yr hen ŵr. A llwyddodd y dyn diogelwch i afael yn fferau'r bachgen wrth i'r tri siglo o'r naill ochr i'r llall fel pendil cloc mawr.

TROWCH Y DUDALEN

'Daliwch eich gafael, Squadron Leader!' gwaeddodd Taid o'r top.

'Daliwch *chi* eich gafael, Wing Commander!' galwodd y bachgen o'r gwaelod. Oddi tanyn

nhw daeth sŵn truenus.

'**WY DDIM MOYN MARW!**' meddai'r dyn diogelwch, ei geg yn

gam fel babi.

168

'Edrychwch i lawr!' meddai Miss Jones yn dawel.

'MA 'DA FI ORMOD O OFAN!' sgrechiodd, a'i lais yn grynedig. Caeodd

y dyn diogelwch ei lygaid mor dynn â phosib.

'Er mwyn y nefoedd, ddyn, dim ond rhyw fodfedd oddi ar y llawr y'ch chi!'

Agorodd y dyn diogelwch ei lygaid yn araf a syllu i lawr. Gan ei fod ar waelod y gadwyn o gyrff, roedd ei esgidiau trymion bron yn cyffwrdd â'r ddaear.

'O!' meddai, cyn sylweddoli'n sydyn fod llawer o blant ysgol wedi ei weld yn ymddwyn fel rêl babi. Cyfrodd i dri cyn gollwng fferau Jac. Disgynnodd ryw fodfedd neu ddwy i'r llawr.

Trodd y gŵr at yr athrawes. 'Nethoch chi achub fy mywyd,' meddai dan deimlad, cyn gafael yn Miss Jones fel arth a'i chodi i'r awyr.

'Mae fy sbectol yn cael ei strwa!' protestiodd. Doedd hi ddim yn teimlo'n rhy gyfforddus yn y sefyllfa hon, yn enwedig ar ôl iddi sylwi bod y disgyblion i gyd yn lled-chwerthin wrth weld eu hathrawes la-di-da ym mreichiau dyn.

'Be amdanon ni?' gwaeddodd Jac, gan ddal ei afael yn fferau ei daid.

'Fe wna i'ch dala chi!' meddai'r dyn diogelwch, wrth geisio adennill rhywfaint o'i hunan-barch. 'Gollyngwch eich gafael, ar ôl tri. Un, dou, tri ...'

'Ffwrdd â ni!' meddai Taid.

Cyn i'r dyn-cap-pwysig ddweud gair, roedd yr hen ŵr wedi gollwng ei afael.

Mewn chwinciad chwannen, disgynnodd Jac a'i daid ar ben Mr Gorila, ei gorff enfawr yn creu mat anferth i lanio arno.

BOING!

Ar ôl i'r ddau unigolyn ddisgyn ar ei ben, roedd Mr Ylwch-chi-fi ar wastad ei gefn ar lawr yr amgueddfa, yn anymwybodol.

'Pawb i sefyll yn ôl!' gorchmynnodd yr athrawes. 'Rhaid imi roi cusan bywyd iddo!'

Plygodd Miss Jones dros y corff a dechrau llenwi ysgyfaint y gorila gyda'i hanadl. Ac ymhen dim daeth ato'i hun.

'Diolch ichi, Miss ...?' meddai'r mwnci mewn siwt.

'Verity. Ond fe gewch chi 'ngalw i'n Veronica.'

'Diolch i chi, Veronica.' Gwenodd y ddau'n ddel ar ei gilydd.

Edrychodd Miss Veronica Jones i fyny a gweld Taid.

'O, chi sydd 'ma 'to, Mr Williams! Dylen fod wedi ame!'

Gyda'r dyn diogelwch yn gorwedd ar lawr a hen Spitfire amhrisiadwy'n siglo uwch ei ben, meddyliodd Jac mai'r peth callaf i'w wneud oedd ymddwyn fel petai dim oll wedi digwydd.

'Dyna ddigon o hanes Brwydr Prydain, Miss Jones,' meddai'r bachgen yn hamddenol. 'Be sy nesa?'

'Nesa ...' dywedodd yr athrawes Hanes, yn flin fel cacwn, 'wy'n galw'r heddlu!'

23

Cnau a Ffrwythau

Fel pob plentyn, roedd Jac wastad eisiau cael lifft mewn car heddlu, ond roedd bob tro wedi dychmygu ei hun yn eistedd yn y sedd flaen, yn gyrru'n wyllt ar ôl pobol ddrwg, nid yng nghefn y car gydag aelod agos o'r teulu a oedd newydd gael ei arestio.

Rhuthrodd y car ar wib trwy'r ddinas gyda'r seiren yn **CANU.** Roedden nhw ar y ffordd i brif orsaf yr heddlu i gael eu cwestiynu, er bod Taid yn meddwl ei fod wedi cael ei ddal gan 'y gelyn'. Y cyhuddiad yn erbyn yr hen ŵr oedd 'difrod troseddol'. Ceisiodd y bachgen egluro wrth yr heddlu na fyddai'r weiren oedd yn dal yr awyren wedi torri heblaw am y ffaith fod y dyn diogelwch mor drwm. Ond yn bur amlwg, doedd hynny ddim yn ddigon i gael traed ei daid yn rhydd. Dyn dwys iawn yr olwg oedd yr heddwas. Trwy gydol y siwrne i'r orsaf, ni ddywedodd yr un gair o'i ben.

Y drws nesa iddo yn y sedd gefn, trodd Jac at ei daid.

'Tai—yyy, Wing Commander?'

'Ia, Squadron Leader?'

'Sut ar y ddaear lwyddoch chi i gysgu yng nghocpit yr awyren?' Yng nghanol y cyffro, roedd Jac wedi anghofio gofyn.

Am eiliad, syllodd Taid yn hurt arno. Roedd wedi bod ar goll am wythnos, ac roedd yr Amgueddfa Ryfel filltiroedd lawer o'i gartref.

'Dechreuodd y cyfan pan wnes i barasiwtio i dir y gelyn ...' dywedodd o'r diwedd. Roedd hi'n amlwg bod ei daid yn ddryslyd iawn ac yn ceisio clymu digwyddiadau'r wythnos diwethaf at ei gilydd.

Dyna'r atgof sy ganddo o neidio allan trwy ffenest yr ystafell wely adref, meddyliodd y bachgen.

'Cerddais am sawl dydd a nos,' dywedodd Taid. 'Cedwais draw o'r ffordd fawr gan gerdded trwy'r caeau a'r coedwigoedd bob cyfle gallwn i. Dyna be ddysgon nhw i ni yn yr Awyrlu, petaen ni'n glanio ar dir y gelyn.'

Dyna pam welodd neb mohono, meddyliodd Jac.

Edrychodd y bachgen ar slipars ei daid; roedden nhw'n fwd drostynt ac yn wlyb domen dail. 'Ond be oeddech chi'n fwyta?'

'Cnau a ffrwythau, ac yfed dŵr glaw.'

'A chysgu dan y sêr?'

'Yr unig ffordd i gysgu, Squadron Leader! Rhaid bod chithau wedi gwneud hynny pan oeddech chi yn yr Awyrlu?'

Teimlai Jac gywilydd wrth ateb 'Naddo, erioed'. Roedd bywyd ei daid wedi bod ganwaith yn fwy cyffrous na fyddai ei fywyd o byth. 'Ond sut oeddech chi'n gwybod pa ffordd i fynd?'

'Rhaid fy mod i wedi croesi dros y ffin i'n tir ni, achos

pan o'n i mewn rhyw gae gwelais arwydd anferth ar y ffordd fawr.'

'Beth oedd ar yr arwydd?'

'Llun anferth o Spitfire, a chyfeiriadau! Od iawn.'

Hysbysfwrdd yr Amgueddfa Ryfel, sylweddolodd y bachgen.

'Rhaid i mi ffonio Prif Farsial yr Awyrlu ynglŷn â hynny. 'Dio'm yn beth doeth iawn dweud wrth y gelyn ble mae maes awyr agosaf yr Awyrlu. Os lwyddan nhw i lanio gyda milwyr troed, gallan nhw ddilyn y cyfarwyddiadau a martsio syth yma!'

Gwenodd y bachgen. I bawb arall roedd cyflwr ei daid yn broblem. I Jac, roedd y ffordd yr oedd meddwl ei daid yn gweithio yn hudolus.

Aeth Taid ymlaen i egluro. 'Roedd hi'n tywyllu pan gyrhaeddais y maes awyr, ac roedd rhyw bobol ifanc yn stelcian o gwmpas yr hangyrs – ifaciwîs, debyg ...'

Roedd yr Amgueddfa Ryfel bob amser yn llawn o blant, *rheini welodd o, mae'n siŵr,* meddyliodd Jac.

'Roeddwn i angen mynd i'r tŷ bach. Do'n i heb fod ers wythnos, ac mae'r holl gnau a ffrwythau yn codi awydd mynd ar rywun! Ond roeddwn i mor flinedig, rhaid 'mod i wedi cysgu ar y sedd. Dim ond cyntun bach. Pan ddeffrish, roedd rhywun wedi diffodd y golau. Cerddais o gwmpas yn y tywyllwch am sbel a llwyddais yn y diwedd i ddod o hyd i fy Spitfire. Cofiwch, bu raid imi ddringo dros sawl awyren cyn cael ati.'

Roedd Taid yn lwcus i fod yn fyw! Roedd dringo ar yr awyrennau'n beryglus ofnadwy gefn dydd golau.

'A be ddigwyddodd wedyn, syr?' gofynnodd Jac, yn chwilfrydig.

'Wedyn, penderfynais fynd â hi i fyny. **I FYNY, FYNY, FRY!** Ond fedrwn i ddim cychwyn y dam peth! Dim tanwydd, debyg ...' Aeth ei lais yn dawelach, a rhyw olwg ddryslyd ar ei wyneb. 'Yna ... yna ... rhaid 'mod i wedi cysgu unwaith eto yn y cocpit – dim ond cyntun bach, welwch chi.'

'Wrth gwrs, Wing Commander.'

Eisteddodd y ddau heb ddweud gair o'u pennau am funud cyn i'r bachgen dorri'r tawelwch. Daeth ton o gariad angerddol at ei daid drosto. 'Roedd pawb yn poeni amdanoch yn ofnadwy ...'

'Dim angen poeni amdana i,' wfftiodd, dan chwerthin. 'Fedar holl awyrennau Luftwaffe Mr Hitler ddim stopio'r hen beilot yma, o na! Er gwaetha pawb a phopeth ry'n ni yma o hyd, Squadron Leader!'

24

Wardrob mewn Siwt

Yn orsaf yr heddlu roedd penbleth mawr. Doedd gan yr un o'r swyddogion y syniad lleiaf beth i'w wneud gyda hen ŵr hoffus oedd wedi dringo i mewn i awyren yn yr Amgueddfa Ryfel.

Fodd bynnag, roedd y cyhuddiad yn un difrifol. Difrod troseddol. O ganlyniad i'r miri a fu yn yr amgueddfa yn gynharach y diwrnod hwnnw, byddai angen cyweirio tair hen awyren, a hynny ar gost y wlad. Felly aethpwyd â Taid i'r llawr isaf yn yr orsaf, i'r ystafell holi. Erfyniodd Jac am yr hawl i gael mynd hefyd. Eglurodd y bachgen fod meddwl yr hen ŵr yn gallu bod yn ddryslyd ac y byddai angen ei gymorth. Meddyliodd beth ar y ddaear allai ddigwydd nesa i'w daid. Achos llys? Carchar? Gwyddai'r bachgen fod Taid mewn dŵr dwfn. Y cwestiwn oedd, pa mor ddwfn?

Ystafell fechan a thywyll oedd yr ystafell holi. Roedd

popeth yn llwyd. Y waliau. Y bwrdd. Y cadeiriau. Crogai bylb trydan noeth o'r nenfwd. Doedd dim ffenestri, dim ond hollt fechan ar dop y drws ble gallai'r rheini tu allan edrych i mewn.

Bu'r ddau'n eistedd yno am sbel cyn i bedair llygad ymddangos yn yr hollt.

Clywyd sŵn allweddi'n cloncian a drws haearn anferth yn agor.

Safai dau dditectif yn y drws. Amser i'r holi gychwyn.

Roedd un o'r ditectifs yn anarferol o dal, gydag ysgwyddau llydan. Roedd fel wardrob mewn siwt, tra oedd ei bartner yn denau fel brwynen. O bell, gallai'n hawdd ei gamgymryd am giw snwcer.

I lawr ym mherfeddion orsaf yr heddlu, ceisiodd y ddau ddyn ddod i mewn trwy ddrws yr ystafell holi ar yr un pryd. O ganlyniad, aeth y ddau'n sownd, a'u siwtiau neilon rhad yn rhwbio yn erbyn ei gilydd.

'Dwi'n styc!' gwaeddodd y dyn mawr, Ditectif Twp.

'Nage 'n fai i yw e, **Leslie**,' meddai'r dyn tenau, Ditectif Dwl.

'Paid â 'ngalw i'n **Leslie** o flaen pobol ddiarth!' sibrydodd Ditectif Twp yn uchel.

'Ond **Leslie** yw d'enw di, **Leslie** Twp!'

'Rho'r gorau i ddweud hynna!'

'Sorri, **Leslie**. Wna i ddim dy alw di'n **Leslie** byth 'to, **Leslie**. Wy'n addo, **Leslie**!'

'Ti'n dal i'w ddweud o!'

Roedd hi'n amlwg nad oedd y dyn mawr yn rhy hoff o'r

ffaith fod ganddo enw merch. Byddai'n llawer hapusach gydag enw fel Dewi neu Huw neu Eifion neu Ken neu Idris – neu'n wir, Bendigeidfran.

O'r diwedd llwyddodd **Leslie** i wthio'i hun trwy'r drws gan wasgu ei gyd-dditectif wrth wneud hynny.

'Ti'n rhoi loes i fi!' gwaeddodd Dwl.

'Sorri!' atebodd Twp.

Ceisiodd Jac beidio chwerthin wrth i'r ddau gamu i'r ystafell. Yng nghanol y miri i gyd, gadawyd y drws ar agor led y pen gyda'r allweddi yn y twll clo.

'Gestapo!' sibrydodd Taid wrth ei ŵyr. 'Gadewch i mi ddelio efo nhw!'

Y Gestapo oedd heddlu cudd brawychus Hitler, pobol oedd yn annhebyg iawn i'r ddau glown hyn.

Ond unwaith roedd syniad wedi ei blannu ym mhen Taid doedd dim modd newid ei feddwl, felly gwell oedd cadw'n dawel.

Ar ôl i'r ddau dditectif dwtio ychydig a sythu eu teis, eisteddodd y ddau dwpsyn gyferbyn â Jac a'i daid.

Bu tawelwch llethol, annifyr am sawl munud. Roedd fel petai'r naill dditectif yn disgwyl i'r llall siarad gyntaf.

'Wyt ti ddim am ddweud rhywbeth?' sibrydodd Twp

o ochr ei geg.

'Ro'n i'n meddwl bod ni wedi cytuno taw ti oedd yn mynd i siarad gynta,' atebodd Dwl.

'O, do, ti'n iawn. Sorri.' Bu saib.

'Ond nawr dwi ddim yn gwybod be i'w ddweud.'

'Esgusodwch ni am funed,' ymddiheurodd Dwl. Gwenodd y ddau dditectif ar Jac a'i daid cyn camu o'r bwrdd unwaith yn rhagor. Roedd Jac yn meddwl bod hyn i gyd yn ddoniol ond doedd fiw iddo ddangos hynny, tra oedd wyneb Taid yn un o ddryswch pur.

Yng nghornel yr ystafell fechan, lwyd roedd y ddau dditectif benben â'i gilydd, fel chwaraewyr rygbi mewn sgrym. Rhoddodd Dwl orchymyn i Twp.

'Gronda, **Leslie**, ni wedi trafod hyn o'r blaen. Ni'n whare rhan y plismon da a'r plismon drwg. 'Na'r ffordd i gael pobol i gyfadde.'

'Iawn!'

'Grêt!'

Meddyliodd Twp am eiliad. Atgoffa fi, pa un ydw i?'

'Y plismon da!' Roedd Dwl yn dechrau colli amynedd erbyn hyn.

'Ond dwi eisiau bod y plismon drwg,' protestiodd Twp. Heb os, ef oedd yr un mwyaf plentynnaidd o'r ddau.

'Fi sydd WASTAD y plismon drwg!' meddai Dwl.

'Tydi hynna ddim yn deg!' gwaeddodd Twp, gan ymddwyn fel petai rhywun newydd ddwyn ei hufen iâ.

'Iawn! Iawn!' ochneidiodd Dwl. 'Gei di fod y plismon drwg.'

'Grêt!' atebodd Twp, gan godi ei ddwrn i'r awyr yn fuddugoliaethus.

'Ond dim ond am heddi.'

Roedd Jac yn dechrau colli amynedd hefyd a galwodd ar draws y bwrdd. 'Ddrwg gen i'ch styrbio chi, ond ydan ni am fod yma'n hir?'

'Na, na, na, na. Fyddwn ni ddim whincad,' atebodd Dwl cyn troi at ei bartner Twp. 'Iawn. Ddechreua i. Fel y plismon da, fe wna i weud rhywbeth caredig ac wedyn fel y plismon drwg gei di weud rhywbeth cas.'

'Deall yn iawn!' atebodd Twp.

Gan gamu'n hyderus, dychwelodd y ddau dditectif yn ôl i'w seddau. Yr un tenau siaradodd gyntaf.

'Fel y gwyddoch, mae difrod troseddol yn gyhuddiad difrifol. Ond mae'n bwysig i chi gofio ein bod ni'n ffrindie. Ni yma i'ch helpu chi. Yr unig beth ni moyn yw atebion. Beth o'ch chi'n bwriadu ei wneud 'da'r awyrenne rhyfel?'

'Ia, cwestiwn da,' ychwanegodd Twp. 'Felly, os byddwch chi mor garedig â dweud wrthon ni, byddai hynny'n hyfryd.'

Ochneidiodd Ditectif Dwl mewn anobaith.

25

Dŵr Dyfnach na Dwfn

Yn yr ystafell holi, doedd pethau ddim yn datblygu fel roedd y ddau dditectif wedi gobeithio. Tynnodd Ditectif Dwl Dditectif Twp yn ôl i'r gornel. 'Y ffŵl! Ti yw'r plismon drwg! Alli di ddim gweud "fyddwch chi mor garedig"!'

'Ti'n siŵr?' gofynnodd Twp yn ddiniwed.

'**Berffeth siŵr!** Rhaid iti fod yn fwy cas.'

'Cas?'

'**IE!**'

'Dwi ddim yn siŵr a alla i fod yn gas. Mae hi'n anodd bod yn gas gydag enw fel *Leslie*.'

'Wy ddim yn credu eu bod nhw'n gwybod dy enw.'

'Ti wedi 'i ddweud o gannoedd o weithiau!' eglurodd Twp.

'O, do, ti'n iawn. Sorri, **Leslie**,' atebodd Dwl.

'Ti wedi ddweud o eto!'

'Ymddiheuriade, **Leslie**.'

'Ac eto!'

'Wy'n addo neith e'm digwydd 'to, **Leslie**.'

'Wnei di beidio dweud f'enw i! Efallai byddai'n syniad gwell i mi fod y plismon da wedi'r cwbwl.'

'Ond ti newydd weud bo ti moyn bod y plismon drwg!'

''Dwi'n gwybod ...' Roedd Twp yn edrych yn lletchwith. 'Ond dwi wedi penderfynu newid ... os nad oes ots gen ti.'

Cytunodd Dwl yn syth. Roedd yr holi'n dechrau troi'n ffars. 'Iawn, iawn. Newn ni fe fel ti moyn. Gei di fod y plismon da, **Leslie**, a gaf i fod y plismon drwg.'

'Diolch. A cofia, paid â 'ngalw i'n **Leslie** o flaen y ddau yma.'

'Sorri, wnes i dy alw di'n **Leslie** 'to?'

'Do, mi wnest ti,' dywedodd Twp.

'Ddrwg 'da fi, **Leslie**,' atebodd Dwl.

Ar hynny, chwarddodd Jac yn uchel.

'Ha ha!'

'Be sydd mor ddoniol?' mynnodd Twp yn flin.

'Dim, **Leslie**,' meddai'r bachgen, gyda'i law dros ei geg.

Edrychodd **Leslie** mor flin ag y gall rhywun o'r enw **Leslie** edrych. 'Maen nhw'n gwybod rŵan mai **Leslie** yw f' enw i. A dy fai di ydy o i gyd!'

Doedd Dwl ddim yn barod i dderbyn y bai. 'Wy'n credu bo'r bai mwya ar dy dad a dy fam am dy enwi di'n **Leslie Twp**. Pam ar y ddaear roion nhw enw menyw i ti?'

'Nid enw merch yn unig ydy **Leslie**,' gwaeddodd Twp. 'Mae e'n enw deurywiol.'

Enwau deurywiol eraill y gallai Mr a Mrs Twp wedi galw eu bachgen bach yw:

Alecs
Alice
Ceri
Ceris
Caron
Darryl
Einir
Lyn
Llion
Morgan
Sandy
Teifi

'O, ie, enw deurywiol yw e, wrth gwrs. Mae cyment o ddynon o'r enw **Leslie**,' meddai Ditectif Dwl dan ei wynt, cyn ymdawelu. 'Nawr gronda, ma' 'da ni waith holi i'w wneud, cofio?'

'Oes. Oes, sorri.'

'A cofia bod ti'n blismon da, wedyn treia bod yn garedig.'

'Iawn, iawn, iawn, dwi'n blismon da. Plismon da, plismon da,' ailadroddodd Twp drosodd a throsodd fel record wedi mynd yn sownd, gan wneud yn siŵr ei fod o'n cofio.

'Reit, beth am ddechre holi 'to!' meddai Dwl yn hyderus.

'Oes cyfle i mi fynd i'r tŷ bach yn sydyn? Angen cael gwared o baned o de.'

'Nag o's! Wedes i 'thot ti am fynd cyn i ni ddod mas.'

'Ond do'n i ddim eisio mynd bryd hynny!'

'Rhaid iti ddala fe mewn!'

'Sut?!'

'Croesa dy goese ne' rhywbeth. Beth bynnag ti'n ei wneud, paid meddwl am afon yn llifo trwy ddyffryn.'

'Yr unig beth dwi'n gallu meddwl amdano rŵan yw afon yn rhedeg trwy ddyffryn!'

'Ditectif Twp, ti'n gwneud i'r ddau ohonon ni edrych yn amhroffesiynol!'

'Sorri!'

'Ni i fod yn ddou o blismyn gore Cymru.'

'Y gorau!'

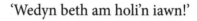

'Wedyn beth am holi'n iawn!'

Brasgamodd y ddau ditectif Twp a Dwl draw at y bwrdd gyda phwrpas ac arddeliad.

'Reit ...' dechreuodd Twp, ' ... fasech chi'n hoffi mynd allan am swper?'

Edrychodd Jac a'i daid ar ei gilydd. 'Ma hynna'n rhy garedig!' gwaeddodd Dwl.

'Ond ddeudist ti wrtha i fod y plismon da!'

'So 'nna'n golygu bo ti'n gofyn iddyn nhw ddod mas am swper!'

Meddyliodd Twp am eiliad. 'Cinio?'

'NA!'

'Coffi?'

'NA! Dishgwl, **Leslie**...'

'Paid â 'ngalw i'n **Leslie**...'

'**Leslie**, gad i fi ofalu am y gwaith holi o hyn 'mlân, iawn?'

Pwdodd Twp gan lithro i'r pwd mwyaf pwdlyd-pwdlyd-pwdlyd, pwd mor bwdlyd-bwdlyd-bwdlyd nes iddo wrthod siarad, ysgwyd ei ben nac edrych ym myw llygaid neb o hynny ymlaen. Yr unig beth roedd o'n ei wneud oedd codi ei ysgwyddau ar bawb a phopeth.

Pydrodd Ditectif Dwl ymlaen ar ei ben ei hun gan edrych yn flin ar Taid. 'Cafodd tair awyren amhrisiadwy eu difrodi heddi. Licech chi egluro 'tho i pam?'

'Doedd o ddim yn bwriadu gwneud,' protestiodd Jac. 'Damwain oedd hi. Onest!'

'Ti wedi bod yn dawel, hen ddyn. Beth sy 'da ti i'w weud?' mynnodd Dwl.

Edrychodd Jac ar ei daid. A oedd o am ddweud rhywbeth fyddai'n ei ollwng i **ddyfroedd dyfnach na dwfn?!**

26

Y Llanw'n Troi

Ar lawr gwaelod gorsaf yr heddlu, edrychodd Jac yn nerfus ar ei daid. Beth oedd yr hen ŵr am ei ddweud? Sythodd Taid ei dei Awyrlu a syllu ar Dditectif Dwl i fyw ei lygaid.

'Mae gen i gwestiynau i ti!' cyhoeddodd.

'Be gythraul dach chi'n wneud?' sibrydodd Jac.

'Yr unig ffordd i drechu'r Gestapo ydy trwy chwarae'r un gêm â nhw,' sibrydodd Taid yn ôl.

'Na! Sdim cwestiyne 'da chi i ni, hen ŵr! Dim fel'ny mae pethe'n gweitho,' atebodd Dwl, gyda rhyw dinc o anghredinedd yn ei lais.

Ond yn ddiarwybod i'r ditectif, doedd Taid ddim yn ddyn i dderbyn 'na' fel ateb. 'Ar ba ddiwrnod fydd Ymgyrch Morlew?' mynnodd.

'Ymg— be?' gofynnodd Twp.

'Paid ti â chware'r gêm yna efo fi! Ti'n gwybod yn iawn am beth dwi'n sôn!' gwaeddodd Taid, wrth iddo godi ar ei draed a chamu yn ôl ac ymlaen yn yr ystafell fel teigr mewn caets.

Ciledrychodd y ddau dditectif ar ei gilydd. Bellach roedden nhw mor ddryslyd â Taid. Doedd gan yr un o'r ddau affliw o ddim syniad am beth roedd yr hen ŵr yn mwydro. 'Does 'da ni ddim syniad, wir,' atebodd Dwl.

'Hy! Allwch chi byth ag ennill y rhyfel yma. Ac mi gewch ddweud fy neges i wrth Mr Hitler!'

'Dwi erioed wedi'i gyfarfod,' protestiodd Twp.

'Does yr un ohonoch yn gadael yr ystafell yma nes eich bod wedi dweud wrtha i pryd dach chi'n bwriadu ymosod ar y tir!'

Yn dilyn ei gyfnod fel swyddog yn yr Awyrlu, roedd rhyw awdurdod yn perthyn i Taid. Teimlai'r ddau dditectif fod y llanw'n troi yn eu herbyn. Gwenodd Jac.

'Ond wy fod i whare badminton nes ymlaen ...' dywedodd Dwl.

Daeth camu Taid i ben cyn iddo blygu dros y bwrdd. Roedd o drwyn wrth drwyn gyda Thwp a Dwl. Er ei oedran, dyn gwirion fyddai'n rhoi bys yng ngheg ei daid. 'Dach chi ddim yn cael gadael yr ystafell yma tan ichi ddweud wrtha i!'

'Ond dwi wirioneddol eisio mynd i'r tŷ bach i gael gwared o baned o de!' meddai Twp. 'Neu mi fydda i wedi gwlychu 'nhrowsus!' Edrychodd y creadur bach fel petai ar fin crio.

'Deudwch wrtha ar ba ddiwrnod fydd Ymgyrch Morlew!'

'Be ddeudwn ni?' sibrydodd Twp trwy ochr ei geg.

'Beth am weud dim?' awgrymodd Dwl.

Atebodd y ddau dditectif ar yr un pryd.

'Dydd Llun!' 'Dydd Iou!'

Achosodd hyn iddyn nhw edrych fel celwyddgwn. A dyna oedden nhw, wrth gwrs.

'Dewch, Squadron Leader!' gorchmynnodd Taid, a sythodd Jac fel milwr. 'Beth am eu gadael nhw i chwysu'n fan'ma. Fyddwn ni'n ôl yn y bore!' Trodd Taid ar ei sawdl i gyfeiriad y ddau blismon.

'Well ichi ddweud y gwir wrthon ni, neu mi fydd yna helynt!'

Ar hynny, martsiodd yr hen ŵr i gyfeiriad drws haearn anferth yr ystafell holi, gyda Jac yn dynn wrth ei sodlau. Edrychodd y ddau dditectif arnyn nhw'n gegrwth. Gan feddwl yn chwim, tynnodd Jac yr allweddi o'r twll clo a chau'r drws yn glep ar ei ôl. Curai ei galon fel drwm wrth iddo droi'r allwedd a chloi'r ddau dditectif yn yr ystafell.

CLIC.

Dyna pryd sylweddolodd y ditectifs eu bod wedi cael eu twyllo. Rhedodd y ddau i gyfeiriad y drws a cheisio'i agor. Ond roedden nhw'n rhy hwyr. Dyma'r ddau'n dechrau curo ar y drws yn galed gan ymbil am help.

'Gwaith gwych, syr! Nawr ... rhedwch!' meddai Jac, gan dynnu ei daid gerfydd llawes ei grys.

'Mae un peth arall, Squadron Leader,' atebodd Taid. Agorodd y bwlch bychan yn y drws a gweiddi ar y ddau dditectif.

'Gyda llaw, mae **Leslie** yn bendant yn enw merch!'

Yna rhedodd Jac a'i daid i lawr y coridor ac allan o'r orsaf.

27

Ar Dir y Gelyn

Yn dilyn ei hyfforddddiant yn yr Awyrlu, gwyddai Taid yn iawn sut i osgoi cael ei ddal ar dir y gelyn. Roedd pob peilot yn gwybod beth i'w wneud achos roedd y posibilrwydd o gael eich dal ar y tir digroeso hwnnw yn un cryf.

Gyda'i gilydd, ceisiodd Jac a'i daid gadw'n glir o briffyrdd a goleuadau stryd. Pan oedd hi'n ddigon tywyll, dringodd y ddau i ben y wal agosaf at orsaf drenau'r

ddinas a neidio ar ben to'r trên a fyddai'n eu cludo gartref – siwrne beryglus ac oer.

'P-p-pam bod rhaid i n-n-ni fod fyny'n fan'ma, W-w-wing C-c-commander?' gofynnodd Jac, gan grynu fel deilen.

'Achos os dwi'n nabod y Gestapo'n iawn, mi fyddan nhw eisoes ar y trên yn chwilio amdanon ni ac yn tsiecio pasborts a phapurau pawb. 'Dan ni'n saffach fyny fan'ma.'

Ar hynny, y tu ôl i Taid, gwelodd Jac y trên yn nesáu at dwnnel.

'Plygwch!' gwaeddodd y bachgen.

Edrychodd yr hen ŵr yn ôl cyn gorwedd ar ei fol wrth ymyl Jac. A hynny jest mewn pryd. Wedi iddyn nhw basio trwy'r twnnel, cododd Taid ar ei bengliniau. 'Diolch,

Squadron Leader!' meddai. 'Roedd hynna braidd yn rhy agos.'

Yr eiliad nesaf, cafodd ei daro ar gefn ei ben gan gangen coeden.

THWAC!

'*Ow!*'

'Dach chi'n iawn, syr?'

'Yndw, berffaith, Squadron Leader!' atebodd Taid. 'Y blwmin gelyn osododd y gangen 'na!'

Doedd Jac ddim yn meddwl am eiliad mai Mr Hitler a'i ffrindiau osododd y gangen ond doedd o ddim am ddadlau.

Roedd hi bron yn hanner nos pan gyrhaeddon nhw'r orsaf drenau. Rhai munudau'n ddiweddarach, cyrhaeddon nhw stryd Taid. Y cynllun oedd cuddio yn ei fflat am gyfnod. Credai Jac y byddai'n hynny'n well na mynd i gartref ei deulu, yn enwedig ar ôl beth ddigwyddodd yn gynharach yn yr Amgueddfa Ryfel, ac yn orsaf yr heddlu.

Er syndod i Jac, roedd golau ymlaen yn siop Huw. Roedd y siopwr yn dal ar ei draed, yn didoli'r papurau newydd a oedd newydd gael eu gollwng ar y palmant y tu allan. Gwyddai'r bachgen y gallai ymddiried yn Huw. Ac i ddau a oedd yn dianc oddi wrth yr heddlu, roedd hynny'n dda o beth.

'Huw!' galwodd Jac.

Edrychodd y siopwr i'r tywyllwch.

'Pwy sydd 'na?'

Camodd y ddau ar flaenau eu traed gerfydd y wal, er mwyn osgoi golau'r lamp stryd. Aeth sawl eiliad heibio cyn i'r siopwr eu gweld.

'Jac! Mr Walliams! Chi sydd 'na? Naethoch chi 'nychryn i!'

'Sorri, Huw, doedden ni ddim yn bwriadu gwneud. 'Dan ni jest ddim eisio i neb ein gweld ni,' meddai'r bachgen.

'Pam?'

'Stori hir, fy ngwas!' eglurodd Taid. 'Dwi'n edrych ymlaen i'w dweud hi wrthat ti dros beint neu ddau yn y barics!'

'Dwi mor falch o weld eich bod chi'n saff ac yn holliach, syr!' dywedodd y siopwr.

Daeth car i'r stryd, gan daflu ei olau arnyn nhw.

'Gwell i ni fynd i mewn ...' meddai Jac.

'Wrth gwrs, wrth gwrs,' atebodd Huw. 'Dewch i mewn, dewch i mewn, a dowch â bwndel o bapurau newydd efo chi, os gwelwch yn dda!'

28

Galwad Gostus

Agorodd y siopwr ddrws ei siop a hebrwng Jac a'i daid i mewn. Cyn gynted ag yr o'n nhw dros y rhiniog, awgrymodd fod yr hen ŵr yn eistedd ar un o'r bwndeli papurau newydd. 'Dyma chi, syr!'

'Hynod garedig, was ffyddlon.'

'Ydach chi'n llwglyd? Sychedig? Plis, Mr Walliams bach, cym unrhyw beth wyt ti ei eisiau.'

'Go iawn?' gofynnodd Jac. I blentyn deuddeg oed roedd hwn yn gynnig arbennig. 'Unrhyw beth?'

'Unrhyw beth!' atebodd Huw. 'Chi'ch dau yw fy hoff gwsmeriaid yn y byd i gyd. Plis, plis, cymrwch beth bynnag dach chi ei eisiau.'

Gwenodd Jac. 'Diolch yn fawr iawn.' Ar ôl diwrnod o antur roedd o angen rhywbeth i lenwi ei fol. Felly mi ddewisiodd rhai pethau i'w hunan ac i'w daid. Paced o greision, dau far o siocled, dau garton o sudd oren.

Er siom i'r bachgen, dechreuodd Huw gyfri'r bil.

'Punt a saith deg pump o geiniogau, os gwelwch yn dda.'

Ochneidiodd Jac cyn mynd i'w boced i gael newid a'i roi ar y cownter.

'Dyma chi, Huw.'

'Galwodd Mr a Mrs Walliams yma ychydig o oriau'n ôl. Holi a o'n i wedi gweld un ohonoch chi. Roedden nhw'n poeni'n arw.'

'O, na.' Yng nghanol yr holl gyffro roedd y bachgen wedi llwyr anghofio am ei fam a'i dad, a theimlodd yn euog. 'Well imi eu ffonio nhw ar unwaith, Huw. Ga i ddefnyddio'ch ffôn chi?'

'Wrth gwrs!' meddai Huw, gan osod y ffôn ar y cownter. 'Ac yn arbennig i ti, mi fydd yr alwad yn rhad ac am ddim.'

'Diolch,' atebodd y bachgen.

'Ond paid â siarad yn rhy hir. Dim mwy na phedair neu bump eiliad.'

'Mi wna i 'ngorau.' Edrychodd Jac dros ei ysgwydd ar ei daid yn bwyta bar o siocled gan fwmian, 'Rasions da iawn, was ffyddlon!'

'Ddrwg gen i, 'sgen i ddim bisgedi,' dywedodd y siopwr. 'Mi dorrodd Modryb Dhriti i mewn yma neithiwr a bwyta pedwar llond bocs ohonyn nhw. Mi fwytodd y cardbord, hyd yn oed.'

'Mam! Fi sy 'ma!' meddai Jac ar y ffôn.

'Ble ar y ddaear wyt ti wedi bod?' gofynnodd ei fam. 'Mae dy dad a finnau wedi bod yn y car yn chwilio amdanat trwy'r dydd a'r nos!'

'Wel, mi alla i egluro, dwi—' ond torrodd ei fam ar ei draws.

'Mi ddoth dy athrawes Hanes, Miss Jones, i'r tŷ a deud wrthon ni beth ddigwyddodd yn yr Amgueddfa Ryfel. **Mi wnest ti falu Spitfire!**'

'Nid fy mai i oedd hynny. Petai'r dyn diogelwch ddim mor drwm—'

Doedd ei fam ddim yn barod i wrando.

'Dwi ddim eisiau clywed! Dywedodd hi hefyd eu bod nhw wedi dod o hyd i dy daid – yn yr amgueddfa, o bob man! A'i fod wedi cael ei arestio gan yr heddlu! A phan aeth dy dad a finnau i orsaf yr heddlu mi ddywedon nhw eich bod chi'ch dau wedi **dianc!**'

'Wel, do a naddo. Dim ond cerdded allan o'r lle wnaethon ni mewn gwirionedd ...'

'**DYNA DDIGON! NAWR, BLE WYT TI?!**'

Torrodd Huw ar ei draws. 'Wyt ti'n meindio gofyn i dy fam dy ffonio di'n ôl? Ti wedi bod ar y ffôn am un funud a thri deg wyth o eiliadau'n barod ac mi fydd hi'n alwad ddrud iawn!'

''Mam, ga i'ch ffonio chi'n ôl?'

'O, dyna lle'r wyt ti, ia? Siop Huw! PAID Â SYMUD O FAN'NA! 'DAN NI AR EIN FFORDD!'

Rhoddodd y fam y ffôn i lawr.

CLIC!

BRR.

Pan edrychodd Jac i fyny, sylwodd fod Huw wedi bod yn edrych ar ei wats trwy'r adeg. 'Un funud a phedwar deg chwech o eiliadau. Tyt-tyt.'

'Ma Mam yn deud ei bod hi ar y ffordd i'n nôl ni.'

'Da iawn!' atebodd y siopwr. 'Nawr, tra dach chi'n disgwyl, fasach chi'n hoffi cael cipolwg ar y cardiau Nadolig newydd?'

'Dim diolch, Huw – mae hi'n fis Ionawr.'

'Ond mae hwn yn un Nadoligaidd iawn,' meddai, gan ddangos cerdyn gwyn, plaen.

Edrychodd Jac ar y cerdyn ac yna ar Huw. Meddyliodd am eiliad fod y siopwr yn dechrau mynd o'i gof. 'Ond does dim byd ar y cerdyn yma, Huw.'

'Na na na, dyna lle wyt ti'n camgymryd, Mr Walliams bach. Llun o eira ydy o. Perffaith i'r Nadolig. Dim ond punt am ddeg cerdyn. Neu mae gen i gynnig arbennig, sef ...'

'Dyna syrpréis,' meddai Jac yn goeglyd dan ei wynt.

'Os bryni di fil o gardiau mi gei di nhw am bris da iawn!'

'Dim diolch, Huw,' atebodd Jac, yn gwrtais.

Ond roedd bargeinio yn rhan o natur y siopwr.

'Dwy fil?'

Yna, clywyd sŵn seiren yr heddlu tu allan.

Roedd 'y gelyn' yn agosáu.

29

Cysgod Angau

Ar y dechrau swniai'r seirens fel petaen nhw'n bell i ffwrdd, ond roedd yn amlwg eu bod yn nesáu a'r sŵn yn awgrymu bod fflyd o geir yr heddlu yn gyrru i gyfeiriad siop Huw. Edrychodd Jac yn siarp ar y siopwr.

'Nid fi alwodd nhw, onest!' meddai Huw.

'Rhaid mai Mam wnaeth, 'te!' meddai'r bachgen. Heb eiliad i'w cholli, gafaelodd ym mraich ei daid a'i wthio i gyfeiriad y drws. 'Wing Commander, rhaid i ni fynd o fan hyn! NAWR!'

Ond wrth iddyn nhw redeg i'r tywyllwch, roedd hi'n rhy hwyr. Roedden nhw wedi eu hamgylchynu.

Clywyd sŵn brêcs wrth i ryw ddwsin o geir yr heddlu gornelu Jac a Taid mewn hanner cylch. Roedd goleuadau llachar a sŵn byddarol o'u cwmpas.

'Stopiwch ar unwaith!' gwaeddodd un o'r plismyn.

Ufuddhaodd y ddau.

'Yn syth i'r carchar fydda i'n mynd. Colditz, o nabod fy lwc i. Cymrwch bwyll, Squadron Leader! Wela i chi 'nôl yn Walia wen!' sibrydodd Taid.

Dilynodd Huw nhw allan. Roedd wedi clymu ei hances wen o gwmpas bar o Curly Wurly a'i chwifio fel petai'n ildio. 'Plis peidiwch â saethu! Dwi newydd ailbeintio wal y siop!'

Rhaid bod rhieni Jac yn un o geir yr heddlu achos fe

ymddangosodd y ddau yng nghanol y plismyn. Rhedodd
y pâr at eu mab a'i gofleidio.

'Roedden ni'n poeni amdanat!' meddai Dad.

'Ddrwg gen i,' meddai Jac. 'Doeddwn i ddim eisio i
chi boeni.'

'Wel mi wnaethon ni, Jac!' atebodd Mam, yn meddalu
rhywfaint wrth weld bod ei mab yn saff.

'Beth sy'n mynd i ddigwydd i Taid?'
gofynnodd y bachgen. 'Allan
nhw ddim ei anfon
i'r carchar.'

'Na,' atebodd Mam. 'Does yr un ohonan ni eisiau i hynny ddigwydd, ddim hyd yn oed yr heddlu. Ffonish i'r dyn bach hyfryd hwnnw heno, Mr Ficer. Mae Taid yn ddyn lwcus. Trwy ryfedd wyrth mae o wedi ffeindio lle iddo fo yn y cartref hen bobol, Tŷ Arch.'

Prin roedd hi wedi gorffen y frawddeg pan gamodd cysgod hir, du – fel angau – o un o geir yr heddlu. Gyda golau llachar y car tu ôl iddi, yr unig beth allai Jac ei weld ar y dechrau oedd ei silwét. Dynes fechan, lydan gyda rhyw fath o het nyrs ar ei phen a chlogyn llac yn gorwedd dros ei hysgwyddau.

'Pwy ydach chi?' mynnodd Jac.

Camodd y ffigwr yn araf tuag ato, ei hesgidiau trymion a'i sodlau main yn atseinio ar y pafin oer a gwlyb. Ar ôl iddi ei gyrraedd, trodd ei hwyneb yn wên ffals. Roedd ei llygaid yn gul a chas a'i thrwyn yn troi at i fyny fel petai hi'n ei wthio'n erbyn ffenest.

'A! Rhaid mai ti ydy Jac!' meddai, yn gwenu fel giât. Llais ysgafn oedd ganddi ond gwyddai Jac fod rhyw ddrwg yn llechu tu ôl i'w geiriau. 'Ges i alwad ffôn gan y Parchedig Puw Duw. Dyn hyfryd. 'Dan ni'n dau mor agos ... ac yn rhannu ein gofid am hen bobol y dref.'

'Pwy ydach chi, ofynnais i?' ailadroddodd y bachgen.

'Fy enw yw Miss Ini Ffinihadoc, a fi ydy metron Tŷ Arch,' dywedodd y ddynes yn sadistaidd. 'Dwi wedi dod yma i nôl eich taid.'

RHAN 2

MATER O FYW NEU FARW

30

Tŷ Arch

Y noson honno, aethpwyd â Taid i Dŷ Arch. Dyna gytunwyd â'r heddlu – gollwng pob cyhuddiad ar yr amod ei fod o'n cael ei yrru yno.

Does dim angen dweud bod Jac ddim wedi cysgu winc y noson honno. Yr unig beth ar ei feddwl oedd ei daid. Felly cyn gynted ag y daeth y diwrnod ysgol i ben, aeth Jac draw i Dŷ Arch ar ei feic tair olwyn. Pedlodd mor gyflym ag y gallai, yn awyddus i weld ei daid ac i sicrhau nad oedd ei ffrindiau ysgol yn ei weld ar feic tair olwyn. Roedd Jac yn hel ei arian i brynu Chopper, a edrychai'n fwy fel moto-beic na beic, ond hyd yma doedd ganddo 'mond digon i brynu un o'r pedalau.

Roedd Tŷ Arch yn dipyn o ffordd o ganol y dref. Tu draw i'r rhesi tai roedd y waun. Ar gopa'r bryn yr oedd hen adeilad. Wedi ei amgylchynu gan wal uchel, a gyda giatiau mawr o'i flaen, roedd y lle'n edrych yn fwy fel carchar na chartref hen bobol. Doedd o'n sicr yn ddim byd tebyg i Disneyland.

Pedlodd Jac yn araf ar hyd y llwybr mwdlyd. Stopiodd wrth ymyl y giatiau. Roedd y rheini wedi eu gwneud o haearn gyda phigau siarp ar eu pennau, a dwy golofn garreg y bob ochr iddyn nhw. Safodd o'u blaenau a darllenodd yr arwydd ar y wal:

Newydd agor oedd y lle. Chwalwyd yr hen gartref i'r henoed, Cartref Clyd, gan fwldosar yn dilyn damwain od. Hen seilam wedi ei addasu o oes Fictoria oedd Tŷ Arch, adeilad uchel, brics coch gyda nifer o ffenestri bychain. Efallai mai 'cartref' roedd o'n cael ei alw ond doedd dim yn gartrefol yn perthyn iddo. Roedd ganddo bedwar llawr a thŵr gyda chloch ynddo. O bobtu'r gerddi, safai dau dŵr uchel arall i gadw llygad ar bawb. Ac ar y tyrau roedd chwiloleuadau anferth a dwy nyrs fawr, gyhyrog yn sefyll wrth eu hymyl.

Anodd oedd dweud beth oedd eu pwrpas – cadw pobol yn y cartref neu gadw pobol draw.

Gafaelodd Jac yn y giatiau a'u hysgwyd i weld a oedden nhw ar glo.

SNAP!

Aeth bollt o drydan trwy ei gorff.

'Aaaa!'

Teimlai fel petai wedi ei droi ben uchaf isaf a bod ei du mewn tu allan, i gyd ar yr un pryd. Tynnodd ei ddwylo oddi ar y giât mor gyflym ag y gallai, ac anadlu'n drwm. Roedd y profiad yn un mor boenus fel ei fod yn teimlo'n reit sâl.

'**PWY SYDD YNA?**' meddai llais mawr trwy fegaffon. Edrychodd Jac i fyny a gweld nyrs yn galw o'r tŵr.

'Jac.'

'**JAC PWY?**' Roedd y megaffon yn gwneud iddi swnio fel robot.

'Jac Williams. Dwi wedi dod i weld fy nhaid.'

'**Dydd Sul yn unig yw diwrnod ymwelwyr. Dere'n ôl bryd hynny.**'

'Ond dwi wedi dod yr holl ffordd ar fy meic ...' Roedd Jac yn methu credu ei fod o'n cael ei hel oddi yno. Yr unig beth roedd o eisiau oedd gweld ei daid am ychydig funudau.

'**Rhaid i unrhyw ymwelydd sydd yn ymweld â Thŷ Arch ar unrhyw ddiwrnod arall gael caniatâd gan y fetron.**'

'Dwi wedi cael caniatâd,' dywedodd y bachgen bach celwyddog. 'Weles i Miss Ffinihadoc neithiwr ac mi ddeudodd wrtha i alw draw prynhawn heddiw.'

'DERE I MEWN TRWY'R GIATIE A CHER I'R DDERBYNFA.'

BYₛSSSSSSS!

CLINC.

Agorodd y giatiau'n awtomatig a pedlodd y bachgen yn araf heibio'r giatau.

Doedd hi ddim yn hawdd reidio'r beic dros y cerrig mân, yn enwedig ar feic tair olwyn a oedd yn fwy addas i blentyn bach.

O'r diwedd, cyrhaeddodd Jac y drws mawr pren. Wrth ganu'r gloch, sylwodd y bachgen fod ei ddwylo'n crynu.

CLIC CLAC CLIC CLIC.

Rhaid bod deg clo gwahanol ar y drws.

CLAC CLIC CLIC CLAC CLIC CLAC CLIC.

Agorwyd y drws o'r diwedd gan nyrs anferth. Roedd ganddi goesau mawr blewog, dannedd aur a thatŵ o benglog ar ei braich. Er ei maint, yr enw ar ei bathodyn oedd Nyrs Maini.

'**Ie? Be ti moyn?!**' cyfarthodd y nyrs mewn llais dwfn. Doedd gan yr un nyrs ar y ddaear enw mor anaddas â hon – doedd dim byd 'main' amdani.

'O, helô,' meddai Jac, yn gwrtais. 'Sgwn i a allwch chi'n helpu i?'

'**BETH TI MOYN?**' mynnodd Nyrs Maini eto.

'Dwi wedi dod yma i ymweld â fy nhaid, John Williams. Mi ddo'th yma neithiwr.'

'**NI DDIM AR AGOR I YMWELWYR HEDDI!**'

'Dwi'n gwybod, dwi'n gwybod, ond mi wnes i gyfarfod yr hyfryd Miss Ffinihadoc neithiwr, a meddwl o'n i faswn i'n cael gair bach sydyn efo hi?'

'**SA' FAN'NA!**' cyfarthodd y nyrs gan gau'r drws derw trwm yn glep yn ei wyneb.

Clywodd Jac hi'n gweiddi, **'METRON!'**

Aeth cymaint o amser heibio nes bu bron i'r bachgen ddigalonni a throi am adref. Ond o'r diwedd, clywodd sŵn traed trymion yn adleisio ar hyd y coridor, cyn i'r drws agor. O'i flaen, safai rhywbeth erchyll.

31

Nyrsys Hyllaf y Bydysawd

Safai metron Tŷ Arch yn y drws. Gwisgai'r ddynes fechan gap nyrs, gyda dwy nyrs anferthol bob ochr iddi. Roedd gan un nyrs lygaid ddu, a'r geiriau **'CARU'** a **'CASÁU'** wedi eu tatwio ar ei migyrnau. Roedd gan y llall datŵ o we pry cop ar ei gwddf a rhyw fath o flew mân ar ei gên. Edrychodd y ddwy'n gas ar y bachgen. Heb os, rhain oedd y nyrsys hyllaf yn y bydysawd. Cafodd Jac bip sydyn ar yr enwau ar eu bathodynnau – 'Nyrs Mini' a 'Nyrs Mo'.

Yn un llaw, gafaelai Miss Ini Ffinihadoc yn rhywbeth a oedd yn debyg i faton, a churai gledr ei llaw arall â'r baton yn ysgafn. Creodd hyn argraff fygythiol. Ar un pen o'r baton roedd dwy fforch fechan, a botwm ar y pen arall. Beth ar y ddaear oedd y teclyn hwn?

'Wel, wel, wel ... dyma ni, yn cyfarfod unwaith eto. Prynhawn da, Jac bach,' meddai Miss Ffinihadoc.

'Prynhawn da, Metron. Hyfryd eich gweld chi eto,' atebodd Jac yn gelwyddog. 'A hyfryd eich cyfarfod chi'ch dwy hefyd, ferched,' ychwanegodd, eto'n gelwyddog.

'Nawr, 'dan ni brysur iawn yn fan'ma yn gofalu am hen bobol Tŷ Arch. Be'n union wyt ti eisiau?'

'Dwi eisio gweld fy nhaid,' atebodd y bachgen.

Chwarthodd y ddwy nyrs wrth feddwl am y fath syniad. Doedd Jac ddim yn deall beth oedd mor ddoniol.

'Dwi mor mooooor sorri, ond mae hynna'n amhosib y funud yma,' atebodd Miss Ffinihadoc.

'P-p-pam?' gofynnodd y bachgen yn nerfus.

'Mae dy daid yn cysgu. Mae fy hen bobol i'n fan'ma yn mwynhau cael napyn bach. A 'sa ti ddim eisiau ei styrbio fo, fasat ti? 'Sa hynny'n beth ofnadw o hunanol i'w neud, ti'm yn meddwl?'

'Wel, petai Taid yn gwybod 'mod i yma dwi'n siŵr y basa fo wrth ei fodd yn fy ngweld i. Fi ydy ei unig ŵyr o.'

'Dyna beth od. 'Dio'm 'di sôn gair amdana chdi ers iddo fe gyrraedd 'ma. Rhaid ei fod o wedi anghofio pob dim amdana chdi.'

Os mai pwrpas ei geiriau oedd brifo'r bachgen, mi lwyddodd.

'Plis!' erfyniodd Jac. 'Dwi jest eisio gweld fy nhaid a gwybod a ydy o'n iawn.'

'Am y tro olaf, mae dy daid yn cysgu!' Roedd Metron yn dechrau colli amynedd. 'Ac mae o newydd gymryd ei dabledi.'

'Tabledi? Be dach chi'n feddwl "tabledi"?' Doedd Jac ddim yn ymwybodol bod ei daid yn cymryd tabledi. Yn wir, roedd yr hen ŵr wastad yn gwrthod cymryd unrhyw fath o ffisig gan honni ei fod 'yn heini fel gwiwer'.

'Fi benderfynodd roi ychydig o dabledi iddo fo, i'w helpu o gysgu.'

'Ond mae hi'n dal yn gynnar. Tydi o ddim eisio mynd i gysgu'r adeg yma o'r dydd. Tydi hi ddim yn amser gwely. Gadewch imi ei weld o!' Rhuthrodd y bachgen ymlaen gan anelu am y drws, ond fe'i gwthiwyd yn ôl gan Nyrs Mini. Gafaelodd ei llaw fawr, flewog yn wyneb Jac a'i wthio fel petai ei ben yn bêl. Baglodd y bachgen a disgyn ar ei ben-ôl ar y cerrig mân. Chwarddodd y nyrsys yn uchel.

'HA! HA! HA! HA! HA! HA! HA! HA! HA! HA! HA! HA! HA! HA! HA! HA! HA! HA! HA! HA! HA! HA! HA! HA! HA! HA! HA! HA! HA! HA! HA! HA! HA! HA! HA! HA! HA! HA! HA! HA!'

Cododd Jac ar ei draed. 'Chewch chi ddim gwneud hyn! Dwi'n mynnu gweld fy nhaid y funud yma!'

'Mae hapusrwydd dy daid yn bwysicach na dim i ni yma yn Nhŷ Arch,' cyhoeddodd Miss Ffinihadoc. Sgleiniodd ei llygaid main yn haul gwan y gaeaf. 'Felly ry'n ni'n dilyn amserlen dynn. A fel ti'n gallu gweld, mae'r oriau ymweld wedi eu harddangos yn gwbwl glir yn fan'na ...'

Pwyntiodd y baton at arwydd ar y wal:

Tŷ Arch

ORIAU AGOR:

PRYNHAWN SUL 3PM I 3.15PM

DIM MYNEDIAD I'R RHAI SYDD YN HWYR

AR GAU I BOB YMWELYDD
AR BOB ADEG ARALL

'Tydi hynna ddim hyd yn oed yn awr!' protestiodd y bachgen.

'Bw-hw-hw,' atebodd Miss Ffinihadoc yn goeglyd. 'Nawr, os nag oes ots gen ti, mae gen i hen bobol i ofalu amdanyn nhw. Alla i ddim gadel i blentyn bach hunanol ddifetha pob dim iddyn nhw, alla i? Nyrsys?'

'Ie, Metron?' atebodd y ddau fel un.

'Ewch â'r gŵr ifanc yma mas o'r Cartre.'

'Iawn, Metron.' Ar hynny, camodd y ddwy nyrs anferth ymlaen a gyda'i gilydd, dyma Nyrs Mini a Nyrs Mo yn codi Jac gerfydd ei freichiau. Heb golli owns o chwys, cariwyd Jac ar hyd y llwybr i gyfeiriad y prif giatiau. Ceisiodd Jac gicio'i goesau ond roedd y ddwy mor gryf doedd ganddo ddim gobaith eu gorchfygu.

Gwyliodd y fetron wrth i'r bachgen gael ei gario ymaith. Gwenodd i'w hunan cyn codi ei llaw ar Jac a gweiddi,

'Paid bod yn ddieithr. Brysia'n ôl i'n gweld ni eto!'

32

Yr Helygen Wylofus

Gollyngodd Nyrs Mini a Nyrs Mo y bachgen tu allan i'r giatiau fel petai'n fag sbwriel. Taflwyd ei feic tair olwyn ar ei ôl gan lanio'n bendramwnwgl ar lawr.

CLANC!

Yna caeodd y giatiau'n dynn.

CLYNC!

O'r tu mewn gwyliodd y ddwy nyrs dan chwerthin wrth i'r bachgen godi ar ei draed, neidio ar ei feic a pedlo i lawr y lôn.

Erbyn hyn roedd yr awyr yn goch wrth iddi nosi'n araf. Gan fod Tŷ Arch ar gyrion y waun doedd fawr ddim goleuadau stryd yno. Yn fuan iawn roedd hi'n dywyll. Yn dywyll fel bol buwch.

Ar ôl pedlo am rai munudau, edrychodd Jac yn ôl dros ei ysgwydd. Bellach roedd Tŷ Arch yn bell i ffwrdd ac roedd hi'n amhosib iddo weld y nyrsys, na hwythau ei weld o.

Pan oedd hi'n fater o ymweld â'i daid, doedd Jac ddim yn fachgen a oedd yn fodlon derbyn 'na' fel ateb. Yn fwy na dim, doedd Miss Ffinihadoc a'r nyrsys ddim yn bobol y gellid ymddiried ynddyn nhw. Wrth iddo gyrraedd cwr y goedwig, neidiodd Jac oddi ar ei feic tair olwyn cyn ei guddio dan lwyn a'i orchuddio gyda changhennau – dyna sut, yn ôl Taid, y byddai'r Awyrlu'n cuddio Spitfires ar y ddaear rhag iddyn nhw gael eu dinistrio o'r awyr gan awyrennau'r gelyn.

Yn araf, ymlwybrodd Jac yn ôl i gyfeiriad y cartref hen bobol gan osgoi'r ffordd fawr a cherdded ar draws y waun a oedd yn arwain i Dŷ Arch. Dan olau'r lleuad, cyrhaeddodd Jac y wal fawr a amgylchynai'r cartref. Roedd hi'n llawer talach nag ef, gyda weiren bigog wedi ei gosod ar ei phen. Roedd ei dringo'n amhosib ac felly roedd rhaid i Jac feddwl. A meddwl yn gyflym.

Tyfai helygen wylofus ger y wal, gyda dwy o'i changhennau'n plygu drosodd i erddi Tŷ Arch. Ond roedd un broblem: gellid gweld y goeden o'r tyrau gwylio. O dop y rhain roedd y chwiloleuadau yn goleuo'r gerddi. Gallai hyn fod yn beryglus ac roedd ofn ar Jac. Doedd o erioed wedi mentro gwneud rhywbeth fel hyn o'r blaen.

Yn araf, dringodd i ben yr helygen wylofus. Gan ei bod hi'n aeaf, doedd dim dail arni, gan wneud y dringo'n haws. Ar ôl crafangu i fyny'r boncyff, llusgodd ei hun ar hyd un gangen. Ond bu trychineb wrth i honno blygu dan ei bwysau gan ddeffro haid o gigfrain a oedd yn clwydo yno.

CRAWC! CRAWC! CRAWC!

Gwnaeth yr adar dwrw wrth hedfan i ffwrdd.

Crwydrodd pelydrau'r chwiloleuadau o gwmpas yn y tywyllwch cyn oedi ar y goeden.

Mor gyflym ag y gallai, symudodd Jac ei gorff i ochr arall y boncyff er mwyn cuddio. Pwysodd ei hun yn dynn yn erbyn y pren gan aros yn berffaith lonydd.

Arhosodd y goleuadau ar yr helygen wylofus am rai eiliadau, cyn symud i ffwrdd. Ond nawr roedd hi'n bosib iawn bod y nyrsys ar y tyrau gwylio'n amau bod rhywbeth o'i le. Un cam gwag ac mi fyddai'r bachgen yn cael ei ddal. A beth fyddai Miss Ffinihadoc yn ei wneud iddo petai hynny'n digwydd?

Ar ôl cyfrif i ddeg yn ei ben, symudodd Jac yn araf i ochr arall y goeden. Ar ei ddwylo a'i bengliniau, llusgodd ei hun ar hyd y gangen a oedd yn hongian uwchben gerddi mawr y cartref hen bobol. Ond gan nad oedd wedi arfer dringo coed, fe wnaeth gamgymeriad, gan dalu'r pris am dreulio gormod o'i amser yn gwneud modelau awyrennau yn hytrach na gweithgareddau awyr agored. Meddyliodd Jac y gallai gropian ar ei bedwar i ben y gangen a defnyddio'i bwysau i ollwng ei hun i'r llawr yn bwyllog.

CRAC...

Doedd y gangen ddim yn ddigon cryf i'w ddal.

CRRRRRAC.

Torrodd. SNAP!

33

Jac Anaconda!

Disgynnodd y bachgen ar ei ben i'r glaswellt hir. Crwydrodd y chwiloleuadau o gwmpas gerddi Tŷ Arch. Gorweddodd Jac yno am rai munudau. O gornel ei lygaid gwelodd y chwiloleuadau'n hofran yn nes ato. Roedd rhan ohono eisiau dianc ond cofiodd beth oedd cyngor ei daid mewn sefyllfaoedd tebyg i hon – paid â symud blewyn. Ac ar ôl i'r chwiloleuadau symud i ffwrdd, edrychodd y bachgen i fyny'n araf. Roedd cryn dipyn o ffordd rhyngddo ef a'r adeilad. Sut allai fynd yno heb gael ei weld?

Gwers arall ddysgodd ei daid iddo oedd sut i fynd ar draws tir agored, a hynny trwy ymddwyn fel neidr. Ni feddyliodd Jac y byddai byth yn gorfod defnyddio'r dull hwn, ond dyna'n union wnaeth o, gan lithro ar ei fol ar hyd y glaswellt.

Doedd symud fel anaconda ddim yn hawdd, ond llwyddodd i gyrraedd y prif adeilad.

A'r broblem nesaf? Doedd gan Jac ddim syniad ble'r oedd Taid. Gan gadw'n glòs at y wal, camodd ar ei hyd gan blygu o dan bob ffenest. Dim ond un ffordd oedd i mewn ac allan o D$\hat{y}$ Arch. Y drws ffrynt oedd hwnnw, un a oedd yn cael ei gloi unwaith, ddwywaith a theirgwaith gan y nyrsys. Sylwodd Jac fod drws yng nghefn yr adeilad ond roedd hwnnw wedi ei gau â brics.

Gan sicrhau bod neb yn ei weld, edrychodd y bachgen drwy un o'r ffenestri. Gwelodd ystafell fawr gyda rhyw ugain o welyau ynddi, wedi eu gosod mewn dwy res hir, ac er mai prin chwech o'r gloch yn y nos oedd hi, roedd yr hen ferched i gyd yn eu gwelyau. Ac wrth edrych arnyn nhw, sylwodd Jac eu bod i gyd yn cysgu. Doedd dim un dyn yn ei mysg ac felly symudodd yn ei flaen.

Cwpwl o ffenestri draw o'r fan honno, gwelodd Jac ystafell a oedd yn debyg i storfa fferyllydd. O'r llawr i'r nenfwd, roedd hi dan ei sang o boteli tabledi, ffisig a chwistrellau. Camai nyrs enfawr mewn côt labordy yn ôl ac ymlaen. Rhaid bod miloedd ar filoedd o dabledi yn y storfa, digon i roi gyr o eliffantod i gysgu, heb sôn am ryw gant o hen bobol.

Ar ôl syllu trwy ambell ffenest arall a gweld dim ond cegin fudr ac ystafell fyw wag, penderfynodd y bachgen chwilota ar yr ail lawr. Gyda'i holl nerth, dringodd i fyny peipen law ar ochr yr adeilad at y llawr cyntaf.

Ar ôl camu'n ofalus ar hyd siliau'r ffenestri, cyrhaeddodd yr ystafell gyntaf, sef ystafell hardd gyda waliau derw. Eisteddai'r fetron yn ei chadair ledr, gyfforddus yn ysmygu sigâr, ei thraed bach yn gorffwys ar y ddesg wrth iddi chwythu cylchoedd o fwg i'r awyr. Roedd y ddelwedd hon o Miss Ffinihadoc yn un tra gwahanol i'w delwedd gyhoeddus.

Uwchben y lle tân, mewn ffrâm aur, roedd llun anferth o'r fetron yn hongian. Gan lynu mor agos â phosib i'r wal, plygodd Jac ei ben yn ôl ychydig er mwyn gallu gweld yn gliriach. Ar ei desg lydan o bren tywyll, gorweddai twmpath o bapur. Gan osod ei sigâr mewn blwch llwch gwydr, aeth Miss Ffinihadoc ymlaen â'i gwaith.

Yn gyntaf, dewisiodd ddarn o bapur o'r pentwr, cyn gosod papur dargopïo drosto.

Yn ail, copïodd y llawysgrifen oddi tano yn araf a gofalus gyda phensil.

Yn drydydd, trodd y papur dargopïo drosodd a rhwbio blaen ei phensil drosto i gyd.

Yn bedwerydd, cymerodd ddarn o bapur gwyn, glân o'i drôr, a gosod y papur dargopïo ar y papur.

Yn bumed, pwysodd Metron ei phensil yn drwm o gwmpas amlinell y llawysgrifen nes bod modd ei gweld ar y papur oddi tano.

Yn olaf, gosododd y darn papur yn ei theipiadur a phwyso'r llythrennau.

Ar ôl teipio am rai munudau, edrychodd Miss Ffinihadoc ar ei gwaith gyda balchder. Nesaf, gafaelodd yn y darn papur gwreiddiol, a'i wasgu'n belen cyn ei daflu i'r tân. Chwarddodd wrthi hi'i hunan wrth ei wylio'n llosgi cyn tynnu'n galed ar ei sigâr unwaith yn rhagor.

Beth ar y ddaear roedd Miss Ffinihadoc yn ei wneud?

Wrth iddo syllu mewn penbleth, llithrodd troed yr hogyn a bu bron iddo ddisgyn.

Yn sydyn, trodd Metron ei phen fel petai wedi clywed rhyw sŵn tu allan. Symudodd Jac ei ben i un ochr a glynu ei gorff i'r wal. Cododd y ddynes o'i chadair a cherdded draw at y ffenest. Pwysodd ei thrwyn ar y gwydr, gan ei wneud yn fwy tebyg fyth i drwyn mochyn, wrth iddi syllu i'r tywyllwch ...

34

Yn Cuddio mewn Mwstásh

Arhosodd Jac yn hollol lonydd gan ddal ei anadl. Wrth i Metron syllu trwy ffenest ei swyddfa ar ail lawr Tŷ Arch, roedd hi mor agos at y bachgen fel y gallai ogleuo mwg ei sigâr. Roedd o wastad wedi casáu oglau sigârs a dechreuodd ei wddf oglais. *Paid â thagu,* gweddïodd. *Plis, plis paid â thagu!*

Ar ôl gwrando ar y distawrwydd am ennyd, ysgydwodd Metron ei phen cyn penderfynu nad oedd neb yno. Yna caeodd y llenni melfed trwm, du fel ei bod hi'n amhosib gweld dim y tu mewn.

Ymateb cyntaf Jac oedd rhedeg adref a dweud wrth ei rieni ei fod o'n meddwl bod Metron yn ddynes ddrwg. Ond oedi wnaeth y bachgen; roedd wedi dweud celwydd wrthyn nhw, sef ei fod yn bwriadu mynd i'r clwb gwyddbwyll ar ôl ysgol. Ar ben hynny, roedden nhw'n annhebygol iawn o'i goelio. Roedden nhw'n grediniol mai Tŷ Arch oedd y lle gorau i Taid.

Felly penderfynodd y bachgen symud ar hyd y silff gul i ffenest arall. Doedd dim golau o gwbwl yn honno ond trwy'r gwyll gwelodd Jac olygfa a yrrodd ias oer i lawr ei gefn. Rhes ar ôl rhes o eirch!

Wrth gamu ymhellach ar hyd y wal, edrychodd Jac i mewn i'r ystafell nesaf. Roedd y golau ymlaen ac ar yr olwg gyntaf edrychai'r ystafell fel siop hen bethau. Roedd hen beintiadau, clociau a phowlenni yn llenwi'r ystafell o'i thop i'w gwaelod. Roedd yr eitemau'n edrych yn rhai gwerthfawr a gwelodd gwpwl o'r nyrsys yn cario hen ddrych drud yr olwg mewn ffrâm aur ac yn ei osod yn erbyn y wal. O ble daeth yr holl geriach hyn?

Ystafell
drysor

Ystafell y merched

Ystafell dabledi

Daeth saeth o olau ar yr adeilad – yn beryglus o agos at Jac. Cyn gynted ag y gallai, fodfedd wrth fodfedd, aeth y bachgen rownd y gornel ac o'r golwg.

Dechreuodd bysedd Jac gloi wrth iddo ddringo'r beipen law rewllyd i'r llawr nesaf. Ond, yn ddewr iawn,

Ystafell lawn eirch

Swyddfa Metron

Ystafell fyw

Cegin fudr

llwyddodd i gario ymlaen ac edrych trwy'r ffenest agosaf.
Ystafell wely arall oedd honno, hyd yn oed yn fwy na'r
un olaf. A dyna lle'r oedd rhes ar ôl rhes o hen ddynion,
mewn gwelyau oedd yn llawer rhy fychan iddyn nhw,
wedi eu gosod wrth ymyl ei gilydd fel sardîns mewn

tun. A phob un fel petai wedi ei rewi'n gorn, mewn trwmgwsg, yn union fel y merched. Gwibiodd llygaid y bachgen o un gwely i'r llall, gyda'r gobaith o weld ei daid. Roedd o angen gwybod a oedd yr hen ŵr, yr un roedd o'n ei garu'n fwy na dim byd arall yn y byd, yn dal yn fyw ac yn iach.

Edrychodd i fyny ac i lawr y rhesi o welyau cyn darganfod mwstásh unigryw yr Awyrlu yn eu plith. Taid! Roedd llygaid yr hen ŵr ar gau, ac fel y gweddill edrychai fel petai mewn trwmgwsg.

Er mwyn cadw ei hun rhag syrthio, gafaelodd Jac yn y bariau haearn o flaen y ffenest gydag un llaw. Gan roi ei law arall trwy'r bariau, crwydrodd ei fysedd ar hyd y silff ffenest i weld a oedd hi'n bosib iddo agor y ffenest o'r tu allan.

Yn ôl y disgwyl, roedd hi wedi ei chloi, fel pob ffenest a drws arall yn y carchar hwn.

Ond ar ôl dod mor bell, allai Jac ddim gadael heb geisio cysylltu â'i daid, o leiaf. Heb wybod yn iawn beth i'w wneud, dechreuodd y bachgen guro ar wydr y ffenest.

TAP TAP TAP.

Yn dawel ar y cychwyn, yna'n uwch.

TAP TAP TAP.

Yn sydyn, agorodd Taid un llygad. Ac yna'r llall. Curodd Jac y gwydr yn galetach a chododd yr hen ŵr yn ei wely. Amdano roedd hen byjamas blêr – gwisg addas iawn i Washi Bach ond un anaddas i gyn-beilot. Gwenodd yr hen ŵr wrth weld ei ŵyr y tu allan i'r ffenest. Ar ôl edrych i'r chwith a'r dde i weld a oedd rhywun yn ei wylio, cerddodd Taid ar flaenau ei draed o'i wely i'r ffenest.

O'r tu mewn, llwyddodd yr hen ŵr i gilagor y ffenest fel y gallai'r ddau siarad â'i gilydd.

'Squadron Leader!' sibrydodd Taid, gan gyfarch ei ŵyr gyda'i saliwt arferol.

'Wing Commander!' meddai'r bachgen, wrth afael ym mariau'r ffenest gydag un llaw a saliwtio gyda'r llall.

'Fel y gwelwch chi, mae'r gelyn wedi fy ngharcharu'n Colditz, y carchar anoddaf i ddianc ohono!'

Doedd Jac ddim am ddweud wrth ei daid. Ei ddrysu'n waeth fyddai hynny, er ei bod yn wir dweud bod Tŷ Arch yn fwy fel carchar na chartref hen bobol.

'Mae'n ddrwg iawn gen i, syr.'

'Nid eich bai chi ydy o, Williams. Dyma sy'n digwydd mewn rhyfel. Rhaid bod 'na ffordd allan o'r lle 'ma, er dwi ddim wedi ei ffeindio eto.'

Gan edrych y tu ôl i'w daid ar yr hen ddynion eraill oedd yn cysgu'n sownd, gofynnodd Jac, 'Pam ydach chi'n effro a'r gweddill yn cysgu?'

'Ha ha!' chwarddodd Taid yn ddireidus. 'Mi gawson ni'n gorfodi gan y nyrsys i gymryd tabledi. Rhannu nhw fel losin. Mae un yn ddigon i roi dyn mewn trwmgwsg.'

'Felly sut lwyddoch chi i beidio llyncu tabled?'

'Mae'r nyrsys yn sefyll wrth ein hymyl i wneud yn siŵr ein bod ni'n cymryd y dabled. Wedyn, dwi'n rhoi un yn fy ngheg ac yn cogio llyncu. Ar ôl iddyn nhw symud at y carcharor nesaf, dwi'n poeri'r dabled allan a'i chuddio yn fy mwstásh.'

Ar hynny, tynnodd Taid ddwy dabled fechan, liwgar o'i fwstásh.

Mae'r hen ŵr yn athrylith!

Unwaith yn arwr, wastad yn arwr, meddyliodd Jac.

'Dach chi mor glyfar, Wing Commander,' meddai'r bachgen.

'Diolch, Squadron Leader! Dwi'n falch o'ch gweld chi yma. Nawr, mi alla i gychwyn ar y cynllun.'

Edrychodd Jac arno mewn penbleth. 'Pa gynllun, Wing Commander?'

'Y cynllun i ddianc, wrth gwrs!'

35

Mwy o Sanau Eto Fyth

Fel rhan o'i gynllun, rhoddodd yr hen ŵr restr i'w ŵyr o'r pethau roedd angen eu smyglo i Dŷ Arch. Wrth ei darllen yn ei wely y noson honno, doedd gan Jac ddim syniad sut oedd Taid am eu defnyddio i ddianc.

Dyma'r rhestr:
- Smarties
- Llinyn
- Sanau
- Band elastig
- Map
- Mwy o sanau
- Llwy
- Hambwrdd
- Canhwyllau
- Esgidiau sglefrolio
- Mwy fyth o sanau

Doedd y Smarties ddim yn broblem. Bore trannoeth, ar ei ffordd i'r ysgol, aeth Jac i siop Huw ble'r oedd digonedd ohonyn nhw. Ac yn well byth, roedd y siocledi bach amryliw ar gynnig arbennig y diwrnod hwnnw – tri deg wyth tiwb am bris tri deg saith.

Cymerodd Jac duniau gwag o'r bin adref a'u golchi dan y tap.

Prynodd hen bâr o esgidiau sglefrolio mewn siop elusen leol.

Cafodd hyd i fandiau elastig, llinyn, llwy a matsys mewn gwahanol ddroriau yn y tŷ.

A pharau o sanau. Roedd gan Dad sawl pâr o sanau ac felly nid oedd yn debygol o sylwi bod un neu ddau bâr ar goll.

Does neb yn gwybod i ble mae sanau yn diflannu. Dyma un o ddirgelion mawr y bydysawd. Un ai maen nhw'n mynd i ryw Dwll Du ble mae Gofod ac Amser wedi eu sugno, neu maen nhw yng nghefn y peiriant golchi. Am ba bynnag reswm, roedd gan dad Jac lawer o sanau.

Yr hambwrdd oedd y peth anoddaf i'w smyglo o'r gegin, a hynny oblegid ei faint. Bu raid i Jac ei wthio i lawr cefn ei drowsus cyn gosod ei siwmper drosto i'w guddio. Edrychai'n iawn wrth iddo sefyll yn llonydd ond cerddai Jac fel robot wrth iddo sleifio o'r gegin.

Ar ôl cwblhau casglu'r holl bethau oedd ar restr Taid, eisteddodd Jac ar ei wely a disgwyl iddi nosi. Gyda'i rieni'n meddwl ei fod o'n cysgu'n sownd, dihangodd drwy ffenest ei lofft.

Roedd golau'r lleuad yn wan y noson honno a chysgodion y coed yn ymestyn ar draws gerddi Tŷ Arch. Bu raid i Jac fod yn hynod ofalus rhag iddo gael ei weld wrth iddo ddringo'r helygen wylofus a neidio o un o'i changhennau i'r llawr. Fel anaconda, llithrodd ar draws y glaswellt cyn dringo i fyny'r beipen law i gyfeiriad ystafell wely'r dynion.

Cyn gynted ag y cyrhaeddodd Jac, cyhoeddodd ei daid yn llawn cyffro, 'Dwi'n mynd i balu fy ffordd allan!'

Fel y noson cynt, roedd Jac yn sefyll yn simsan ar silff uchel ar ochr yr adeilad. Doedd y ffenest ddim yn agor rhyw lawer am fod bariau arni. Wrth iddyn nhw siarad, trosglwyddodd Jac yr holl eitemau i Taid trwy'r bwlch bychan.

'Palu?' Doedd y bachgen ddim yn meddwl bod hynny'n syniad rhy dda. 'Palu efo beth?'

'Efo llwy, Squadron Leader! Be arall?!'

36

Efo Llwy?!

'Dach chi'n mynd i balu eich ffordd o'r adeilad efo llwy?!' gofynnodd Jac. Doedd y bachgen ddim yn credu'r peth. 'Dach chi am balu twnnel dan y wal bell acw ... efo llwy?'

'Yndw, Williams!' atebodd Taid o ochr arall i fariau'r ffenest. 'Gan ddechrau heno. Rhaid i mi fynd **i FYNY, FYNY, FRY** yn fy Spitfire cyn gynted â phosib. Ar ôl i chi fynd, mi af i lawr i'r selar a dechrau tyllu drwy'r llawr carreg.'

Doedd Jac ddim eisiau torri calon ei daid, ond roedd hi'n amlwg na fyddai cynllun yr hen ŵr yn gweithio. Mi fyddai'n cymryd blynyddoedd i balu trwy lawr carreg y selar, yn enwedig â llwy yn unig. A doedd hi ddim yn llwy fawr iawn chwaith.

'Ddaru chi gofio dod â'r tuniau?' gofynnodd yr hen wr.

Aeth Jac i'w boced ac estyn dau hen dun ffa pob a'u pasio trwy'r bwlch.

'Wrth gwrs, syr. Be dach chi am ei wneud efo nhw?' gofynnodd y bachgen.

'Bwcedi, Williams! Bwcedi! Eu llenwi efo'r pridd fydda i'n ei balu efo'r llwy, ac wedyn eu cael nhw allan o'r twnnel trwy ddefnyddio system pwli.'

'Felly dyna yw pwrpas y llinyn!'

'Wrth gwrs, Squadron Leader!'

'Ond be dach chi am wneud efo'r holl bridd?'

'A-ha! Dyna ydy pwrpas y sanau!'

'Y sanau? Dwi ddim yn deall, syr' meddai'r bachgen wrth estyn i'w boced a thynnu rhai o hen sanau ei dad ohoni.

'Mae twll yn yr hosan yma!' cwynodd Taid wrth iddo archwilio un ohonyn nhw.

'Ddrwg gen i, syr, ond wyddwn i ddim i be roeddech chi eu heisio nhw!'

'Mi ddyweda i wrthach chi, Squadron Leader,' atebodd Taid.

'Cyn gynted ag y bydd hi'n gwawrio, a finnau wedi gorffen palu am y noson, mi fydda i'n rhoi'r pridd i gyd yn y sanau. Yna, mi fydda i'n clymu pen pob hosan gyda'r band lastig. Wedyn, cuddio'r hosan efo'r pridd ynddi – neu'r 'hosan frown', fel dwi am ei galw hi – i lawr fy nhrowsus. Yn olaf, mi ofynnaf i'r Kommandant ga i weithio yn yr ardd.'

'Y Kommandant?' Roedd y bachgen ar goll yn llwyr.

'Wel ia! Pennaeth y carchar! Ceisiwch ddeall, ddyn!'

Y Fetron meddyliodd Jac. 'Wrth gwrs, syr. Deall yn iawn!'

'Gynted fydda i yn yr ardd flodau, mi wna i'n siŵr bod neb yn edrych cyn datod y llinyn a gwagio'r hosan. Pridd i'r pridd! Yna mi gerdda i o gwmpas fel pengwin a sathru'r pridd i'r ddaear.'

Er mwyn ceisio egluro'i gynllun, dechreuodd Taid gerdded o gwmpas fel pengwin.

'Ond dwi'n dal ddim yn deall pam bod angen hambwrdd a sgidiau sglefrolio, syr,' meddai Jac.

'Amynedd, Williams! Dwi am roi'r sgidiau yn sownd ar waelod yr hambwrdd a'u defnyddio i symud yn ôl a 'mlaen ar hyd y twnnel.'

'Wel, syr, dach chi wedi meddwl am bopeth.'

'Athrylith, Williams! Dwi'n athrylith!' gwaeddodd Taid, braidd yn rhy uchel.

'Byddwch yn ofalus, syr, rhag ofn i chi deffro pawb,' sibrydodd y bachgen, gan gyfeirio at y dynion oedd yn cysgu gerllaw.

'Sa bom ddim yn deffro'r rhain. Mae'r tabledi maen nhw'n gael gan y gards yn ddigon i roi eliffant i gysgu. Dim ond am ryw awr bob dydd mae fy nghyd-garcharorion yn effro! Llond powlen o gawl piso mochyn iddyn nhw a syth yn ôl i'r gwely!'

'Felly dyna pam dach chi eisio'r Smarties,' dyfalodd y bachgen.

'Cywir, Squadron Leader! Dim ond hyn a hyn o'r tabledi diawl 'na alla i guddio yn fy mwstásh. Dwi'n meddwl bod y Kommandant wedi dechrau amau hefyd.'

'Dach chi'n siŵr?'

'Yndw. Gofynnodd i mi heddiw pam o'n i fwy effro na phawb arall. O ganlyniad mae'r gards wedi rhoi dwbwl y dos i mi, ac ar ôl eu rhoi nhw i mi maen nhw'n fy ngwylio â llygad barcud. Fy mwriad yw torri i mewn i'r fferyllfa sydd ganddyn nhw yma a chyfnewid y tabledi am Smarties, wedyn fydd dim problem! A dweud y gwir, dwi'n reit hoff o ambell Smartie!'

Roedd yn rhaid i Jac ganmol ei daid. Dyma gynllun clyfar a dewr. Ond o'r silff gul ble safai, edrychodd y bachgen ar erddi Tŷ Arch. Roedd y wal o amgylch yr adeilad ryw ganllath i ffwrdd. Mi fyddai'r hen ŵr wrthi'n palu trwy'i oes cyn ei chyrraedd, yn enwedig wrth ddefnyddio llwy, hen barau o sanau, a hambwrdd ar olwynion.

Wedi'r cyfan, doedd gan Taid ddim llawer o flynyddoedd ar ôl ar y Ddaear.

Roedd yn rhaid i Jac ei helpu.

Ond doedd ganddo ddim syniad sut i wneud hynny, mwy nag a wyddai twrch daear am yr haul.

37

Iasol ac Ofnus

Dydd Sul oedd hi, y diwrnod roedd Metron yn caniatáu i bobol ymweld â Thŷ Arch am awr. Ond doedd hi ddim yn awr lawn, mwy fel chwarter awr. O 3pm tan 3.15pm. Ac fel y gwyddai Jac o brofiad, os oedd rhywun yn ceisio ymweld ar unrhyw adeg arall, roedd o'n cael ei hel oddi yno.

Trwy gydol y daith, eisteddai pawb yn dawel yn y car.

Yn sedd y gyrrwr, edrychodd tad Jac yn syth yn ei flaen heb yngan gair. O'r sedd ôl, sylwodd Jac ar lygaid Dad. Roedden nhw'n ddagreuol.

Yn y sedd flaen, parablai mam Jac yn ddi-dor er mwyn llenwi'r distawrwydd. Dywedodd lawer o bethau oedd yn amlwg ddim yn wir. Pethau fel 'Er ei les o fydd hyn' a 'Dwi'n siŵr ei fod o'n hapusach yn y cartref hen bobol nag adref', a hyd yn oed 'Dwi'n siŵr y bydd o wrth ei fodd yno cyn bo hir.'

Bu raid i'r hogyn frathu ei dafod. Doedd gan ei rieni mo'r syniad lleiaf ei fod o eisoes wedi ymweld â Thŷ Arch ddwywaith, yn dawel bach. Er nad oedd o'n disgwyl iddyn nhw gredu ei amheuon ynglŷn â'r lle ofnadwy hwn, gobaith Jac oedd y byddan nhw o leiaf yn dechrau deall sut le oedd o ar ôl iddyn nhw fod yno.

Cyrhaeddodd y car y giatiau mawr haearn, ac aeth Dad i'w hagor. Yn sydyn, o gofio'r sioc drydanol gafodd o'r blaen, gwaeddodd Jac, 'Jyst canwch y gloch!' Edrychodd Dad yn ddryslyd arno cyn dilyn gorchymyn y bachgen. Yn araf, agorodd y giatiau. Aeth Dad yn ôl i'r car, ac i mewn â nhw.

Llithrodd y teiars moel ar y cerrig mân. Wrth i'r car wyro i un ochr, daeth Tŷ Arch i'r golwg.

'Wel, mae o'n edrych yn ... y ... yn hyfryd iawn,' meddai Mam.

Cyn gynted ag y cyrhaeddon nhw'r drws, diffoddodd Dad yr injan. Clustfeiniodd Jac. Clywodd fiwsig yn dod o'r cartref. Roedd o'n nabod y diwn yn syth.

DA DA
DA-DA-DA–DA-DA-DAA ♫

'Dawns yr Ysgyfarnog' – cân gan Ffenestri a oedd yn ddigon â gyrru rhywun yn wirion bost.

DA DA
DA-DA-DA-DA-DA-DAA ♫

Roedd y gân ar y radio drwy'r amser.

DA DA
DA-DA-DA-DA-DA-DAA ♫

Chwaraewyd y gân drosodd a throsodd ym mhob parti pen-blwydd a disgo ledled y wlad.

DA DA
DA-DA-DA-DA-DA-DAA ♫

Roedd cân Ffenestri yn cyfleu ***HWYL HWYL HWYL!***

DA DA
DA-DA-DA-DA-DA-DAA ♫

Ond doedd hi ddim *yn* hwyl. Artaith oedd hi.

DA DA
DA-DA-DA-DA-DA-DAA ♫

Er syndod i Jac, daeth Metron drwy'r drws gyda het barti wirion am ei phen.

'Croeso, croeso, croeso!' meddai hi'n llawen, croeso a oedd mor ffug â'r het bapur oedd ar ei phen.

Trodd Miss Ffinihadoc ei sylw at y bachgen. Yn ddiarwybod i'w rieni, syllodd yn gas arno. Roedd ei neges yn amlwg. Os oedd Jac eisiau trwbwl, yna mi geith **drwbwl**.

'Dowch i mewn, dowch i mewn!' Arweiniodd Metron y teulu trwy'r drws ffrynt. Y peth cyntaf ddenodd llygaid craff Jac oedd arwydd ar y wal, wedi ei hanner orchuddio y tu ôl i rai o'r addurniadau parti. Yr arwydd oedd:

Rheolau Tŷ Arch

Trwy orchymyn y fetron, Miss Ini Ffinihadoc.

- Rhaid i BOB EITEM BERSONOL fel tlysau, watsys, pethau gwerthfawr a. y. b. gael eu rhoi yn swyddfa'r fetron yn syth ar ôl cyrraedd.

- Mae'r nyrsys i gyd wedi eu hyfforddi a rhaid UFUDDHAU iddynt bob amser.

- TAWELWCH. Ni ddylid siarad os nad oes raid.

- DIM cwyno am y te. Rydym yn gwybod ei fod yn blasu fel dŵr bath ar ôl i rywun PI-PI ynddo. Achos dyna beth ydy o.

- DIFFODDIR Y GOLAU AM 5pm. Bydd rhaid i unrhyw un sydd ar ei draed ar ôl yr awr hwyr hon lanhau'r ystafell ymolchi gan ddefnyddio brwsh dannedd yn unig.

- Dydd Llun cyntaf o bob mis yw DIWRNOD CAEL BATH. Rhaid rhannu'r dŵr bath gyda phawb arall.

- Ni ddylai'r un gwresogydd gael ei ddefnyddio ar UNRHYW adeg. Os ydych yn oer, neidiwch i fyny ac i lawr.

- Os yw'r ymwelwyr yn dod â chacennau, bisgedi, siocledi a.y.b., rhaid eu rhoi i un o'r nyrsys AR UNWAITH.

- Dylid defnyddio dim ond un darn o BAPUR TŶ BACH ar bob ymweliad; hyn ar gyfer pi-pi a pw-pw.

- RHAID cymryd eich tabledi. Os nad ydych yn cymryd eich tabled byddwn yn cosbi pawb yn eich ystafell wely.

- NI CHANIATEIR CHWIBANU NA HWMIAN.

- Un POT PI-PI sydd ym mhob ystafell wely, PEIDIWCH â meiddio gofyn am fwy.

- RHAID BWYTA BOB PRYD BWYD, dim ots pa mor ddi-flas ydy o. Os bydd bwyd ar ôl ar eich plât, byddwch yn gorfod ei fwyta y pryd nesaf.

- NID ydych i fod i edrych ar y fetron ym myw ei llygaid na siarad yn uniongyrchol â hi.

- Rhaid gwisgo pyjamas a dillad nos trwy'r DYDD A'R NOS.

- NI CHEWCH ADAEL YR ADEILAD ar unrhyw adeg. Bydd y rheini sydd yn ceisio gadael yn cael eu clymu i'w gwelyau â tshaen.

- Os oes gennych GŴYN, rhaid ei hysgrifennu ar bapur a'i rhoi yn y Bocs Cwynion. Mae'r bocs yn cael ei wagio bob dydd Gwener a'i gynnwys yn cael ei losgi.

MWYNHEWCH EICH ARHOSIAD

Welodd Mam mo'r arwydd. Yr unig beth welodd hi oedd y balŵns a'r rhubanau parti oedd yn ei hanner orchuddio. Dyna ysgogodd Mam i ofyn, 'W, ydach chi'n cael parti heddiw, Metron?'

'Wel, yndan a nac'dan, Mrs Williams. Mae hi wastad yn amser parti yn Nhŷ Arch!' meddai Miss Ffinihadoc, gyda'i thrwyn yn tyfu. 'Plis dowch i'r ystafell fyw i ymuno efo ni yn yr h-h-hwyl.'

Sylwodd Jac fod Miss Ffinihadoc yn cael trafferth dweud y gair 'hwyl'. Yn wir, roedd hi'n ei boeri allan fel petai'n wenwynig. Roedd hi'n drist bod Mam na Dad yn methu gweld pa mor ddrwg oedd y ddynes hon.

Diolch i'r drefn, roedd 'Dawns yr Ysgyfarnog' ar fin gorffen. Ond yr eiliad y daeth y gân i ben, dyma nyrs fawr yn ailosod y nodwydd ar y peiriant chwarae recordiau.

DA DA
DA-DA-DA-DA-DA-DAA ♫

Ystafell yn llawn o hen bobol a nyrsys.

Ar yr olwg gyntaf, roedd yr hen bobol yn ymddangos fel petaen nhw'n mwynhau.

'On'd tydi hyn yn wych, Barry?' meddai Mam. 'Yr holl hen bobol 'ma'n cael hwyl!'

Ysgydwodd Dad ei ben yn ysgafn, ond doedd y dyn ddim yn gwrando arni'n iawn. Roedd ei lygaid yn chwilio am ei dad.

'Wel, Mrs Williams,' dechreuodd Miss Ffinihadoc.

'Galwch fi'n Barbara, neu Babs,' atebodd Mam.

Aeth Metron ymlaen. 'Wel, Babs, gas 'da fi ganmol fy hun, ond yr hyn sy'n gwneud Tŷ Arch mor sbesial yw'r ffaith fod pawb yma mor hapus. A ma' hynny o achos yr awyrgylch sydd yma. 'Dyn ni'n gwybod sut i fwynhau **PARTI!**'

Roedd Jac yn casáu'r ffordd roedd hi'n llyfu penôl ei fam ac yn ennill ei chyfeillgarwch. 'O, un peth bach, bach,' meddai Miss Ffinihadoc yn ddiffuant. 'Mrs Williams?'

'Ia?'

'Ddaethoch chi ag ewyllys eich tad 'da chi, fel wnes i ofyn?'

'O, do, Miss Ffinihadoc, mae hi gen i'n fan hyn.' Aeth Dad i'w boced ac estyn amlen iddi.

DING!

Dyna roedd y fetron yn ei wneud yn ei swyddfa, meddyliodd Jac yn syth.

Gwyddai bellach beth oedd y ddynes ddieflig yn ei wneud gyda'r papur dargopïo – ailysgrifennu ewyllysiau'r hen bobol a ffugio eu llofnodion ar y gwaelod. Wedyn mi fyddai hi'n etifeddu eu holl gyfoeth. Dyna pam roedd yr ystafell honno'n llawn trysorau.

Am dwyll anferth.

'Diolch! Dwi am ei chadw'n f'ystafell, i wneud yn siŵr ei bod hi'n saff.'

'Mam! Dad!' gwaeddodd Jac. Roedd yn rhaid iddo ddatgelu'r cwbwl wrthyn nhw.

'Plis, bydd yn dawel am eiliad. Mae'r ddynes garedig yma'n siarad efo ni.'

'Ia, cadwch chi'r ewyllys yn saff i ni, Metron,' ychwanegodd Dad. 'Diolch yn fawr i chi.'

Yn sydyn, wrth edrych o gwmpas yr ystafell gydag anobaith, sylwodd y bachgen ar un peth arall.

RHYWBETH OFNADWY.

RHYWBETH ERCHYLL.

RHYWBETH OEDD YN GYRRU IAS OER I LAWR EI GEFN.

38

Doliau

Sylwodd Jac nad oedd yr hen bobol yn symud ar eu pennau eu hunain.

Roedd nyrsys cyhyrog Tŷ Arch yn eu gorfodi i symud, fel petaen nhw'n bypedau ar linynnau. Roedd un hen ddyn yn defnyddio teclyn clyw swnllyd ond eto'n curo ei ddwylo i guriad y gân. O ailedrych, roedd hi'n amlwg bod Nyrs Mini yn gafael yn ei ddwylo.

Ac roedd un hen wraig yn symud ei phen. Ond o edrych yn ofalus, Nyrs Mo oedd yn ei symud.

Ac roedd un arall o'r hen bobol, gyda thrwyn gwritgoch a sbectol, yn rhoi'r argraff ei fod yn ddawnsiwr. Gwelai Jac ddyn byr yn arwain nyrs dal, gan gamu'n osgeiddig o gwmpas yr ystafell fyw. Ond a oedd o'n gwneud hynny mewn difrif? O syllu'n fwy manwl, Nyrs Maini oedd yn arwain y ddawns, gan godi a chadw'r hen ŵr ar ei draed.

Chwyrnai'n uchel, llusgai ei slipars ar hyd y llawr, ac roedd ei lygaid wedi cau.

Yn ogystal â'r teulu Williams, roedd sawl ymwelydd arall yn Nhŷ Arch y prynhawn hwnnw. Wedi'r cwbwl, dyma oedd yr unig chwarter awr yn yr wythnos pan oedd y cartref ar agor i ymwelwyr. Yn eu mysg, roedd dyn gyda sbectol potiau jam a oedd yn edrych

fel petai'n ymweld â'i wraig. Un fechan oedd hi, fel dryw bach. Roedd y ddau'n chwarae gwyddbwyll efo'i gilydd, ond y gwir oedd mai un o'r nyrsys mwyaf, Nyrs Hwch, oedd wedi stwffio'i breichiau i fyny siwmper y wraig ac yn symud y darnau gwyddbwyll ar ei rhan. Y cliw i Jac oedd bod gan yr hen wraig fach ddwylo mawr, blewog.

Yn y cyfamser roedd dau blentyn yn eistedd bob ochr i ddynes go grwn – eu nain, o bosib. Doedd gan fam y plant ddim diddordeb o gwbwl mewn neb na dim wrth iddi ddarllen cylchgrawn merched. Roedd y nain yn edrych fel petai'n mwytho pennau'r plant, ond sylwodd Jac fod llinyn pysgota yn sownd yn ei dwylo. Dilynodd ei lygaid y llinyn pysgota a sylwi ei fod yn croesi'r ystafell ac yn diflannu y tu ôl i'r llenni. Dyna lle safai un arall o'r nyrsys gyda gwialen bysgota yn ei dwylo. Wrth i'r nyrs symud y wialen i fyny ac i lawr, roedd dwylo'r nain hefyd yn symud i fyny ac i lawr.

Mae hyn yn ddrwg, meddyliodd Jac. Doedd dim dwywaith bod Miss Ffinihadoc yn trefnu hyn bob prynhawn Sul yn Nhŷ Arch er mwyn plesio'r ymwelwyr.

Efallai ei bod hi'n twyllo pawb arall ond doedd hi ddim yn twyllo Jac.

'Ble mae 'nhaid i, Miss Ffinihadoc?' mynnodd Jac. 'Be dach chi wedi ei wneud iddo fo?'

Gwenodd ar y bachgen. 'Cyn gynted ag y cyrhaeddoch chi, ofynnish i un o'r nyrsys i nôl dy daid. Bydd o'n dod i'r parti unrhyw funud ...'

Yr eiliad honno, agorodd drws yr ystafell fyw yn llydan agored. Dyna ble'r oedd Taid mewn hen gadair olwyn bren, yn cael ei wthio gan Nyrs Maini, honno gyda'r dant aur a'r tatŵ penglog ar ei braich. Roedd yr hen ŵr yn cysgu'n drwm.

O, na, meddyliodd y bachgen. Rhaid eu bod nhw wedi gorfodi Taid i gymryd y tabledi cysgu wedi'r cwbwl. Wrth i Nyrs Maini wrthio Taid a'i osod o flaen y teledu, rhuthrodd Jac ato. Gan wybod am eu perthynas agos, cadwodd Mam a Dad draw am ennyd.

Gafaelodd y bachgen yn dynn yn llaw'r hen ŵr.

'Be maen nhw wedi ei wneud i chi?' gofynnodd, heb ddisgwyl ymateb.

Yn sydyn, agorodd Taid ei lygaid ac edrych ar ei ŵyr.

'A, fan'ma dach chi, Squadron Leader,' sibrydodd. 'Dach chi wedi llwyddo i'w twyllo nhw?'

'Do,' meddai'r bachgen, ar ôl oedi ychydig.

'Da iawn chi! Rhaid i mi gyfaddef, mi weithiodd y Smarties i'r dim!' Winciodd yr hen wr a rhoi gwên fawr ar wyneb y plentyn.

Roedd Taid wedi eu twyllo nhw i gyd!

Yna, edrychodd Taid o gwmpas yr ystafell cyn dweud, 'Reit, Squadron Leader, dach chi'n barod am ychydig o ... arddio?'

Roedd Jac yn deall yn union beth oedd hyn yn ei olygu a winciodd yn ôl.

39

Hollol Bananas

Wrth i Jac a'i daid ddiflannu trwy'r drws gyda'i gilydd a mynd am yr ardd, syllodd Miss Ffinihadoc ar y ddau gyda llygad barcud. Gan fod teuluoedd yn ymweld â Thŷ Arch y diwrnod hwnnw, roedd y drws ffrynt ar agor ac felly doedd dim i'w rhwystro rhag mynd i'r ardd. Arhosodd rhieni Jac yn yr ystafell fyw gynnes gan edrych arnyn nhw trwy'r ffenest.

Cyn gynted ag oedd y ddau'n ddigon pell o'r prif adeilad, rhoddodd Taid gwpwl o sanau i Jac, wedi eu llenwi â phridd. Dywedodd wrtho am eu stwffio i lawr ei drowsus, un i bob coes. Ar ôl iddyn nhw gyrraedd gwely o flodau truenus yr olwg (sef darn o bridd a chwpwl o fylbiau'n wedi eu taflu arno), aeth Jac ati i ddilyn gorchymyn ei daid. Gan symud fel pengwiniaid, tynnodd Taid, ac yna Jac, y bandiau elastig oddi ar y sanau a gwagio'r pridd. Aeth hwnnw i lawr

eu coesau ac allan trwy waelodion eu trowsusau.
Ar ôl sicrhau bod y nyrsys o'r tyrau gwylio ddim yn
gallu eu gweld, sathrodd y ddau y pridd i'r ddaear
gyda'u traed.

'Dyna'r UNIG bridd gawsoch chi neithiwr, Wing
Commander?' gofynnodd y bachgen.

'Ia, Squadron Leader,' atebodd Taid, gyda balchder.

Edrychodd Jac ar y llond llaw o
bridd. Doedd fawr mwy na llond dau
gwpanaid yno. Mi fydd Taid wrthi'n
tyllu tan ddydd Sul y Pys ar y
cyflymder yma!

'Y broblem ydy ...'
meddai'r bachgen, cyn
tawelu rhag brifo
teimladau'r hen ŵr.
'Dwedwch
be sy gynnoch
chi i'w ddweud,
frawd!'
gorchmynnodd Taid.

'Wel, os mai dim ond hyn o bridd dach chi'n gallu ei balu bob nos, poeni dwi fod y twnnel yn mynd i gymryd blynyddoedd i'w gwblhau.'

Edrychodd yr hen ŵr yn flin arno.

'Dach chi wedi trio palu trwy lawr carreg efo dim ond llwy?!'

Doedd dim angen ateb. Fel y rhan fwyaf o drigolion y ddaear, doedd neb wedi bod yn ddigon gwirion i drio gwneud ffasiwn beth.

'Naddo.'

'Wel, mi alla i ddweud wrthach chi ei fod o'n blincin waith caled!' meddai Taid.

'Felly sut alla i'ch helpu chi i ddianc, syr?'

Meddyliodd yr hen ŵr am eiliad. 'Dod â llwy fwy i mi?'

'Gyda phob parch, Wing Commander, dwi'm yn meddwl bod maint y llwy'n mynd i wneud fawr o wahaniaeth.'

'Mi wna i unrhyw beth i drio dianc o'r carchar yma. Ac fel swyddog yn y fyddin, mae hynny'n ddyletswydd arna i. Felly rhaid ichi addo dod â llwy fwy i mi nos fory!' mynnodd Taid.

'Llwy bwyta cawl?'

'Un fwy na honno! Mae hon yn job fawr!'

'Dwi'n addo, syr,' meddai Jac.

'Rhaid i chi ddeall, Squadron Leader, mai'r unig beth sydd yn fy nghadw i fynd yn fan'ma ydy'r gobaith o gael hedfan fy Spitfire eto.'

Yna, a hithau'n amlwg yn amau bod rhyw ddrwg yn y caws, daeth Miss Ffinihadoc o'r adeilad gan ruthro tuag atynt yn ei hesgidiau sodlau uchel, ei gŵn yn chwifio yn y gwynt. Roedd dwy o'r nyrsys wrth ei hochr, Nyrs Mini a Nyrs Mo, a'r ddwy mor fawr roedden nhw'n debycach i ddau gorila na dwy ddynes. Wrth eu cynffon, roedd Mam a Dad, wedi colli eu gwynt wrth geisio eu dilyn ar ras.

'Gweithio yn yr ardd, ia?' gofynnodd y fetron yn amheus.

'Hollon gywir! Tendio tipyn ar y blodau, Kommandant!' gwaeddodd Taid.

'Kommandant?' ailadroddodd Miss Ffinihadoc. 'Mae'r dyn gwirion yn meddwl ei fod o mewn gwersyll i garcharorion rhyfel!'

Chwarddodd y fetron yn uchel. Ar ôl deall beth ddywedodd hi, chwarddodd y nyrsys hefyd.

'HA! HA! HA!'

Wrth i Mam a Dad gyrraedd,
ychwanegodd Miss Ffinihadoc,
'O, mae hi mor bwysig cael ychydig
o hiwmor mewn lle fel hwn.'

'Mae hynny'n wir, Metron' atebodd Nyrs Maini, gyda llais dwfn.

'Mae sawl un o fy hen bobol wedi mynd yn hollol bananas, ond eich taid ydy'r gwaetha o'r cwbwl lot!'

'Peidiwch chi â meiddio siarad fel'na am Taid!' meddai'r bachgen.

'Paid â bod mor hy gyda'r fetron annwyl,' dwrdiodd Mam.

''Drychwch arno fo!' dywedodd Metron. 'Mae ei ben yn y cymylau.'

'John dwi, nid Ben,' cywirodd Taid. 'Ond dwi'n meddwl bod yna Ben yn hedfan gyda 501 Sgwadron.'

'O, diar,' meddai Metron. 'Wel, mae hi'n dechrau oeri, dach chi'm yn meddwl?'

'Cytuno, Metron,' meddai Dad, a oedd yn denau ac yn teimlo'r oerni'n waeth na phawb arall.

'Nyrsys?' gorchmynnodd Miss Ffinihadoc. 'Fyddech

chi mor garedig â mynd â Mr Williams druan yn ôl i'r cartref?'

'Wing Commander Williams!' protestiodd Taid.

'O, ia, wrth gwrs!' atebodd Miss Ffinihadoc, â gwên sur ar ei hwyneb.

Gyda'i gilydd, cododd y ddwy nyrs Taid gerfydd ei figyrnau, ei droi ben i lawr, a'i fartsio'n ôl i'r adeilad.

'Gadewch lonydd iddo fo!' gwaeddodd y bachgen.

'Oes rhaid iddyn nhw ei gario fo fel'na?' gofynnodd Dad.

'Mae hynna'n dda i'w gefn gwan o,' atebodd y fetron, gyda gwên.

Allai Jac ddim dioddef gweld hyn a cheisiodd neidio ar gefn un o'r nyrsys, ond cafodd ei wthio'r neilltu gan y fetron.

'Jac!' gwaeddodd Mam, wrth ei dynnu'n ôl gerfydd ei fraich.

'Waeth i chi heb! Ddeuda i ddim gair wrthych chi, Kommandant!' gwaeddodd yr hen ŵr wrth iddo gael ei hebrwng i ffwrdd. 'Sa well gen i farw na bradychu fy ngwlad!'

'Kommandant yn wir! Ho ho, doniol iawn!' meddai Metron, cyn edrych ar ei wats. 'Wel, well i ni fynd i fwynhau weddill y parti. Mae dau funud ar ôl!'

Awgrymodd Metron fod Mam a Dad yn mynd gyntaf. 'Plis, ar eich holau chi, Barbara a Barry.'

Ond fe arhosodd Metron am eiliad i gael gair preifat gyda Jac. 'Dwi'n gwybod bod ti'n cynllwynio rhywbeth, y ... !' sibrydodd. 'Dwi'n dy watsiad di, 'ngwas i!'

Aeth ias oer i lawr cefn y bachgen.

40

Rhaff o Nicers

Noson drannoeth, eisteddai Jac ar y gwely bync yn ei ystafell wely. Dan ei obennydd, roedd llwy fawr wedi ei chuddio, un gafodd ei dwyn o ffreutur yr ysgol amser cinio. Llwyddodd i'w rhoi i lawr ei drowsus, gan ei orfodi i gerdded fel petai ganddo goes bren.

Dan y modelau awyrennau a grogai uwch ei ben, roedd y bachgen mewn gwewyr meddwl. Roedd wedi addo i'w daid y byddai'n ymweld â Thŷ Arch yn gyfrinachol y noson honno. Ond hyd yn oed gyda llwy fwy, doedd gan ei daid ddim gobaith o ddianc. Hyd y gwelai'r bachgen, yr unig bwrpas i barhau â'r syniad gwallgof oedd er mwy cynnal gobeithion yr hen ŵr. Heb obaith, heb ddim, dyna sut oedd hi i'w daid. *Efallai y gallai Taid dreulio gweddill ei fywyd yn twnelu, yn breuddwydio am ddianc ond gyda gobaith mul yn y Grand National o allu gwneud hynny,* meddyliodd

Jac. Er ei fod yn casáu Miss Ffinihadoc ddrwg a Thŷ Arch, doedd gan y bachgen yr un cynllun arall. Gwastraff amser oedd siarad gyda'i rieni. Eu cred nhw oedd bod gan y bachgen ddychymyg byw ar ôl treulio gormod o amser yng nghwmni ei daid. Iddyn nhw, un arall o'i ffantasïau fyddai hyn.

Felly, yn ôl yr arfer, disgwyliodd y bachgen tan iddi nosi. Yna gafaelodd yn y llwy fawr a dringo allan trwy'r ffenest. Ond pan gyrhaeddodd Dŷ Arch sylwodd fod rhywbeth wedi newid. Roedd y beipen law a ddefnyddiwyd ganddo i ddringo'r wal wedi ei thynnu ac yn gorwedd yn ddarnau ar y cerrig mân. A oedd Metron a'r nyrsys eraill yn disgwyl amdano? Dyna oedd ei unig ffordd o ddringo'r wal. Gan boeni ei fod yn cael ei ddenu i drap, rhywbeth a fyddai'n arwain at gosb i'w daid, penderfynodd y bachgen adael yn syth. Ond wrth iddo lithro fel anaconda yn ôl ar draws y glaswellt, clywodd sŵn yn dod o'r to.

CRAC...

Sŵn drws bychan yn agor oedd o. Ai Miss Ffinihadoc oedd hi, neu un o'r nyrsys? A oedd Jac ar fin cael ei ddal?

Wrth edrych i fyny, gwelodd rywun ar dop yr adeilad yn dringo allan trwy dwll yn y to.

Taid!

Yn dal yn ei byjamas, ceisiodd yr hen ŵr wthio'i hun trwy'r twll. Bwlch bychan iawn oedd o. Wrth iddo wthio, llithrodd ei drowsus pyjamas i lawr ychydig, gan ddatgelu rhywfaint o'i ben-ôl blewog. Aeth Taid ar ei bedwar ar hyd y to cyn mentro sefyll. Wedi iddo gael ei falans, cododd ei drowsus yn ôl i fyny.

Roedd llethr ar y to, a gyda gwynt y gaeaf yn chwythu ar draws y waun, camodd yr hen ŵr yn igam-ogam at ymyl y to.

'Be ar y ddaear dach chi'n ei wneud i fyny fan'na?' gwaeddodd Jac.

Am eiliad, edrychodd yr hen ŵr o'i gwmpas yn hurt, yn methu deall o ble roedd y llais yn dod.

'Lawr yn fan'ma!'

'O, Squadron Leader, fan'na dach chi! Ond dwi'n meddwl mai'r hyn dach chi'n ei feddwl ydy "Beth ar y ddaear ydach chi'n wneud yn fan'na, SYR?" Mae'n bwysig cofio bod yn gwrtais, rhyfel neu beidio.'

'Ddrwg gen i, syr, ond be ar y ddaear dach chi'n ei wneud yn fan'na ... syr?' galwodd y bachgen.

'Roedd y Kommandant yn amau bod rhyw ddrwg yn y caws. Mi archwiliodd hi fy stafell o'r top i'r gwaelod. Ffeindiodd un o'r gards fy nhwnnel i yn y selar. Wel, pan dwi'n dweud "twnnel", dwi'n golygu'r tyllu wnes i ar y llawr efo fy llwy. Maen nhw'n gwybod bellach 'mod i'n trio dianc. Yn gynharach, daeth y gards i mewn i'n celloedd ni a chwalu bob dim. Diawled! Malu dodrefn, troi'r gwelyau wyneb i waered, chwilio am gliwiau.'

'Ffeindion nhw'r llwy?'

'**Naddo!** Llwyddish i'w rhoi hi rhwng bochau 'mhen-ôl, yr unig le naethon nhw ddim chwilio! Ond fedrwn i ddim ei chadw hi'n fan'no am byth felly roedd rhaid i mi feddwl am gynllun newydd. Dwi am ddianc heno!'

'Heno?!'

'Ia, Squadron Leader.'

'Ond, syr, sut dach chi am ddod i lawr o ben fan'na? Dach chi bedwar llawr o'r ddaear.'

'Yndw. Trueni wnes i ddim pacio fy mharasiwt. Ond mi lwyddish i glymu hon at ei gilydd.'

Estynnodd ei law i mewn trwy'r twll yn y to a thynnu rhyw fath o raff allan. O edrych yn fwy gofalus, nid rhaff oedd hi o gwbwl, ond yn hytrach rhyw ddeg ar hugain o nicers yr oedd Taid wedi eu clymu at ei gilydd.

'O ble gaethoch chi'r holl nicers yna, syr?'

'Nid fi pia nhw, Squadron Leader, os mai dyna dach chi'n trio'i awgrymu!'

'Na, dim dyna ro'n i'n ei feddwl,' atebodd y bachgen. Ond roedd ganddo gasgliad mawr o nicers, a'r rheini wedi eu dwyn o rywle.

'Welish i nhw'n hongian yn yr ystafell olchi!' ychwanegodd Taid. 'Dwsinau o ddillad isaf merched, rhai ohonyn nhw'n ddigon mawr i gynnal yr Eisteddfod Genedlaethol ynddyn nhw. Od iawn!'

Dechreuodd yr hen ŵr ddad-wneud y rhaff o nicers a'i gollwng i lawr yn araf deg tan iddi gyrraedd y llawr.

O, na, meddyliodd Jac, *mae hen ŵr fy nhaid yn mynd i ddod i lawr yr adeilad ar raff wedi ei gwneud o ddillad isaf merched.*

'Byddwch yn ofalus, Taid ... y ... Wing Commander, dwi'n feddwl, syr.'

O'i safle ar y ddaear, gwyliodd Jac ei daid yn clymu un pen o'r rhaff unigryw o gwmpas y clochdwr ar dop Tŷ Arch.

'Cofiwch wneud y siŵr bod y cwlwm ddim yn datod, syr!' galwodd y bachgen.

Doedd yr hen ŵr ddim yn rhy hoff o dderbyn cyngor.

'Dwi'n gwybod yn iawn beth i'w wneud efo nicers merched, diolch yn fawr, Squadron Leader!'

Tynnodd Taid ar y rhaff er mwyn sicrhau ei bod yn saff. Yna, gan ddal ei afael gyda'i ddwy law, dechreuodd ollwng ei hun yn araf i lawr ochr yr adeilad. Roedd sidan y dillad isaf yn rhyfeddol o gryf – yn ddigon cryf i ddal ei bwysau.

Fodfedd wrth fodfedd, daeth Taid i lawr i'r ddaear.

Am ennyd, bu bron i bethau fynd o chwith pan lithrodd troed Taid. Daeth un o'i slipars i ffwrdd wrth iddo osod ei droed ar y brics gwlyb. Cafodd Jac ei daro ar ei ben gan y slipar.

THYNC!

'Ddrwg iawn gen i am hynna, Squadron Leader!'

Gafaelodd Jac yn y slipar cyn edmygu ei daid cryf, hyblyg wrth iddo gyrraedd y llawr. Saliwtiodd y bachgen yn ôl yr arfer cyn cyflwyno'r slipar iddo fel petai'n fedal.

Dan ei byjamas roedd gan y dyn siaced fer a phâr o drowsus twt.

'Diolch, Squadron Leader!' meddai Taid, cyn rhoi ei slipar yn ôl am ei droed.

Edrychodd Jac ar draws y gerddi i gyfeiriad Tŷ Arch. Roedd y chwiloleuadau yn cylchdroi yn beryglus o agos. Petaen nhw'n symud yn gyflym, byddai ganddyn nhw siawns o ddianc dros y wal a bod yn rhydd.

'Reit, rhaid i ni fynd yn syth, syr,' sibrydodd y bachgen.

'Iawn, Squadron Leader. Dim ond un peth bach arall.'

'Be ydy hwnnw, Wing Commander?'

'Wel, mae yna gryn dipyn ohonan ni ar y Pwyllgor Dianc.'

'Pa Bwyllgor Dianc?'

'*PSST*,' meddai llais o'r nefoedd.

Edrychodd y ddau i fyny. Roedd rhyw ddwsin o hen bobol ar ben y to, pob un yn ei byjamas neu ei ŵn nos. Ac roedd mwy a mwy ohonyn nhw'n dod i'r golwg bob munud wrth iddyn nhw wasgu eu hunain trwy'r bwlch bychan.

Roedd hon bellach yn ddihangfa fawr.

41

Pob Un Wan Jac, Jac!

'Pawb i ddod i lawr mewn trefn,' gorchmynnodd Taid. 'Un ar y tro, os gwelwch yn dda.'

Wrth i'r cyntaf o'r henoed lithro i lawr y rhaff nicers, dywedodd Jac, 'Ond ro'n i'n meddwl eu bod nhw wedi cael tabledi cysgu?'

'Do, mi gaethon nhw. Ond mi rannish fy Smarties efo'r rhain!'

'Mi *wnaethoch* chi ofyn am lot ohonyn nhw.' Yna aeth Jac i bwl o banic. 'Faint ddeudsoch chi sy'n dianc heno?'

Ochneidiodd taid Jac. 'Does dim rhaid i mi eich atgoffa chi, Squadron Leader, ei bod hi'n ddyletswydd ar bob carcharor yn yr armi i drio dianc.'

'POB UN OHONYN NHW?!'

'Pob un wan jac, Jac! Mi fyddwn ni i gyd adre o flaen y tân erbyn amser te!'

Wrth i'r hen bobol gyrraedd y ddaear, saliwtiodd Taid

Pob Un Wan Jac, Jac!

bob un yn ei dro, cyn iddyn nhw dynnu eu dillad nos. Roedd pawb wedi gwisgo eu dillad bob dydd oddi tan eu dillad nos.

'Noswaith dda, Mejor!' meddai Taid wrth hen ŵr gyda thrwyn gwritcoch a sbectol. Roedd Jac yn cofio'i weld ar ei ymweliad dydd Sul.

'Noson braf i ddianc, Wing Commander!' atebodd y gŵr.

Saliwtiodd Taid y gŵr nesa wrth i hwnnw lithro i lawr y rhaff nicers.

'Noswaith dda, Gapten!' meddai.

'Nosweth dda, Williams. Llongyfarchiade mowr ar y ddihangfa,' atebodd y Capten, a oedd yn amlwg â swydd bwysig iawn yn y fyddin ar ryw gyfnod. Ef oedd y gŵr yn yr ystafell fyw y diwrnod cynt, gyda'r teclyn clyw yn ei glust, a hwnnw'n chwibanu mor uchel nes gwneud pawb arall yn fyddar.

'O, diolch yn fawr, syr.'

'Pan fydd hyn i gyd drosodd, cofiwch ddod ar fwrdd fy llong i ni gael rhannu potel o siampên a dathlu.'

''Swn i wrth fy modd, syr,' atebodd Taid. 'Nos da a phob lwc.'

'A phob lwc i chithe, 'fyd. Reit 'te, ffor' hyn i'r wal, ife?' gofynnodd y Capten, heb fod mewn brys mawr i ddianc.

Daeth cyfle i Jac ddweud ei bwt. 'Ia, syr. Dringo'r gangen acw sy'n gwyro o'r goeden helygen, ac mi allwch ddianc.'

'Reit, reit, reit, well i fi fynd draw 'co, 'te!' atebodd y Capten. 'Wela i chi ar yr ochr arall.' Yna rhoddodd saliwt i'r bachgen cyn cynnau ei bibell.

'Efallai y byddai'n syniad i chi danio'ch pibell yr ochr arall i'r wal, syr?' awgrymodd Jac. 'Dach chi ddim eisio tynnu sylw atoch chi'ch hun.'

'Na na na. Wrth gwrs hynny. Jiawl twp odw i!' cytunodd y gŵr, cyn rhoi ei bibell yn ôl yn ei boced a chamu i'r tywyllwch.

Yn sydyn, daeth sŵn mawr o gyfeiriad y to. Roedd yr un olaf i ddianc, y ddynes fawr roedd Jac wedi ei gweld yn yr ystafell fyw ddoe, wedi mynd yn sownd yn y bwlch.

'Help! Dwi'n sownd, Wing Commander!' gwaeddodd.

'O, damia!' ochneidiodd Taid. 'Mrs Lard. Roedd hi'n Pei-Ben.'

'Yn beipen?!' gofynnodd y bachgen.

'Naci. Pei-Ben. Peilot benywaidd. Ond yn hytrach na chanolbwyntio ar hedfan ei hawyren, roedd yn well gan hon fwyta cacennau! Dyliwn fod wedi rhagweld na fasa hi ddim yn ffitio trwy'r bwlch. Arhoswch chi'n fan'na, Squadron Leader. Dwi'n mynd yn ôl ati!' cyhoeddodd.

'Na, syr, peidiwch!' atebodd Jac gyda phendantrwydd. 'Mae hynny'n rhy beryglus. Dwi'n dod efo chi!'

Gwenodd Taid ar y gŵr ifanc. 'Da iawn chi, Squadron Leader!'

Ar hynny, dechreuodd y ddau ddringo i fyny'r rhaff nicers.

'Mae'n anoddach mynd i fyny!' meddai'r hen ŵr gan duchan.

Erbyn hyn roedd y nicers wedi eu

stretsio hyd at dorri. Ar y ffordd i fyny, sylwodd Jac fod y sidan wedi rhwygo yma ac acw ac roedd yn amau na fyddai'r rhaff yn gallu dal pwysau Mrs Lard ar y ffordd i lawr. Ond doedd dim Cynllun B. Roedd yn rhaid iddyn nhw roi cynnig arni.

O'r diwedd, cyrhaeddodd y ddau'r to.

Edrychodd Jac a'i daid ar Mrs Lard a meddwl beth i'w wneud.

'Un fraich yr un fyddai orau,' meddai Taid yn hyderus, fel petai'n arbenigwr ar dynnu merched tew trwy dyllau bach yn y to.

'Mae hyn mor ANURDDASOL!' cyhoeddodd yr hen wraig. Roedd Mrs Lard yn eithriadol o posh. 'A dwi eisio *powdro fy nhrwyn.*'

'Eisio powdro'ch be?' gofynnodd Jac.

'Fy ... *nhrwyn,*' atebodd y ddynes.

'Eich trwyn?!' Roedd Jac ar goll yn llwyr.

'Dwi angen ... y ... *comôd!*'

'Ddrwg gen i, ond 'sgen i'm syniad am be dach chi'n sôn!'

'DWI BRON Â MARW EISIO MYND I BISO!' gwaeddodd Mrs Lard yn flin.

'O, sorri ...'

'Mi fydd rhaid i chi ddisgwyl am ychydig, Lard,' meddai Taid. 'Yn gynta rhaid i ni eich cael chi drwy'r to.'

'Ia, syniad da, os nad oes ots gynnoch chi!' Roedd tôn ei llais yn sarhaus, fel petai Taid ar fai am y sefyllfa. Yn sicr nid ei fai o oedd y ffaith ei bod hi wedi bod yn bwyta cacennau drwy gydol ei bywyd, ond nid dyma'r amser i feddwl am hynny.

'Petawn i ond yn medu cael rhywun i'w gwthio o'r tu ôl,' meddai'r hen ŵr.

'*O, neis iawn!*' cwynodd y ddynes snobyddlyd yn uchel. 'Dach chi'n gwneud i mi swnio fel bws wedi torri i lawr!'

'Allwch chi plis fod yn dawel, madam!' sibrydodd Taid. 'Mi glywith y gards chi.'

'Ddyweda i ddim gair arall o 'mhen!' atebodd Mrs Lard, ond roedd ei llais yn dal yn rhy uchel ym marn Jac a Taid.

'Barod, Squadron Leader?' gofynnodd Taid.

'Barod, syr,' atebodd y bachgen.

Gafaelodd Taid a Jac ym mreichiau Mrs Lard.

'Byddwch yn barod i ddal y pwysau, Squadron

Leader,' meddai Taid. 'Codi ar ôl tri, iawn? Un, dau, tri,

I FYNY Â HI!'

Dim.

Symudodd y wraig yr un fodfedd.

'Alla i feddwl am ffyrdd gwell o dreulio gyda'r nos,' meddai Mrs Lard, brawddeg oedd ddim yn helpu neb.

'Unwaith eto,' gorchmynnodd Taid. 'Un, dau, tri,

I FYNY Â HI!'

Unwaith eto, symudodd hi yr un fodfedd.

'A'r tro nesa mae rhywun yn gofyn i mi a ydw i eisiau dianc, atgoffwch fi am yr olygfa hon, wnewch chi?' cwynodd y ddynes. 'Dim ond cytuno er mwyn cael tair Smartie wnes i!'

'Am y tro ola!' dywedodd Taid. 'Un, dau, tri,

I FYNY Â HI!'

Trwy ryfedd wyrth, llwyddodd Mrs Lard i lithro'n ôl i *mewn* i Dŷ Arch trwy'r bwlch.

'Wel, diolch yn fawr iawn!' cwynodd eto. 'Fydda i yma am byth rŵan!'

'Be ar y ddaear 'dan ni am wneud, syr?' erfyniodd Jac. 'Allwn ni byth â'i chael hi o'r to, a does gynnon ni ddim llawer o amser!'

42

Cleisiau ar y Pen-ôl

'Dydw i ddim, Squadron Leader,' meddai Taid, wrth iddyn nhw sefyll ar ben to Tŷ Arch, 'yn bwriadu gadael yr un dyn ar ôl.'

'Na dynes!' ychwanegodd Mrs Lard.

'... na dynes. 'Dan ni angen cymorth. Gadewch imi alw'r fyddin a'r llynges.' Ar hynny, dyma Taid yn camu at ymyl y to a galw i'r tywyllwch islaw, 'Mejor? Capten?'

'Ia, syr?' meddai'r ddau lais o'r gwaelodion.

'Dwi angen cymorth!'

Heb oedi, dyma'r ddau arwr rhyfel yn cerdded yn ôl ar hyd y lawnt a dringo i fyny'r rhaff nicers. Tu ôl iddyn nhw, fesul un, daeth rhyw ddwsin o'r lleill.

'Ydach chi'n meindio brysio, os gwelwch yn dda?' cwynodd Mrs Lard. 'Dwi angen mynd i'r tŷ bach ar frys!' Ymunodd yr hen bobol gan ffurfio dwy gadwyn, gan afael ym mreichiau Mrs Lard.

'Mae'n bwysig gweithio fel tîm,' eglurodd Taid. 'Dyna sut enillwn ni'r rhyfel. Rhaid i ni gydweithio.'

'Cytuno i'r carn!' meddai'r Mejor.

Yna gwaeddodd Taid ei orchymyn arferol. 'Un, dau, tri, I FYNY Â HI!'

Y tro hwn, saethodd Mrs Lard i fyny trwy'r bwlch yn y to. Achosodd hynny i bawb ddisgyn ar eu penolau, gan lanio'n bentwr ar bennau ei gilydd.

WWF!

'Gweithio fel tîm, syr!' meddai Jac dan wenu, wrth iddo grafangu o waelod twmpath o bobol.

'Da iawn chi, bawb!' meddai Taid.

Fesul un, cododd pawb ar eu traed. Mrs Lard oedd yr olaf.

Gan edrych arni am eiliad, sibrydodd Jac, 'Dwi ddim yn meddwl y bydd y rhaff yn gallu dal ei phwysau, syr.'

'Dwi wedi tsiecio, Squadron Leader, ac mae pob nicer yn ddigon cryf. O ffatri nicers y Bala, welwch chi – y rhai gorau yn y wlad. Dim ond i Lard wrando ar fy ngorchmynion a symud yn araf, mi fydd pob dim yn iawn ...'

Ond doedd Mrs Lard ddim yn gwrando ar orchmynion neb. Heb aros fymryn yn fwy nag oedd rhaid, gafaelodd yn y rhaff nicers a thaflu ei hun oddi ar y to yn llawer rhy fyrbwyll. Ac yn union fel y proffwydodd Jac, doedd y rhaff ddim yn gallu dal ei phwysau. Ac mi lithrodd i lawr braidd yn rhy gyflym ...

'AAAAAAAAAAAAAAAAAAAAAAAAA!'

… rhwygodd un pâr
o'r nicers sidan.

RHWYG!

Ac mi syrthiodd
Mrs Lard i'r llawr!

THYD!

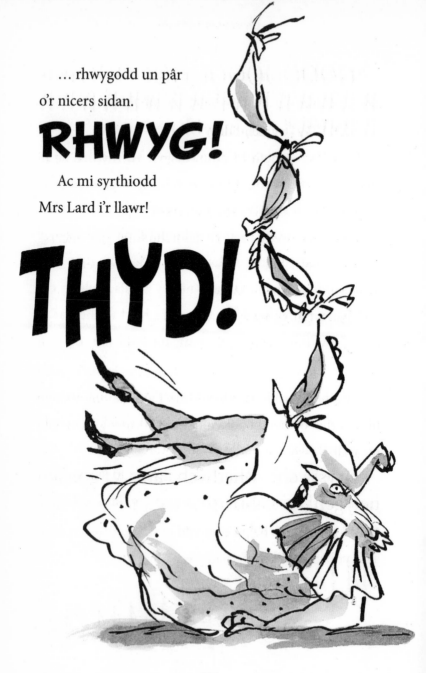

'OOOOOOOOOOOOOOOWW WWWWWWWWWWWWWWWWWW WWWW!' sgrechiodd.

Trwy lwc, wnaeth hi ddim disgyn yn rhy bell ac ni chafodd anaf difrifol, dim ond ychydig o gleisiau ar ei phen-ôl. Disgynnodd y rhaff nicers ar ei phen.

'Nawr wy wedi cael fy ngorchuddio gan nicers!' cwynodd yn uchel. 'Y fath sarhad! Dyna ddiwedd ar fy aelodaeth o Ferched y Wawr.'

'Shwsh!' shwsiodd Jac.

Ond roedd hi'n rhy hwyr. Roedd y nyrsys ar dop y tyrau gwylio wedi ei chlywed. Gwibiodd y chwiloleuadau o gwmpas y gerddi. Gwelwyd Mrs Lard gan un ohonyn nhw, a rhai o'r hen bobol yn dianc ar draws y lawnt gan un arall.

'Brysiwch! Rhedwch am y goeden helygen!' gwaeddodd Jac o ben y to. 'Dyna'r unig ffordd allan!' Gan helpu ei gilydd gystal ag y gallen nhw, aeth yr hen bobol i gyfeiriad y wal.

Yn sydyn, goleuwyd yr adeilad a'r holl erddi gan oleuadau cryfion.

DING DING DING DONG DING DONG DING DONG!

Canodd y gloch yn y twr. Roedd yr larwm wedi ei seinio.

Daliwyd Jac a Taid ar y to gan saeth o olau. Am eiliad roedden nhw wedi eu caethiwo yn y pelydryn llachar. A gyda'r rhaff nicers wedi ei thorri, doedd dim ffordd i lawr o'r to.

Roedd y ddau wedi eu dal mewn trap.

43

Trwy'r Twll ac Mewn Twll

O ben y to edrychodd Jac a'i daid ar rai o'r hen bobol yn dringo dros ben y wal.

'Pob lwc, ddynion!' meddai, gan roi un saliwt olaf cyn iddyn nhw ddiflannu o'r golwg.

Roedden nhw'n cael eu dilyn ar ras gan giang o nyrsys yn cario tortshys a rhwydi.

Yn y cyfamser roedd Jac a'i daid bedwar llawr i fyny. Roedd y rhaff nicers wedi torri. Roedd y beipen law wedi ei rhwygo o'r wal. Petaen nhw'n ceisio neidio mi fasan nhw'n torri pob asgwrn yn eu cyrff. Dim ond un ateb oedd gan Jac. 'Trwy'r twll yn y to! Awn ni'n 'nôl i mewn i'r tŷ!'

'Pam, Squadron Leader?' gofynnodd Taid yn ddryslyd.

'Dyna'r unig ffordd allan!'

'Dach chi'n berffaith iawn, Squadron Leader. Mynd i mewn er mwyn mynd allan eto! Bydd rhaid imi awgrymu wrth Brif Farshial yr Awyrlu eich bod yn cael medal!'

Roedd y bachgen mor falch â phaun am iddo blesio ei daid.

'Diolch yn fawr, syr, ond does dim amser i'w wastraffu. Dowch!'

Gafaelodd y bachgen yn llaw ei daid er mwyn ei arwain ar draws y to cam. Un droed o'i lle ac mi fyddai'r ddau'n disgyn i'w marwolaeth. Ond fel roedden nhw'n cyrraedd y bwlch yn y to, roedd pen baton y fetron yn dod allan ohono, a gwreichion o drydan yn suo drwyddo. Sylweddolodd Jac mai teclyn i reoli gwartheg oedd o, y math mae ffermwyr yn ei ddefnyddio i symud gwartheg i'r cyfeiriad iawn. Baton buwch. Ond yn nwylo'r fetron, offeryn artaith oedd o.

Gwthiodd y ddynes fach ei hun trwy'r twll yn y to a chodi ar ei thraed. Wrth iddi sefyll yno, cododd y baton buwch i'r awyr wrth i'w gŵn gyhwfan yn y gwynt.

Fesul un, gwthiodd Nyrs Mini a Nyrs Mo eu cyrff mawr trwy'r bwlch er mwyn ymuno â hi. Gyda gwên sinistr ar ei hwyneb, a nyrs ar bob ochr iddi, camodd y ddynes fileinig ymlaen.

'Ro'n i wedi amau eich bod chi'ch dau'n cynllwynio rhywbeth yn yr ardd ddoe,' meddai. 'Mae llawer o'r hen bobol wedi dianc heno, a chi sy'n gyfrifol!'

'Plis peidiwch â'i gosbi o, dwi'n erfyn arnoch chi!' plediodd Jac. 'Fy syniad i oedd dianc!'

'A dweud y gwir, Kommandant, fi ddylech chi ei gosbi. Doedd gan y dyn ifanc yma ddim oll i'w wneud â'r cynllun!'

'TAWELWCH!' gwaeddodd Metron. 'Y ddau ohonoch chi!' A bu tawelwch.

Pwysodd y fetron fotwm ar y baton buwch a saethodd mellten o drydan ohono.

'Be dach chi am wneud gyda hwnna, Kommandant?' gofynnodd Taid.

'Mae hwn wedi cael ei wneud yn arbennig i mi, ac mae deg miliwn folt o drydan yn mynd trwyddo fo! Alla i'ch gwneud yn anymwybodol jest wrth bwyso'r botwm 'ma!'

Tynnodd Taid ei ŵyr y tu ôl iddo er mwyn ei warchod. 'Mae hynna'n farbaraidd, Kommandant!' dywedodd. 'Does gynnoch chi ddim hawl i arteithio carcharorion rhyfel!'

Torrodd gwên sadistaidd dros wyneb Miss Ffinihadoc. 'Mae gen i hawl i wneud unrhyw beth dwi eisiau!' Ac ar hynny, rhoddodd y baton buwch ar fraich Nyrs Mini a phwyso'r botwm. Daeth mellt o oleuadau gwyn a glas ohono.

Am eiliad, roedd holl gorff Nyrs Mini yn wenfflam.

Tynnodd y fetron ei bys oddi ar y botwm a disgynnodd y nyrs i'r llawr gan weld sêr.

Chwarthodd Miss Ffinihadoc wrth i Jac a'i daid syllu arni, wedi eu syfrdanu. Sut allai hi wneud hyn i un o'i chyd-weithwyr? Roedd hyd yn oed Nyrs Mo'n edrych yn nerfus.

'Ddrwg gen i, ond hoffwn i weld hynna un waith eto,' mentrodd Taid. Ei obaith oedd y byddai'r fetron yn gwneud yr un peth i'r nyrs arall, gan gael gwared o'r ddwy nyrs o fewn hanner munud.

'Dwi ddim mor dwp â hynny, hen ŵr!' dywedodd Metron. Rhoddodd Nyrs Mo ochenaid o ryddhad.

'Gafaelwch ynddyn nhw!' gorchmynnodd Miss Ffinihadoc.

Camodd y nyrs enfawr ymlaen gan droedio dros ei chyd-nyrs. Gyda'i breichiau anferth, ceisiodd gydio yn y ddau.

'Y clochdwr!' gwaeddodd Taid.

Roedd larwm Tŷ Arch yn dal i ganu. Wrth iddyn nhw agosáu roedd y sŵn yn fyddarol. Crogai'r gloch mewn tŵr bychan; oddi tani yr oedd rhaff, dew, hir.

'GAFAEL YN Y RHAFF!'

gwaeddodd Taid. Y broblem oedd fod y rhaff yn codi a gostwng fel petai rhywun yn y gwaelod yn ei thynnu er mwyn canu'r gloch. Edrychodd Jac dros ei ysgwydd a gweld Nyrs Mo yn agosáu. Roedd Miss Ffinihadoc yn agos hefyd, gyda'i baton buwch. Doedd dim dewis.

Neidiodd Jac gan gydio yn y rhaff gyda'i ddwy law. Teimlodd ei ddwylo ar dân wrth iddo lithro lawr y siafft yn gyflym.

'Aaaaa!'

gwaeddodd y bachgen.

316

Edrychodd Jac i lawr a gweld Nyrs Maini oddi tano, yn siglo ar y rhaff. Fel yr oedd hi'n edrych i fyny, glaniodd Jac ar ei phen.

SMASH!

Cafodd y nyrs ei tharo'n anymwybodol. **GRÊT!** meddyliodd y bachgen. Ond wrth i Nyrs Maini lanio ar lawr daeth ei gwallt gosod i fwrdd gan ddatgelu pen moel oddi tano. O edrych yn fwy agos, roedd gan y nyrs flew mân dros ei hwyneb hefyd.

Dyn oedd hi!

44

Rhyfedd o Fyd

Wrth sefyll ar waelod y clochdwr, clywodd Jac sŵn uwch ei ben. Edrychodd i fyny a gweld Taid yn dod i lawr y rhaff ar wib. Symudodd y bachgen o'i ffordd mor gyflym â phosib.

'Edrychwch, Wing Commander!' meddai'r bachgen wrth i'w daid lanio. 'Dyn ydy hi!' Roedd hi'n eglur bellach pam oedd nyrsys Tŷ Arch mor fawr a chryf. 'Efallai mai dynion ydyn nhw i gyd!'

Syllodd Taid ar Nyrs Maini. 'O, wel, rhyfedd o fyd, debyg. Ro'n i'n arfer gweithio gyda rhywun o'r enw Charles. Ar y penwythnosau roedd o'n gwisgo sgert ac yn dweud wrthon ni am ei alw fo'n Clarissa. Dynes ddel oedd hi hefyd. Mi gafodd gwpwl o gynigion priodas!'

Yn anffodus doedd dim amser i gnoi cil ar yr wybodaeth ryfeddol hon. Yr eiliad hon, roedd rhaid ceisio dianc o Dŷ Arch.

Roedd Taid yn gyfarwydd â'r tŷ a'r gerddi yn llawer gwell na Jac.

'Ble nesa, Wing Commander?' holodd y bachgen.

'Gadwch i mi feddwl ...' pendronodd yr hen ŵr.

Ond cyn i Taid gael cyfle i wneud dim, gwaeddodd y bachgen, 'Gwyliwch!'

Tynnodd Jac ei daid o'r ffordd wrth i Nyrs Mo lithro i lawr gan glymu ei choesau – neu ei goesau – o gwmpas y rhaff.

'Ffordd hyn! Cyflym!' meddai Taid, cyn i'r ddau ei heglu hi oddi yno.

Wrth i Nyrs Maini ddod ato ei hun, glaniodd Nyrs Mo ar ei ben gan ein daro'n anymwybodol unwaith eto.

Smash!

Yn y gwrthdaro, daeth gwallt gosod Nyrs Mo i ffwrdd, a dyn oedd hi hefyd! *Doedd dim yn real yn y cartref hen bobol hwn,* meddyliodd Jac.

Wrth i'r pen wedi ei eillio godi ar ei draed yn simsan, rhuthrodd Jac a'i daid drwy'r drws a'i gau yn dynn ar eu holau.

Wrth i Nyrs Mo (neu beth bynnag oedd ei enw iawn) guro ar y drws yn galed gyda'i ddyrnau dur, gwthiodd Jac a'i daid yn ei erbyn. Roedd y nyrs mor gryf â gyr o geffylau, ac anodd iawn oedd ei gadw draw yn llawer hirach.

'Y cwpwrdd, Squadron Leader!' gorchmynnodd Taid.

Pwysodd yr hen ŵr yn erbyn y drws wrth i'w ŵyr wthio'r cwpwrdd pren, trwm yn erbyn y drws, gan gadw Nyrs Maini a Nyrs Mo yn gaeth yn y clochdwr.

Dechreuodd y drws daro'n erbyn y cwpwrdd ...

BANG!
BANG!
BANG!

... a rhedodd Jac a'i daid i gyfeiriad y drws ffrynt. Yna, clywodd y ddau sŵn traed ar y grisiau. Haid arall o 'nyrsys', heb os, yn chwilio am y rhai oedd wedi dianc.

'Maen nhw ym mhobman,' sibrydodd Jac, wrth iddyn nhw guddio y tu ôl i gloc mawr a'r nyrsys yn pasio heibio. 'Allwn ni byth â cherdded allan yn slei bach nawr, syr!' meddai'r bachgen.

'Wel, dim ond un peth sydd amdani, a ddysgis i hyn yn yr Awyrlu!' meddai'r hen ŵr. 'Ein hunig siawns o ddianc yw gwisgo fel un ohonyn nhw.'

Doedd Jac ddim cweit yn deall beth roedd Taid newydd ei ddweud.

'Dach chi'n awgrymu ...'

'Yndw, Squadron Leader. Rhaid i ni wisgo dillad nyrsys.'

45

Gwallt Gosod a Cholur

Wrth gamu o'r ystafell newid doedd Jac a'i daid ddim yn edrych yn debyg iawn i ddwy nyrs. Roedd y bachgen yn rhy fyr a doedd Taid ddim wedi cael amser i eillio'i fwstásh mawr.

Cadwyd dillad y nyrsys mewn ystafell newid yng nghefn y cartref hen bobol. Yr unig beth wnaeth y ddau oedd gafael mewn dwy wisg a'u gosod ar ben eu dillad arferol. Yn un pen o'r ystafelloedd newid safai drych hir, ac ar y bwrdd roedd amryw o walltiau gosod a bocs mawr o golur. Bu Jac a'i daid yn tyrchu drwyddo. Blonden ddel oedd Taid, a merch bryd tywyll, siapus oedd ei ŵyr.

Roedd y bachgen yn llygad ei le; dynion oedd y merched i gyd. Doedd Tŷ Arch ddim yn gartref hen bobol cyffredin. Yn wir, wrth ddarganfod mwy a mwy am y lle, roedd y cartref yn lle anghyffredin iawn.

Wrth iddyn nhw droedio'n ysgafn ar hyd y coridor, aeth criw o nyrsys heibio, gan anelu am y drws ffrynt. Nodiodd Taid ei ben, gan awgrymu i Jac y dylen nhw ymuno â'r criw. Eu hunig obaith o ddianc bellach oedd cymryd arnyn nhw eu bod yn nyrsys. Wrth wau drwy'r coridorïau i gyfeiriad rhyddid, roedd rhaid gweddïo na fyddai neb yn eu stopio.

Arhosodd y nyrsys ger y drws ffrynt, gyda Taid a Jac yn dynn ar eu sodlau. Ond fel yr oedden nhw ar fin dianc i'r tywyllwch, dyma lais mawr yn gweiddi, **'STOP!'**

Trodd pob nyrs. Yno safai Metron, yn dal i afael yn y baton buwch. O bobtu iddi safai Nyrs Mini a Nyrs Mo. Roedd gan y ddau bellach walltiau gosod a oedd tu hwyneb allan ar eu pennau, gan wneud iddyn nhw edrych yn wirionach nag arfer. Daeth y fetron yn nes gan fwrw'r baton buwch yn erbyn cledr ei llaw.

Er mwyn osgoi cael eu hadnabod ganddi, symudodd Jac a'i daid yn gynnil i gefn yr haid.

'Mae gweddill o'n hen bobol wedi dianc ... dros dro. Ond mae'r ddau oedd yn gyfrifol am yr hyn ddigwyddodd heno yn dal yma yn Nhŷ Arch, dwi'n siŵr o hynny,' cyhoeddodd Miss Ffinihadoc. 'Alla i deimlo'r peth ym mêr fy esgyrn. Ac mae'n rhaid i ni eu dal nhw!'

'Iawn, Metron,' meddai côr o leisiau, rhai yn llawer rhy ddwfn i fod yn lleisiau merched.

'Wy'n eich gorchymyn chi i chwilio pob twll a chornel o'r adeilad nes eich bod chi'n eu ffeindio nhw. Ewch mewn parau. Os methwch chi, mi fydda i'n defnyddio'r baton arnoch chi!'

'I-i-iawn, Metron.' Er mai dynion mawr, cryf oedd y nyrsys, roedden nhw'n ofni'r fetron.

Yn awdurdodol, rhoddodd fwy o orchmynion i'w milwyr.

'Nyrs Broga a Nyrs Hwch, ewch i archwilio'r ystafelloedd gwely.'

'Iawn, Metron,' atebodd y ddau, cyn martsio am y grisiau.

'Nyrs Mini a Nyrs Mo?'

'Ia, Metron?' atebodd y ddwy fel deuawd.

'Ewch chi i archwilio'r selar.'

'Ond mae gen i ofn tywyllwch!' meddai Nyrs Mo.

Doedd Miss Ffinihadoc ddim yn rhy hapus o glywed hyn, achos roedd pawb i fod i ufuddhau iddi. Trawodd y baton buwch yn galed ar gledr ei llaw. 'Rwyt ti'n gwneud fel dwi'n deud wrthat ti!'

'Iawn, Metron!' atebodd y 'nyrs' nerfus, a oedd bellach yn crynu ag ofn.

Aeth y 'ddwy' ymaith.

Dim ond dau oedd ar ôl yn y coridor gyda Metron bellach, sef y ddwy nyrs newydd, Jac a'i daid.

'A chi'ch dwy ...' Edrychodd Miss Ffinihadoc i fyw eu llygaid. Doedd nunlle i ddianc erbyn hyn. Safodd y bachgen ar flaenau'i draed er mwyn gwneud ei hun yn dalach. Ar yr un pryd, rhoddodd ei daid ei law dros ei geg a chogio tagu er mwyn cuddio'i fwstásh.

'Dwi ddim wedi'ch gweld chi'ch dwy yma o'r blaen. Pwy ydach chi?!' mynnodd Miss Ffinihadoc.

'Nyrsys, Metron,' atebodd Jac, yn ei lais dyfnaf posib.

'Be ydy'ch enwau chi?'

Roedd yn rhaid i'r ddau feddwl yn gyflym.

'Nyrs Jaci!' atebodd Jac.

'A Nyrs Winston,' meddai Taid, gan lwyr anghofio dewis enw merch.

Rhoddodd Jac bwniad cynnil iddo yn ei asennau. 'Nyrs Wini, dwi'n feddwl!'

Yn araf a gofalus, closiodd y fetron at y ddau. Yn reddfol, plygon nhw eu pennau er mwyn osgoi cael eu hadnabod. Roedd Metron yn fwy amheus. Camodd yn nes ac yn nes gyda'r baton buwch yn dal yn ei llaw.

'Tyn dy law oddi ar dy wyneb!' sibrydodd wrth yr hen ŵr.

Cogiodd Taid dagu unwaith yn rhagor. 'Mae gen i ychydig o annwyd!'

Gafaelodd y wraig yn ei law. Gwasgodd yn dynn gan balu ei hewinedd siarp yn ddwfn i'w groen. Yna, tynnodd ei law oddi ar ei wyneb gan ddatgelu ei fwstásh unigryw.

'Anghofiais i eillio heddiw,' eglurodd Taid, braidd yn ofer.

Digon yw dweud nad oedd y fetron yn credu'r un gair. Yn araf a phwrpasol, cododd y baton buwch at wyneb yr hen ŵr. Wrth iddi wneud hynny, saethodd mellten drydanol o ben y teclyn dieflig.

Llyncodd Taid ei boer.

GWLP!

46

Mwstásh Wedi Llosgi

'Esgusodwch fi! Dwi eisiau picio i'r tŷ bach.' Daeth llais Mrs Lard drwy'r drws ar yr union eiliad dyngedfennol honno. Y tu ôl i Jac a'i daid, camodd hi drwy'r drws ffrynt wrth siarad. Yn hytrach na dianc gyda gweddill yr hen bobol, roedd hi'n bur amlwg fod yr hen wraig wedi ailfeddwl a dychwelyd i Dŷ Arch er mwyn defnyddio'r lle chwech. Doedd hyn yn sicr ddim yn rhan o'r cynllun ond mi lwyddodd i dynnu sylw'r fetron ar adeg gyfleus i Jac a'i daid.

Trodd Miss Ffinihadoc ei phen i weld Mrs Lard yn cerdded trwy'r drws.

Gyda'r baton buwch yn cyffwrdd â'i wyneb, manteisiodd Taid ar y cyfle i afael yng ngarddwrn y fetron. Am rai eiliadau bu'r ddau'n ymaflyd, ond roedd y ddynes yn llawer cryfach na'r hen ŵr ac aeth y baton

buwch yn nes ac yn nes at ei wyneb. Yn sydyn, dyma follt
o drydan yn saethu o'r teclyn.

Llosgwyd un pen o'i fwstásh.

Aeth fflam a chwmwl bychan o fwg heibio llygaid Taid. Edrychodd i lawr ar ei wyneb blewog. Bellach roedd un ochr o'i fwstásh yn ddu, fel sosej wedi ei choginio ar farbeciw am dros ganrif. Disgynnodd blaen ei fwstásh yn llwch i'r llawr.

Er ei ddyddiau'n laslanc, roedd Taid yn ddyn trwsiadus – hyd yn oed mewn gwisg nyrs. Ond doedd y siaced fer a'i llabedi a'i botymau aur, y tei Awyrlu, a'r trowsus llwyd, twt yn golygu dim os nad oedd ei fwstásh yn edrych yn berffaith, a phob blewyn yn ei le.

I Taid, roedd llosgi un pen o'i fwstásh yn bechod farwol. Cafodd ryw nerth ryfeddol o'r ffaith ei fod wedi gwylltio. Gwthiodd fraich y ddynes yn ôl tuag ati. 'Squadron Leader, gafaelwch yn y pot piso, nawr!' gorchmynnodd.

Yn ddryslyd, cododd Jac y pot o'r llawr a'i roi i Mrs Lard.

'Diolch yn fawr, cariad,' meddai'r hen wraig. 'Tydi o ddim yn berffaith ond os alla i anelu'n syth, mi wneith y tro!'

'Naci, Squadron Leader! Defnyddiwch o ar y Kommandant!'

Wrth i'r matron droi, cododd y bachgen y pot a'i tharo ar ei phen.

SMASH!!

Chwalodd y pot pi-pi yn gyrbibion.

'Wel, diolch yn fawr iawn!' cwynodd Mrs Lard. 'A finnau'n barod i'w ddefnyddio!'

Edrychodd y tri ar y ddynes ddieflig a oedd bellach y gorwedd ar lawr, a'i chorff yr un siâp â seren.

'Does dim amser i'w golli!' gwaeddodd Taid.

'Oes posibilrwydd o gwbwl i mi gael mynd i'r tŷ bach gynta?' mynnodd Mrs Lard.

'Nag oes, ddynes! Mi fydd rhaid i chi ddisgwyl!' gorchmynnodd Taid.

'Allwch chi ddim disgwyl yn rhy hir pan dach chi yn fy oed i,' eglurodd yr hen wraig. 'Pan dach chi'n gorfod mynd, dach chi'n gorfod mynd! Felly, plis ewch â fi i dŷ bach. A minna'n meddwl eich bod chi'n ŵr bonheddig!'

'Dwi yn ŵr bonheddig,' dywedodd Taid, er ei bod hi'n anodd ymddwyn yn foneddigaidd yn y fath amgylchiadau.

'Felly pam ar y ddaear dach chi wedi'ch gwisgo fel'na?!' gofynnodd yr hen wraig.

'Rhan o'r cynllun i ddianc!' atebodd Taid yn reit siarp. 'Felly, plis, madam, gafaelwch yn fy mraich.'

'Diolch, Wing Commander. Mae fy ... fy ... beth yw'r gair cwrtais am hwn?' Pwyntiodd at ei phen-ôl.

'Pen-ôl?' mentrodd Taid.

'Naci!' meddai Mrs Lard.

'Tin!' cynigiodd y bachgen, yn reit haerllug.

'Naci!' Roedd Mrs Lard bellach yn reit flin.

'Dwi'n wraig fonheddig. Ro'n i'n mynd i ddweud fy *mhosterior*. Mae fy *mhosterior* druan yn boenus iawn ar ôl imi syrthio'n gynharach. Prin alla i gerdded yn syth!'

Yn arwrol, gyda'i breichiau ynghlwm, arweiniodd Taid yr hen wraig i lawr y coridor a rownd y gornel i'r tŷ bach agosaf.

Cochodd Mrs Lard hyd at ei chlustiau. 'O, am

ŵr bonheddig! Dwi'n teimlo fel petawn i'n cael cynnig y ddawns gyntaf yng Nghynhadledd Flynyddol Gorsedd y Beirdd!'

'Squadron Leader?' galwodd Taid.

'Ia, syr?'

'Cadwch lygad barcud ar y Kommandant!'

'Iawn, syr!' atebodd y bachen, gyda gwên. Er ei fod yn crynu yn ei sodlau, roedd o'n teimlo'n falch mai fo drawodd Miss Ffinihadoc ar ei phen gyda phot pi-pi.

Edrychodd Jac arni. Roedd yr wyneb yn edrych yn od o gyfarwydd, y llygaid main a'r trwyn siâp mochyn. Ond cyn iddo allu ystyried ble'r oedd o wedi ei gweld o'r blaen, daeth Miss Ffinihadoc ati ei hun. Heb os, roedd y pot pi-pi wedi ei llorio, ond bellach roedd hi'n dechrau deffro. Yn gyntaf, dechreuodd ei bysedd symud, ac yna'i llygaid pitw.

Daeth **ofn** dros Jac.

47

Ysgwyd a Mynd!

'Wing Commander!' gwaeddodd Jac o ben draw'r coridor, gyda'r braw i'w glywed yn ei lais.

'Be sy'n bod, Squadron Leader?' atebodd Taid rownd y gornel.

'Mae'r Kommandant yn dechrau deffro, syr!'

Y peth nesa glywodd Jac oedd ei daid yn curo ar ddrws y toiled.

CNOC CNOC

'Wnewch chi frysio, Lard?!'

''Peidiwch byth â rhuthro dynes pan mae hi'n eistedd ar y tŷ bach!' dwrdiodd Mrs Lard o'r tu ôl i'r drws.

'Plis, madam!' plediodd Taid.

'Dwi wedi disgwyl am oriau am gael gwneud hyn, ac felly dwi'n mynd i fwynhau'r profiad, diolch yn fawr!'

Yna sylwodd y bachgen fod corff y fetron yn dechrau bywiogi hefyd.

'Syr!' gwaeddodd yn ofnus.

Ceisiodd yr hen ŵr gael y wraig i frysio unwaith eto.

CNOC CNOC CNOC

'Wedi gorffen!' meddai o'r diwedd, y tu ôl i ddrws y tŷ bach. 'Gredwch chi byth – does dim papur tŷ bach yma. Allwch chi fod mor garedig â ffeindio rholyn i mi? Un trwchus, nid y math tenau, rhad!'

'Does dim amser, Lard!' Roedd Taid yn ceisio'i orau glas i fod yn gwrtais, er ei fod o'n amlwg yn dechrau colli ei amynedd gyda'r hen wraig snobyddlyd.

'Beth dach chi'n ddisgwyl i mi wneud?' cwynodd Mrs Lard.

'Ysgwyd a mynd! Dyna 'dan ni ddynion yn ei wneud!'

Bu tawelwch am ennyd cyn i Mrs Lard ateb yn llawen, 'W, diolch i chi! Dwi'n credu bod eich cyngor wedi gweithio!'

Trodd y bachgen i weld dau o'r hen bobol yn ailymddangos rownd y gornel. Yn sydyn, gwaeddodd Taid, 'Squadron Leader, gwyliwch!'

Edrychodd Jac y tu ôl iddo. Roedd Metron ar fin codi ar ei thraed a phwyntio'r baton buwch i gyfeiriad Jac.

'RHEDWCH!' gwaeddodd Taid.

Pwyntiodd Miss Ffinihadoc ei baton at Jac fel petai'n gleddyf, gyda bolltiau o drydan yn saethu ohono. Glaniodd gwreichion ar y llenni trwchus y tu ôl iddo ac mewn chwinciad aeth y cyfan ar dân, a'r fflamau'n llyfu'r nenfwd.

48

Tân!

I osgoi'r fflamau, aeth Jac i lawr y coridor at Taid a Mrs Lard
Gyda'i gilydd, fe redon nhw i ffwrdd o'r tân. Dilynodd Metro
nhw, gyda'r fflamau'n dynn ar ei hôl. Roedd y tân yn eu dilyn y
gyflym, bron â'u cyrraedd.

'AAAA!' gwaeddodd Mis
Ffinihadoc wrth i'r gwres gynyddu.

Roedd y tân yn lledu ac yn dinistrio popeth yn ei lwyb
Cododd fflamau yn y coridor o flaen y fetron. Mewn dim o beth
roedd Miss Ffinihadoc wedi ei hamgylchynu gan y tân.

'Cymwch chi ofal o Mrs Lard, Squadron Leader,' gorchmynnod
Taid. 'Rhaid i mi fynd i achub y Kommandant!'

'Beth?!' meddai Jac, yn methu credu geiriau ei daid.

'Efallai eu bod nhw'n elynion, ond fel swyddog a gŵ
bonheddig mae'n fater o anrhydedd a pharch – rhaid i mi dri
achub y Kommandant!'

Ar hynny, ceisiodd yr hen ŵr arbed ei wyneb rhag y fflamau a'r gwres â'i fraich cyn cerdded yn ddewr i gyfeiriad Miss Ffinihadoc.

'Kommandant!' meddai. 'Rhowch eich llaw i mi!'

Estynnodd ei law trwy'r fflamau.

Gwnaeth Miss Ffinihadoc yr un peth, gan wenu'n slei ar yr hen ŵr.

'Cym hyn, yr hen dwpsyn twp!' meddai hi, cyn codi'r baton buwch yn uchel i'r awyr.

'GWYLIWCH!' gwaeddodd y bachgen.

Owtsh!

Rhy hwyr.

Trawodd Miss Ffinihadoc Daid ar ei ben gyda'r baton buwch, gan ei daro'n anymwybodol i'r llawr.

'Naaaa!' sgrechiodd Jac.

49

Mor Boeth ag Uffern

Daeth gwên wallgof i wyneb Miss Ffinihadoc. Roedd hi'n edrych fel petai am ladd yr hen ŵr. Ond wrth iddi godi'r baton buwch i'r awyr am yr eildro, simsanodd a llithro ar ei sodlau uchel. Disgynnodd yn ôl i'r fflamau dan sgrechian.

'AAAAAAAAAAAAAAAAAAAA
AAAAAAAAAAAAAAA
AAAAAAAAAAA
AAAA!!!!!!!'

Rhuthrodd Jac ymlaen a thynnu ei daid druan o lwybr y fflamau.

Yr unig ffordd allan o'r adeilad oedd trwy'r drws ffrynt, ond roedd hwnnw bellach wedi ei gau gan y tân. Ac fel y gwyddai'r bachgen yn rhy dda, roedd drws cefn Tŷ Arch wedi ei gau gan friciau a bariau ar draws pob ffenest. Roedd y lle yn un trap erchyll.

Anadlodd Jac yn drwm. Roedd yn rhaid iddo ddod o hyd i ffordd allan o Dŷ Arch, a hynny'n gyflym. Nawr, roedd ganddo ddau hen berson dan ei ofal: ei daid a oedd wedi ei daro'n anymwybodol, a hen wraig ffroenuchel a oedd yn mynd dan ei groen fwyfwy bob munud.

Gan osod migyrnau Taid dan ei gesail, tynnodd o i le diogel, yn bell o'r tân, ble'r oedd Mrs Lard yn sefyll.

'Wel, mae'n rhaid i mi gyfaddef, mae safon y lle yma'n gwaethygu!'

'Wnewch chi helpu fi, plis?' gofynnodd y bachgen. 'Gafaelwch yn un goes!'

Am unwaith, fe wrandawodd Mrs Lard. 'Ga i ofyn i ble'n union 'dan ni'n mynd?'

'Rhywle! Rhywle o'r tân!' gwaeddodd y bachgen.

Gyda'i gilydd, llusgon nhw'r hen ŵr ar hyd y coridor ac i fyny'r grisiau.

Doedd hynny ddim yn dasg hawdd, gyda phen Taid druan yn taro yn erbyn y llawr gyda phob cam.

BWMP!

BWMP!

BWMP!

'Aw! Aw! Aw!' cwynai bob hyn a hyn.

Er y sŵn, dangosai'r cwyno fod yr hen ŵr yn deffro'n raddol ac erbyn iddyn nhw gyrraedd y llawr cyntaf roedd wedi agor ei lygaid unwaith eto.

'Ydach chi'n iawn, syr?' gofynnodd y bachgen, wrth blygu drosto.

'Yndw. Dim ond cnoc fach ar fy mhen. Tro nesa dwi'n sôn am achub y Kommandant, plis stopiwch fi!'

'O, mi wna i, syr!' atebodd Jac, gan dynnu ei wisg nyrs er mwyn cael bod yn ei ddillad ei hun.

'Esgusodwch fi,' meddai Mrs Lard gan daro'i bys ar ysgwydd Jac. 'Sut ydach chi'n bwriadu ein cael ni allan o'r lle erchyll hwn?'

'Dwi ddim yn gwybod eto!' atebodd y bachgen yn siarp. Yn ei ddychymyg, crwydrodd drwy bob ystafell a welodd o yn Nhŷ Arch y noson honno pan ddringodd i fyny'r beipen law. Yn sydyn, cafodd syniad, un gwallgof a allai eu helpu.

'Syr, ydy'r sgidiau sglefrolio a rois i ichi noson o'r blaen yn dal gynnoch chi?' holodd.

'Yndyn,' atebodd Taid yn ddryslyd, wrth iddo godi ar ei draed a rhwygo'i wisg nyrs i ffwrdd.

'Allwch chi gael gafael arnyn nhw?

'Wrth gwrs. Maen nhw'n fy llofft i. Wedi eu cuddio dan y fatres.'

'Yna ewch i'w nôl nhw ar unwaith, syr! A'r llinyn! Ac ydach chi'n gwybod ble mae swyddfa'r fetron ... y Kommandant, dwi'n feddwl?'

'Wrth gwrs 'mod i, Squadron Leader.'

'Mae yna bapurau cyfrinachol ... rhai'n perthyn i'r Natsïaid, ar y ddesg. Cymerwch bob dim allwch chi. Yna, dewch i'n cyfarfod ni yn yr ystafell acw ar dop y landin,' dywedodd Jac, gan bwyntio i fyny i'r ail lawr.

'Wrth gwrs!'

Wrth i Taid ruthro i lawr y landin, edrychodd Mrs Lard yn syn ar y bachgen. ''Ngwas bach i, nid dyma'r amser i fynd i sgerlrflr—'. Sylwodd nad oedd ganddi syniad beth oedd y gair.

'Sglefrolio?' awgrymodd y bachgen.

'Dyna ddeudish i!' meddai'r wraig hollwybodus.

'Na, mae gen i well syniad! Dilynwch fi!'

Hebryngodd Jac y wraig ar hyd y landin i'r drws olaf ar y pen. Fel y cofiai'r bachgen, hon oedd yr ystafell fwyaf iasol yn Nhŷ Arch.

Ystafell lawn eirch.

'W, nefoedd yr adar!' meddai'r hen wraig, wedi dychryn wrth weld rhesi a rhesi o focsys pren, unffurf.

'Ro'n i wastad wedi amau mai'r unig beth oedd y fetron ddieflig a'r nyrsys ofnadwy yna'n wneud oedd disgwyl i ni gyd i farw. Dwi'n gwybod 'mod i'n hen ond mae digon o fywyd yn yr hen gorff yma o hyd!'

Caeodd y bachgen y drws ar eu holau er mwyn cadw'r mwg draw, cyn cysuro Mrs Lard. Roedd dagrau'n cronni yn ei llygaid wrth i Jac osod ei law ar ei hysgwydd.

''Dan ni *yn* mynd i ddianc o fan'ma, Mrs Lard, dwi'n addo i chi,' sibrydodd y bachgen.

Agorodd y drws. Dyna ble'r oedd Taid yn sefyll yn falch gyda'r esgidiau sglefrolio, llinyn a phentwr o ewyllysiau o swyddfa'r fetron. Saliwtiodd yr hen ŵr cyn i Jac saliwtio'n ôl. Wrth edrych dros ysgwydd y bachgen, gwelodd Taid yr eirch am y tro cyntaf.

'Er mwyn dyn, be gythraul 'dan ni'n ei wneud yn fan'ma?' meddai'n reit flin.

Meddyliodd Jac am ennyd. 'Huw awgrymodd mai'r unig ffordd allan o Dŷ Arch ydy *mewn* arch ...'

'Dwi ddim yn deall,' meddai'r hen wraig.

'Eglura, ddyn!' ychwanegodd Taid.

'Wel, dwi'n meddwl ei fod o'n iawn. Dyna sut allwn ni ddianc o 'ma. Yn un o'r rheina ...'

50

Tobogarch

'Mae hynna'n gwbwl wallgof!' cyhoeddodd Mrs Lard, yn ei llais sebon sent.

'Gyda phob parch, madam, dwi'n meddwl bod syniad y Squadron Leader yn un eitha da,' meddai Taid.

'Diolch, Wing Commander!' meddai'r bachgen. 'Os byddwn ni'n lwcus, gall arch gyflym ein harbed ni rhag y fflamau. Yr unig beth sydd rhaid i ni wneud ydy ffeindio un ddigon mawr a gosod yr olwynion oddi tani gyda'r llinyn.'

Ochneidiodd Mrs Lard eto – roedd hi'n un dda am ochneidio – ond cytunodd i chwilio am arch. Gan weithio fel tîm, ffeindiodd y tri ohonyn nhw arch addas. Mor gyflym â phosib, clymwyd yr esgidiau dan yr arch gyda'r llinyn. Yna, codwyd yr arch gan y tri a'i gosod ar lawr.

Rowliodd Jac yr arch yn ôl ac ymlaen. Gwenodd Taid. Roedd o wedi dysgu llawer o bethau i'r bachgen ifanc – roedd hwn yn gynllun gwych.

Cyn gynted ag yr agorodd Jac y drws, teimlodd wres ofnadwy y tân. Roedd mwg du ym mhobman. Yn frysiog, dyma'r tri'n gwthio'r arch allan i ben y landin. Pan gyrhaeddon nhw'r grisiau, o'u blaen roedd wal uchel o fflamau, yn disgwyl i'w troi nhw'n lludw. Doedd dim eiliad i'w cholli.

'Mrs Lard?' meddai Jac.

'Ia, cariad?'

'Gorweddwch chi i lawr yn fan'ma gynta.'

'O, mae hyn mor anurddasol!' cwynodd, cyn penderfynu ufuddhau a neidio i mewn i'r bocs pren. Gyda'r caead dan ei gesail, rhoddodd Jac un gorchymyn arall.

'Reit, Wing Commander, troed ar y sbardun, plis!'

'Wrth gwrs!' atebodd Taid.

Rhedodd y ddau arwr annhebygol wrth ochr yr arch, gan symud mor gyflym â phosib.

Roedd yr arch yn ymdebygu i dobogan. Tobogan arch.

Tobogarch.

Fel yr oedden nhw ar fin cyrraedd pen y grisiau, neidiodd y ddau i mewn. Jac yn gyntaf. Taid yn ail. Sgrechiodd yr hen wraig wrth i'r tobogarch lithro i lawr y grisiau ar wib.

'Aaaaa!'

'Aaaaaaaaaa!!'

BONC

BONC   **BONC**

... wrth iddyn nhw anelu'n syth i lygad y tân. Tynnodd
Jac y caead drostyn nhw a gafael yn dynn ynddo.

Yn y tobogarch, roedd hi'n dywyll fel bol buwch. Ac wrth iddi lithro i lawr y grisiau ... bymp, bang, bymp, bang ... teimlai'r tri y gwres yn cynyddu.

Roedd hi'n BOETH BOETH BOETH.

Am funud, roedden nhw'n teimlo fel darnau o gig mewn popty.

Yna ...

... wrth i'r tobogarch wibio trwy'r drws ffrynt.

BWWWWM!

Roedd cynlluniau Jac wedi gweithio'n berffaith.

WOW!

Yn sydyn roedd sŵn gwahanol dan y tobogarch wrth i'r olwynion sgrialu ar hyd cerrig mân y llwybr. Roedden nhw wedi ei gwneud hi!

Stopiodd y tobogarch yn stond. Gwthiodd y bachgen y caead i ffwrdd. Sylwodd yn syth fod yr arch frown bellach yn ddu bitsh gan barddu. Neidiodd Jac allan, cyn rhoi cymorth i'w daid a Mrs Lard.

Roedd giatiau ffrynt Tŷ Arch yn dal ar gau, felly arweiniodd y bachgen y ddau arall ar draws y lawnt i gyfeiriad yr helygen a'r gangen oedd yn gwyro i'r ddaear. Rhoddodd help i'r ddau hen begor yn gyntaf cyn iddo ddringo ar y gangen. Wrth sefyll arni, edrychodd Jac a'i daid ar Dŷ Arch am y tro olaf. Roedden nhw wedi dianc mewn pryd.

Bellach, amgylchynwyd yr holl adeilad gan dân, a'r fflamau'n saethu o'r ffenestri ac yn llyfu'r waliau. Roedd hyd yn oed y to ar dân.

Wrth iddyn nhw adael, dywedodd Jac, 'Llongyfarchiadau, syr. Dach chi wedi llwyddo!'

Edrychodd Taid i lawr ar ei ŵyr.

'Na. 'Dan *ni* wedi llwyddo!'

Yn y pellter gwelodd Jac y 'nyrsys' yn ffoi ar draws y caeau. Ond doedd dim golwg o Miss Ffinihadoc. A oedd hi wedi aros yn yr adeilad a'r tân, neu a lwyddodd hi i ddianc hefyd?

Roedd rhywbeth ym mêr esgyrn Jac yn dweud wrtho nad hwn fyddai eu cyfarfyddiad olaf ...

51

Cusan i'w Chofio

Ar y beic tair olwyn, edrychai'r tri fel perfformwyr mewn syrcas. Roedd y beic wedi ei gynllunio ar gyfer plentyn bach, nid un plentyn mawr a dau oedolyn hen. Ar ôl sawl cynnig, llwyddodd y tri i fynd ar y beic – Jac ar y sedd yn pedlo, Mrs Lard yn eistedd ar y bar a Taid yn sefyll ar y ffrâm yn y cefn.

Oherwydd bod Mrs Lard yn ddynes fawr, doedd Jac yn gweld affliw o ddim o'i flaen. Roedd ei phen-ôl mawr reit yn wyneb y bachgen druan. Felly bu raid i Taid

weiddi cyfarwyddiadau wrth iddyn nhw wibio ar hyd lonydd cul, troellog i gyfeiriad y dref.

'I'r dde, pedwar deg gradd! Fan lefrith, tri o'r gloch!'

Y cynllun oedd mynd yn syth i orsaf yr heddlu. Gyda'r pentwr ewyllysiau (neu Bapurau Cyfrinachol y Natsïaid) yr oedd Taid wedi eu dwyn, mi fyddai'r byd a'r betws yn cael gwybod y gwir hyll am Dŷ Arch a'r wraig ddieflig oedd yn cadw'r lle, os oedd hi'n fyw ai peidio. A phetai'r 'nyrsys' yn cael eu dal hefyd, mi fydden nhw, fel y fetron, yn treulio gweddill eu hoes mewn carchar am eu drwgweithredoedd.

Doedd hi ddim yn hawdd reidio beic tair olwyn, yn enwedig i fyny'r allt, ac roedd hi'n oriau mân y bore erbyn iddyn nhw gyrraedd gorsaf yr heddlu. Roedd y dref yn gwbwl wag. O gofio am gyfarfyddiad blaenorol Jac a'i daid gyda'r heddlu, penderfynwyd mai gwell fyddai i Mrs Lard fynd i'r orsaf a chyflwyno'r pentwr tystiolaeth, neu, fel yr oedd Taid yn ei feddwl, rhoi cynlluniau cudd y gelyn i'r llywodraeth.

'Wel, hwyl i chi, Mrs Lard!' meddai Jac. Roedd o'n mynd i'w cholli, er ei bod hi wedi mynd ar ei nerfau.

'Hwyl fawr, 'ngwas i,' meddai'r hen wraig. 'Mae hi

wedi bod yn noson i'w chofio. Dwi ddim yn siŵr a fydda i'n dawnsio'r walts yng nghinio Nadolig Merched y Wawr 'leni, ond diolch yr un fath.'

'Wel, hwrê, Lard,' meddai Taid.

Wrth iddi gau ei llygaid a disgwyl cusan, aeth yr hen ŵr yn swil.

Rhoddodd gusan ysgafn ar ei boch, cusan i'w chofio. Roedd yn amlwg ei bod hi'n meddwl y byd o'r arwr rhyfel hwn, yn dawel bach.

Wrth ei gwylio'n mynd i mewn i orsaf yr heddlu, trodd Jac at ei daid. 'Wel, syr, mae hi'n hwyr. Rhaid i mi fynd â chi adre.'

'O, na na na, Squadron Leader,' dywedodd Taid gan chwerthin.

'Be dach chi'n feddwl "na"?' gofynnodd y bachgen.

'Pan dwi'n dweud "na" dwi'n golygu "na"! Rhag ofn eich bod wedi anghofio, mae yna ryfel ymlaen!'

'Ond—'

'Gallai'r Luftwaffe ymosod ar unrhyw adeg, felly mae'n rhaid i mi fynd yn ôl ar ddiwti.'

'Dach chi ddim yn meddwl y basa'n syniad i chi orffwys am ychydig, syr? Cael napyn bach?' awgrymodd Jac, mewn anobaith.

'Squadron Lead, dach chi wedi anghofio be ydy ystyr "antur", ddyn? Rhaid i ni fynd yn ôl i'r barics a thynnu'r Spitfire o'r hangar!'

'Be?!'

A hithau'n gynnar yn y bore, edrychodd Taid i fyny ar y cymylau.

Gwnaeth y bachgen yr un peth.

'Rhaid i ni fynd i FYNY, FYNY, FRY – a hynny ar unwaith!' gwaeddodd yr hen ŵr.

52

Mynd o'i Gof

Na.

Amhosib.

Roedd y Spitfire filltiroedd i ffwrdd, yn hongian o nenfwd yr Amgueddfa Ryfel. Hen awyren oedd hi, heb hedfan ers blynyddoedd. Pwy a ŵyr a oedd hi'n dal i allu hedfan o gwbwl?

Meddyliodd y bachgen yn gyflym er mwyn torri'r syniad yn ei flas. 'Wing Commander?'

'Ia, Squadron Leader?'

'Rhowch gyfle i mi ffonio'r Prif Farsial yn gynta.'

Gyda Taid yn ei wylio, agorodd y bachgen ddrws y ciosg teliffon a oedd tu allan i orsaf yr heddlu. Wrth gwrs, doedd gan Jac ddim syniad beth oedd rhif y Prif Farsial. Felly er mwyn twyllo'i daid mi ffoniodd y cloc deud-yr-amser. Roedd y rhif yn hawdd i'w gofio. 123.

Gyda'r drws ar agor er mwyn i Taid glywed, aeth ymlaen i gynnal sgwrs ddychmygol gyda phennaeth yr Awyrlu. Yn 1940.

'Aaa, bora da, Prif Farsial. Squadron Leader Williams sy'n siarad. Ydy, ydy mae hi'n hwyr, neu'n gynnar, dibynnu sut dach chi'n ei gweld hi! Ha ha!'

Doedd y bachgen erioed wedi bod mewn drama yn yr ysgol o'r blaen ond nawr roedd yn rhaid iddo actio cystal ag y gallai.

Ar ben arall y ffôn, roedd llais yn adrodd yng nghlust Jac:

'Ar y trydydd curiad mi fydd hi'n ddau o'r gloch ar ei ben,' gyda 'Bip, Bip, Bip' yn dilyn.

Tu allan, roedd Taid yn edmygu'r peilot ifanc am nabod y Prif Farsial yn dda, mor dda nes bod y ddau'n gallu tynnu coes ei gilydd.

'Dwi efo Wing Commander Williams, syr. Ia, syr. Dyna chi, eich peilot dewraf ...'

Daeth ton o falchder dros wyneb yr hen ŵr.

'Newyddion arbennig o dda, Prif Farsial!' meddai Jac. 'Mae'r Wing Commander wedi dianc o Colditz. Oedd, wrth gwrs, dihangfa fawr iawn. Ac mi helpodd pob sowldiwr, morwr, morwraig, ac aelodau'r Awyrlu i ddianc. Be ddeudsoch chi, syr? Rhaid i'r Wing Commander orffwys am ychydig a chael ei wynt ato? Cael gwyliau haeddiannol?'

Edrychodd Taid yn swrth. Doedd o ddim yn orhapus efo'r newydd hwn.

'Ac mae hynny'n orchymyn, syr? Peidiwch â phoeni, Prif Farsial, mi ddyweda i wrtho fy hun,' meddai Jac wrth y cloc deud-yr-amser. 'A dach chi'n awgrymu y dylia fo wneud ychydig o arddio? Darllen llyfr da? Pobi cacen?'

Doedd Taid ddim yn ddyn i dreulio gweddill ei fywyd yn pobi cacennau.

'Brensiach y bratiau, mae'n gyfnod

rhyfel! Rhaid imi fynd yn ôl i fy Spitfire ar unwaith –
dyna 'nyletswydd i. Gad imi siarad efo'r Prif Farsial!'

Ar hynny, cipiodd Taid y ffôn o law ei ŵyr.

'Syr? Wing Commander Williams sydd yma!'

'Ar y trydydd curiad mi fydd hi'n un munud wedi dau
a thri deg eiliad,' meddai'r llais ar ben arall o'r ffôn.

'Be ddeudsoch chi, Prif Farsial? Yndw, dwi'n gwybod
faint o'r gloch ydy hi! Does dim angen i chi ailadrodd
wrtha i, syr ... Syr? ... Syr?'

Wedi drysu'n lân, rhoddodd yr hen ŵr y ffôn i lawr
cyn troi at Jac.

'Ddrwg gen i ddweud hyn wrthat ti ond mae'r
Prif Farsial wedi dechru mynd o'i gof! Yr unig beth
ddywedodd o wrtha i oedd faint o'r blincin gloch oedd
hi!'

'Gadewch i mi ei ffonio fo eto!' erfyniodd Jac, braidd
yn bryderus.

'Na na na! Sdim munud i'w golli! Rhaid i ni fynd
i FYNY, FYNY, FRY!'

RHAN 3

DIFLANNODD UN O'N HAWYRENNAU

53

Dyddiau Da

Llwyddodd Jac i ddarbwyllo'i daid y dylen nhw fynd i nôl ychydig o rasions cyn codi **'i FYNY, FYNY, FRY!'** Gan ei bod hi'n oriau mân y bore, gwyddai Jac mai dim ond un siop fyddai ar agor. Siop Huw. Hefyd, gobaith mawr Jac oedd y gallai'r siopwr ddwyn perswâd ar yr hen ŵr i bwyllo.

ᴅING!

Er ei bod hi'n dal yn gynnar, safai y Huw tu ôl i'w gownter. Fel pob bore, roedd o'n didoli'r papurau newydd ar gyfer eu dosbarthu.

'Mr Walliams, chi'n ôl!' meddai'r dyn siop bapurau newydd. Doedd o ddim yn gallu credu'r peth. Ar ôl gweld yr hen ŵr yn cael ei roi yn Nhŷ Arch yn bersonol gan Miss Ffinihadoc, doedd o ddim yn disgwyl gweld Taid am rai misoedd.

'Yndw, was. Newydd ddianc oddi wrth y Jeri!' cyhoeddodd yr hen ŵr.

'Pwy ydy Jeri?' gofynnodd Huw.

'Natsïaid mae o'n feddwl,' eglurodd Jac, cyn sibrwd, 'Mae o'n dal i feddwl bod y rhyfel ymlaen – cofio?'

'O, ia, wrth gwrs,' sibrydodd Huw yn ôl.

''Dan ni eisio rasions, ddyn, a hynny ar unwaith! Rhaid bod yn ôl yn fy Spitfire cyn iddi wawrio.'

Edrychodd Huw yn sydyn i gyfeiriad y bachgen er mwyn cael ei ymateb. Ysgydwodd Jac ei ben yn gynnil, a deallodd y siopwr bod y bachgen angen gair bach preifat.

'Helpwch eich hun, syr!' meddai Huw wrth yr hen ddyn, cyn i Taid fynd ati i chwilota drwy'r siop am rywbeth i'w fwyta. 'Os gallwch chi ffeindio bwyd ar ôl. Llwyddodd Modryb Dhriti i dorri i mewn ganol nos a bwyta pob dim roedd hi'n weld. Mi driodd fwyta rhifyn o *Jackie*, hyd yn oed.'

Gwnaeth y bachgen yn siŵr bod ei daid ddim yn gallu eu clywed.

'Dwi newydd ei helpu i ddianc o D̂y Arch,' sibrydodd.

'Oedd o mor ddrwg ag y mae pobol yn ei ddeud?'

'Gwaeth. Lot gwaeth. Roedd Taid yn meddwl ei fod o'n Colditz, a doedd o ddim yn bell o'i le. Ond nawr mae o eisiau hedfan y Spitfire!'

'Yr un yn yr amgueddfa?'

'Ia! Mae o'n dal i ffwndro! Dwi ddim yn gwybod be i'w ddeud wrtho bellach. Allwch chi drio siarad sens efo fo, plis?'

Meddyliodd Huw. 'Roedd dy daid yn arwr rhyfel. Rheini oedd ei ddyddiau gorau.'

'Ia, ia, dwi'n gwybod hynny,' cytunodd y bachgen, 'ond—'

Wrth i Taid gnoi darn o siocled roedd o wedi ei ffeindio ar y llawr ym mhen draw'r siop, cododd Huw ei fys i'r awyr. 'Ond ond ond! Pam mae yna wastad "ond"?'

'Ond—'

'Ac un arall! Mae dy daid yn hen ŵr, Jac. Mae o'n drysu mwy a mwy bron bob dydd. Ac mae hyn yn ei wneud o'n waeth fyth.'

Cronnodd deigryn yn llygaid y bachgen wrth i'r siopwr ddweud hyn. Rhoddodd Huw ei fraich o gwmpas ysgwyddau Jac.

''Dio'm yn deg,' dywedodd y bachgen, gan sniffian crio. 'Pam mae'n rhaid i hyn ddigwydd i nhaid *i*?'

Gallai Huw fod yn ddoeth pan oedd angen. 'Jac, yr unig beth sydd yn ei gadw o i fynd ydy'r ffaith fod ti wrth ei ochr.'

'Fi?' gofynnodd y bachgen. Doedd o ddim y deall.

'Ia, chdi! Bob tro mae o efo chdi, mae dy daid yn ôl yn ei oes aur.'

'Efallai eich bod chi'n iawn.'

'Dwi'n gwybod 'mod i'n iawn. Gwranda, mae hyn yn mynd i swnio'n wallgo, ond mae'n dda bod yn wallgo weithia. Be am roi cyfle i'r arwr hedfan unwaith eto?'

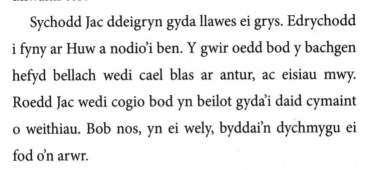

Sychodd Jac ddeigryn gyda llawes ei grys. Edrychodd i fyny ar Huw a nodio'i ben. Y gwir oedd bod y bachgen hefyd bellach wedi cael blas ar antur, ac eisiau mwy. Roedd Jac wedi cogio bod yn beilot gyda'i daid cymaint o weithiau. Bob nos, yn ei wely, byddai'n dychmygu ei fod o'n arwr.

Nawr roedd gan y bachgen gyfle i wireddu ei freuddwyd.

'Wing Commander!' meddai'r bachgen.

'Ia, Squadron Leader?' atebodd Taid, heb wybod dim am y sgwrs fer rhwng Huw a'r bachgen.

'Beth am i ni fynd **i FYNY, FYNY, FRY?**

54

Rasio'r Haul

Ychydig funudau'n ddiweddarach, roedd y tri'n eistedd ar hen racsyn o foto-beic Huw, yn gyrru i gyfeiriad yr Amgueddfa Ryfel. Cyflymaf yn byd yr oedden nhw'n mynd, mwya'n byd roedd y beic modur yn dirgrynu. Ac yntau'n eistedd rhwng Huw a'i daid, roedd Jac yn poeni bod y peiriant am falu'n ddarnau mân oddi tano.

Roedden nhw'n rasio'r haul a oedd ar fin codi a gwenu arnyn nhw. Y gobaith oedd cyrraedd yr amgueddfa cyn iddi wawrio, gan roi cyfle iddyn nhw ddwyn y Spitfire. Trwy wneud hynny, mi fyddai'r cwbwl yn digwydd yn y tywyllwch, a gyda lwc fyddai'r gorila a oedd y gwarchod y lle heb gychwyn ar ei shifft.

Doedd dim traffig o gwbwl ar y ffordd fawr. Yn yr awr gymerodd hi i fynd i'r amgueddfa, mi wnaethon nhw basio ychydig o geir, cwpwl o lorïau a bws gwag. Doedd y byd heb ddeffro eto.

Gollyngodd Huw y ddau tu allan i'r Amgueddfa Ryfel. Roedd y lle'n wag, heblaw am gwpwl o golomennod ar y to.

'Pob lwc i fyny fan'na, Wing Commander, syr,' meddai'r siopwr, gan saliwtio.

'Diolch yn fawr, was,' atebodd Taid, gan nodio'i ben.

'A phob lwc i chi hefyd, Squadron Leader,' ychwanegodd, gan saliwtio'r bachgen.

'Diolch, Huw ... was.'

'Byddwch yn ofalus, y ddau ohonoch chi! O, a gyda llaw, fydd dim angen talu am y siocled ffeindioch chi ar lawr y siop, hwnnw oedd wedi cael ei hanner fwyta!'

'Caredig iawn,' atebodd Taid.

Yna, gwasgodd Huw y sbardun ar ei foto-beic cyn gwibio ar hyd y ffordd, gyda'r injan yn tagu gan fwg.

Felly ar ôl mynd *allan* o un adeilad a oedd fel carchar, nawr roedd yn rhaid iddyn nhw dorri i *mewn* i un arall. Gan ei fod yn llawn o drysorau gwerthfawr, roedd safon y diogelwch yn uchel. Wrth lygadu'r adeilad o'r tu allan cafodd amheuon Jac eu cadarnhau. Roedd pob drws a ffenest wedi eu cloi. Llwyddodd Taid i fynd i mewn y tro diwethaf achos roedd yr amgueddfa'n agored i'r cyhoedd. Fyddai pethau ddim mor rhwydd y tro hwn.

Erbyn i'r ddau ddychwelyd i du blaen yr adeilad, roedden nhw wedi colli pob gobaith.

'Mae rhyw glown wedi cloi yr hangar!' dywedodd Taid.

Edrychodd Jac i fyny ar yr adeilad. Uwchben y pileri Rhufeinig yr oedd to crwn uchel, gwyrdd. O'i gwmpas yr oedd rhes o ffenestri bychain, crwn, fel ffenestri llong. Roedd un ohonyn nhw'n edrych fel petai'n gilagored. Efallai byddai'n bosib ei hagor yn llwyr, ond sut fasan nhw'n medru mynd i fyny ati?

Wrth feddwl am y ateb i'r broblem, pwysodd Jac yn erbyn un o'r ddau ganon anferth a safai o flaen yr amgueddfa. Cafodd y bachgen syniad.

'Wing Commander?'

'Ia, Squadron Leader?'

'Os allwn ni droi'r canon yma a'i bwyntio i'r cyfeiriad arall, mi allwn ni ei ddringo a chyrraedd y ffenest acw.'

Gorweddai'r canon ar sylfaen haearn, anferth. Ceisiodd y ddau ei droi, ond doedd dim modd ei symud.

Ond oddi tano, sylwodd Jac ar nifer o sgriws enfawr. 'Mae'r llwy gen i o hyd, syr!' dywedodd y bachgen. Honno oedd yr un a ddwynodd o ffreutur yr ysgol, ond chafodd o ddim amser i'w dangos i'w daid yn gynharach y noson honno.

'Allwn ni ei defnyddio fel sgriwdreifer!' meddai Taid.

Gan ddefnyddio handlen y llwy, doedd yr hen
wr yn fawr o dro cyn dad-wneud y sgriws.

Yna, gyda'u holl nerth, gosododd y ddau eu
hysgwyddau yn erbyn y sylfaen a gwthio mor galed â
phosib. Roedd yn waith anodd, ond o'r diwedd wynebai'r
ddau ganon i gyfeiriad yr amgueddfa.

Dringodd Jac i fyny un ohonyn nhw, Taid y llall, gan
gamu ymlaen yn araf, bwyllog. Sylweddolodd Jac mai
gwell oedd peidio edrych i lawr; wedi'r cyfan, roedd cryn
dipyn o ffordd i'r gwaelod.

O'r diwedd, cyrhaeddodd Jac a'i daid do'r amgueddfa. Pan welodd y faner yn cyhwfan, saliwtiodd Taid, ac mi wnaeth y bachgen yr un peth.

Roedd y to wedi ei orchuddio â baw colomennod a oedd yn llithrig iawn, yn enwedig mewn slipars.

'Hon ydy hi, syr!' meddai'r bachgen gan gyfeirio at ffenest fechan oedd yn gilagored. Llwyddodd Jac i roi ei fysedd trwy'r bwlch bychan, a'i hagor led y pen.

'Da iawn, Squadron Leader!' meddai Taid.

Gan osod ei law dan ei droed, rhoddodd yr hen ŵr hwb i fyny i Jac. Yna, cynigiodd Jac ei law i'w daid.

Roedd y ddau wedi torri i mewn i'r Amgueddfa Ryfel. Allai Jac ddim â chredu'r peth.

Yr unig beth ar ôl iddyn nhw ei wneud oedd

dwyn
y
Spitfire.

55

Gyrru Tanc

Rhuthrodd Jac a'i daid i lawr y grisiau ac i mewn i ystafell y brif arddangosfa ble'r oedd yr awyren yn hongian o'r nenfwd.

Ers eu hymweliad olaf roedd yr awyrennau wedi eu hatgyweirio. Roedd y Spitfire wedi ei hadnewyddu ac yn edrych ar ei gorau.

Ar y wal roedd winsh, a llwyddodd y ddau i gael yr awyren i'r llawr mewn chwinciad.

Mewn cwpwrdd gwydr gerllaw, roedd arddangosfa o iwnifforms peilotiaid yr Awyrlu. Gan feddwl yn sydyn, dyma'r ddau'n gwthio cadair a safai gerllaw i gyfeiriad y cwpwrdd. Chwalwyd y gwydr yn deilchion.

Fel petaen nhw wedi cael eu galw ar frys i fynd i ryfel, gwisgodd y ddau eu hiwnifforms yn gyflym. Edrychodd y bachgen ar ei adlewyrchiad mewn drych gerllaw:

Gogls ar y talcen

Helmed ar y pen

Siwt hedfan amdano

Sgarff o gwmpas y gwddf

Siaced ledr frown amdano

Esgidiau trwm am ei draed

Menyg am ei ddwylo

Parasiwt ar ei gefn

Roedd Jac a'i daid yn eu gwisgoedd.

Roedd y Spitfire ar y llawr o'u blaenau.

Ond yng nghanol yr holl gyffro roedd y ddau wedi anghofio rhywbeth.

Rhywbeth tyngedfennol.

'Wing Commander?' holodd y bachgen.

'Ia, Squadron Leader?'

'Sut 'dan ni am symud yr awyren o'r ystafell?'

Edrychodd yr hen ŵr o'i gwmpas, braidd yn ddryslyd. 'Pwy bynnag oedd y clown gynlluniodd yr hangar yma, mi anghofiodd roi drysau!'

Yn sydyn, roedd fel petai balŵn wedi byrstio ym mhen Jac. Roedd mynd i mewn i'r amgueddfa wedi bod yn ddigon anodd, ond byddai cael y Spitfire allan yn edrych yn anoddach fyth, yn amhosib.

Ar ochr arall i'r neuadd safai tanc o'r Rhyfel Byd Cyntaf. Y Mark V oedd o, un gwyrdd gyda dau drac anferth fel olwynion. Roedd mor fawr a thrwm, edrychai fel petai'n gallu gyrru trwy wal.

Cafodd Jac syniad. 'Ydych chi'n gwybod sut i yrru tanc, syr?' gofynnodd.

'Nac'dw, ond pa mor anodd all o fod?' Roedd Taid yn barod i wynebu unrhyw her.

Aeth y ddau draw at y tanc, ei ddringo ac agor yr hatsh ar y top, yna llithro i mewn i'r cocpit cyn wynebu llawer o bedalau a liferi.

'Beth am weld beth mae'r rhain yn ei wneud, ia?' dywedodd Taid.

Ar ôl tanio'r injan, tynnodd yr hen ŵr un o'r liferi gan achosi i'r tanc fynd yn ei ôl.

'Stopiwch o!' gwaeddodd Jac.

Rhy hwyr. Roedd siop anrhegion yr amgueddfa'n deilchion.

CRASH!!

Bellach, mewn panic, gafaelodd y bachgen yn y lifer agosaf ato ac aeth y tanc yn ei flaen yn gyflym.

Aeth trwy'r wal yn ofnadwy o rwydd.

Gan eu bod bellach wedi meistroli'r grefft, gyrrodd y ddau y tanc yn ôl ac ymlaen er mwyn sicrhau bod y twll yn un digon mawr i gael adenydd y Spitfire trwy'r wal.

Yna, aethon nhw allan o'r tanc a rhuthro'n ôl i'r Spitfire, dringo ar ei hadain ac i mewn i'r cocpit. Fel y rhan fwyaf o awyrennau rhyfel yr Ail Ryfel Byd, dim ond un sedd oedd ynddi ac felly eisteddodd Jac ar lin ei daid.

'Cyffyrddus yn fan'ma, tydi, Squadron Leader?' meddai'r hen ŵr.

Am y tro cyntaf yn ei fywyd, eisteddai Jac mewn Spitfire go iawn. Roedd ei freuddwyd yn dod yn fyw.

Ar ôl yr holl flynyddoedd hynny o chwarae peilotiaid gyda'i daid, roedd y tu mewn i'r awyren yn union fel y disgrifiwyd hi gan yr hen ŵr.

Panel yn cynnwys clociau i ddangos cyflymder a uchder.

Cwmpawd dan hwnnw.

Roedd y gynnau, wrth gwrs, ar yr un lefel â'u pennau.

Rhwng coesau'r bachgen roedd lifer rheoli, ac ar ben hwnnw roedd y peth mwyaf cyffrous o'r cwbwl, sef botwm i danio'r gynnau.

Tsieciodd Taid bob dim.

'Canopi wedi cau? Yndi.

Propelor yn isel? Yndi.

Batri ymlaen? Yndi.

Fflapiau i fyny ac wedi eu tocio? Yndyn.

Offer llywio? Yn iawn

Offer hedfan? Yn iawn.

Tanwydd? Tanwydd? Tanc gwag!'

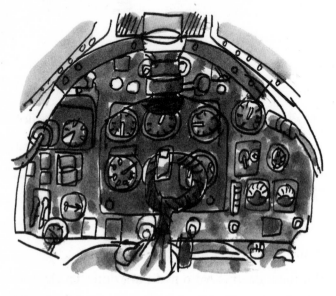

Edrychodd Jac ar y mesurydd. Yn wir, dangosai hwnnw fod y tanc yn wag. Dyna ble'r oedden nhw, yn eu gwisgoedd ond yn methu symud modfedd.

'Arhoswch chi'n fan'ma, Squadron Leader,' meddai Taid.

'Be dach chi am wneud?' gofynnodd y bachgen.

'Rhaid i un ohonan ni fynd allan a gwthio!'

56

Llenwa Hi!

Eisteddai'r bachgen yn sedd y peilot yn llywio, wrth i Taid ddefnyddio'i holl nerth i wthio'r awyren o'r amgueddfa ac ar hyd y lôn fawr. Yn lwcus, roedd y rhan fwyaf o'r daith i lawr allt.

Aeth y ddau i chwilio am garej betrol; wedi'r cyfan, roedd angen tanwydd arnyn nhw os oedden nhw am hedfan.

Yn fuan, daethpwyd o hyd i un, ddim yn rhy bell o'r amgueddfa.

Syllodd y wraig y tu ôl i'r cownter yn gegrwth wrth i awyren o'r Ail Ryfel Byd gael ei gwthio at y pwmpiau.

'Ydych chi'n siŵr y bydd petrol yn addas i'r Spitfire, Wing Commander?' gwaeddodd Jac o'r cocpit

'Fydd hi ddim yn rhy hoff o'r peth, Squadron Leader!' meddai Taid. 'Mae hi'n siŵr o dagu a phoeri ychydig, ond mi eith hi.'

Mae'n bur amlwg fod awyren angen llawer mwy o danwydd na char.

Edrychodd y bachgen ar y pris ar y pwmp wrth i'r bil fynd heibio cant o bunnoedd, i ddau gant, tri chant, pedwar cant ...

'Oes gynnoch chi arian, syr?' gofynnodd Jac.

''Run dimau goch. 'Sgynnoch chi?'

O'r diwedd, pan oedd y pris yn £999, credai'r hen ŵr fod y tanc bron iawn yn llawn. Penderfynodd ddal ati er mwyn gwneud y cyfanswm yn £1000, ond mi wasgodd yn rhy galed ar y pwmp a dyma'r pris yn troi'n £1000.01.

'Damia!' gwaeddodd yr hen ŵr.

'Sut 'dan ni'n mynd i dalu?'

'Mi ddeuda i wrth yr hen wraig ein bod ni o'r Awyrlu ac ar fusnes swyddogol. Gan fod rhyfel ymlaen, mae'n hanfodol ein bod ni'n cael tanwydd.'

'Pob lwc gyda'r sgwrs yna, syr!'

Doedd yr hen ŵr ddim yn gwerthfawrogi'r jôc, ac aeth i'r garej i dalu.

Yr eiliad honno, parciodd car bach melyn wrth ymyl y pwmp nesaf. O'r cocpit, gwelodd Jac y gorila – y dyn diogelwch o'r Amgueddfa Ryfel – yn sedd y gyrrwr. Roedd o'n gwisgo'i iwnifform ac yn debygol o fod ar ei ffordd i'w waith.

'Taid! Naci ... Wing Commander!' gwaeddodd y bachgen.

'Esgusodwch fi, madam' meddai'r hen ŵr, cyn troi at ei ŵyr. 'Be ar y ddaear sy'n bod, Squadron Leader?'

'Ga i awgrymu eich bod chi'n neidio'n ôl yn yr awyren, a hynny'n syth bìn?'

Daeth y gorila o'i gar, yn barod i herio'r bachgen.

'Oi! Ti!'

'Newydd gael neges o HQ dros y radio, syr!' gwaeddodd y bachgen at ei daid. 'Rhaid i ni hedfan ar unwaith!'

Dechreuodd Taid redeg i gyfeiriad yr awyren gan alw gorchmynion. 'Squadron Leader, taniwch yr injan!'

Ar ôl yr holl ymarferion dychmygol yn fflat Taid, roedd Jac yn gwybod yn iawn beth i'w wneud. Pwysodd y botwm cywir a deffrôdd yr awyren o'i thrwmgwsg.

'Beth iyffach odych chi'ch dou'n feddwl chi'n wneud nawr?' gwaeddodd y gorila dros sŵn yr injan.

'Gyrrwch hi am y ffordd fawr!'

meddai Taid, wrth iddo redeg i gyfeiriad y Spitfire.

'FFONWCH YR HEDDLU, FENYW!'

gwaeddodd y gard ar dop ei lais.

Wrth i'r awyren symud i gyfeiriad y ffordd fawr, rhedodd Taid ar ei hôl cyn neidio ar ei hadain.

Dechreuodd y gorila mawr, tew redeg ar eu holau, cyn cael pigyn yn ei ochr, cerdded yn gloff i'w gar a gyrru ar eu holau.

Roedd y Spitfire bellach yn mynd ar wib i lawr y ffordd, gyda Taid yn symud yn araf ar hyd yr adain i gyfeiriad y cocpit.

Roedd Jac newydd gael bathodyn gan yr ysgol am basio prawf ar reolau'r ffordd fawr, a phan welodd olau coch rhoddodd ei droed ar y brêc.

Stopiodd y car bach melyn wrth ochr yr awyren, gyda'r gorila cas mewn iwnifform yn gweiddi gorchmynion ar y ddau.

Heb wybod yn iawn sut i ymateb, gwenodd Jac, a chodi ei law.

'Pam dach chi 'di stopio, Squadron Leader?' gwaeddodd Taid.

'EWCH!
EWCH!
EWCH!'

Llwyddodd yr hen ŵr i ddringo i'r cocpit. Wrth iddo gau caead yr hatsh, rhoddodd ei wregys diogelwch am ei ganol a gafael yn y llyw cyn i'r awyren wibio ymlaen.

Aeth y Spitfire ar hyd y ffordd fawr i gyfeiriad afon fawr, lydan.

Daeth ceir i'w hwynebu. Dro ar ôl tro, llwyddodd Taid i osgoi pob car, fel petai'n cymryd rhan mewn gêm hynod o beryglus.

Ar wahân i sŵn uchel yr injan, gallai Jac glywed sŵn seirenau. Yn y pellter ar y cychwyn, yna'n dod yn nes ac yn nes.

Ni no
Ni no.

Edrychodd y bachgen dros ei ysgwydd a gweld fflyd o geir yr heddlu yn eu dilyn.

'Mae hi angen lôn hir a syth er mwyn iddi godi!' meddai Taid. Ond gan eu bod yng nghanol dinas doedd hynny ddim yn bosib.

Edrychodd Jac i'r dde. Mwy o strydoedd. Yna edrychodd i'r chwith a gwelodd bont hir.

'Ewch i'r chwith, Commander!'

'I'r chwith amdani, Squadron Leader!'

Gwyrodd yr awyren i'r chwith ac yn fuan iawn roedd hi'n mynd ar wib dros y bont, a oedd fel rhedfa.

Wrth iddyn nhw wibio mynd, gwelodd Jac nifer o geir yr heddlu yn nesáu at ben y bont, gyda'r bwriad o'u stopio.

'Gwyliwch, syr!'

Aeth Taid yn gyflymach wrth i'r heddlu greu wal o geir. Os nad oedd y Spitfire yn codi i'r awyr yn yr eiliadau nesaf, mi fyddai hi'n sicr o daro'r ceir.

SMASH! SLAP! BANG!

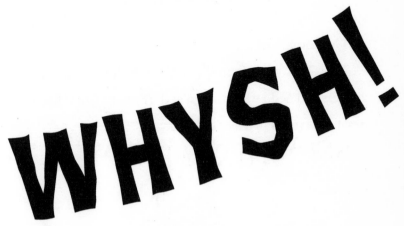

57

Swwwwm!

Daeth rhyw ryddhad mawr dros y bachgen wrth iddo sylweddoli bod ef a'i daid bellach yn hedfan trwy'r awyr.

'**I FYNY, FYNY, FRY!**' meddai'r hen ŵr.

'**I FYNY, FYNY, FRY!**' ailadroddodd Jac.

Cyffyrddodd olwynion ôl y Spitfire â tho un o geir yr heddlu, gan achosi i'r awyren ysgwyd ychydig. Ond roedden nhw'n wedi llwyddo.

Wrth anelu i gyfeiriad gwesty mwyaf y ddinas, penderfynodd Taid wneud i'r awyren saethu i fyny'n uwch. Roedd yr hen ŵr yn mwynhau dangos ei hun i'r heddlu ar y ddaear wrth i'r awyren hedfan mewn cylch buddugoliaethus. Dyna sut awyren oedd hi. Y Spitfire

oedd yr awyren ryfel orau a gafodd ei hadeiladu erioed.
A thu ôl i'r llyw roedd un o'r peilotiaid gorau.

Yn nwylo Taid, roedd yr hen awyren yn mynd fel car rasio newydd. Gallai droi ar ben pin; hedfanodd Taid mor agos i dŵr yr eglwys gadeiriol fel bu bron i Jac lenwi ei drowsus. Aeth yr awyren ar hyd yr afon, heibio'r llongau yn yr harbwr ac i gyfeiriad pont enfawr arall. Aeth Taid a'i Spitfire oddi tani – dim lol.

WHYSH!

Am y tro cyntaf yn ei fywyd byr, teimlai Jac yn fyw. Yn rhydd.

'Eich tro chi nawr, Squadron Leader,' meddai Taid.

Doedd y bachgen ddim yn credu'r peth. Roedd ei daid yn rhoi'r awyren dan ei ofal.

'Dach chi'n siŵr, Wing Commander?'

'Yn berffaith siŵr!'

Gyda hynny, rhoddodd yr hen ŵr y llyw i'w ŵyr. Ac fel yr oedd ei daid eisoes wedi ei ddysgu, dim ond iddo symud ychydig ar y llyw ac mi fyddai'r awyren yn ymateb yn syth.

Roedd Jac eisiau cyffwrdd yr awyr. Tynnodd y llyw yn ôl a saethodd yr awyren i fyny, fyny, fry. Tu draw i'r cymylau – dyna ble'r oedd yr haul, yn belen enfawr o dân yn goleuo'r awyr.

Uwchben y cymylau roedd y ddau ar eu pennau eu hunain o'r diwedd, y ddinas ym mhell oddi tanyn nhw, a dim ond y gofod uwchlaw.

'Hoffwn i wneud dolen yn yr awyr, syr!

'Ewch amdani, Squadron Leader!'

Tynnodd y bachgen y llyw tuag ato'n sydyn a hedfanodd yr awyren mewn siâp bwa. Nawr roedden nhw wyneb i

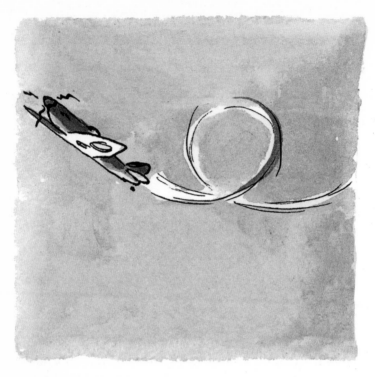

waered. Y foment hon oedd yr unig beth oedd yn bwysig. Doedd dim ots am y gorffennol na'r dyfodol.

Gyda'i ddwylo'n dal i reoli'r llyw, dychwelodd yr awyren i'w safle gwreiddiol. Sawl eiliad aeth heibio? Sawl munud?

Doedd dim ots. Doedd dim ots am ddim. Doedd dim ots beth ddigwyddodd yn y gorffennol. Doedd dim ots beth fyddai'n digwydd yn y dyfodol. Yr unig beth oedd yn bwysig oedd yr eiliad hon.

Sylwodd y bachgen ar bopeth – y pwysau oedd yn ei hoelio i'w sedd, sŵn yr injan, arogl y petrol.

Hedfanodd y Spitfire heibio'r cymylau, i gyfeiriad yr haul. Yna, o'r golau llachar o'u blaenau, gwelodd Jac ddau smotyn du, rhyfedd. Ar y cychwyn, gyda'r golau mor llachar, roedd hi'n amhosib dweud beth oedden nhw, ond beth bynnag oedd yn yr awyr y bore arbennig hwnnw, roedden nhw'n agosáu ar wib.

58

Paid Byth ag Ildio

Wrth i'r dotiau nesáu, gwyddai Jac beth oedden nhw – dwy Harrier Jump Jet. Awyrennau rhyfel modern. Aeth y ddau heibio'r Spitfire ar gyflymder anhygoel.

Roedd gan Jac ofn. Pam oedd y jets wedi eu hanfon ar eu holau? I'w saethu i'r llawr? Aeth y ddau heibio mor agos, teimlai fel rhyw fath o rybudd. Y tu ôl iddo, sylwodd fod yr awyrennau'n troi yn eu holau. Mewn eiliadau roedden nhw gyfochrog â'r Spitfire. Un awyren bob ochr, gydag adenydd yr Harriers bron â chyffwrdd â'u hawyren. Doedd dim modd gweld wynebau'r peilotiaid drwy wydr tywyll eu helmedau, ac roedd masgiau dros eu cegau. Edrychai'r ddau'n debycach i robotiaid na phobol.

'Mae Jeri wedi cael awyren newydd sbon danlli!' meddai Taid.

Edrychodd Jac i'w chwith, yna i'w dde.

Gwelodd fod y peilotiaid yn arwyddo iddyn nhw fynd yn is.

'Syr, maen nhw'n dweud wrthon ni am lanio,' gwaeddodd y bachgen.

'Beth oedd y peth pwysica ddywedwyd amser y rhyfel, Squadron Leader?'

O gofio'i wersi Hanes, gwyddai Jac fod sawl peth pwysig wedi ei ddweud yn ystod yr Ail Ryfel Byd. Yr

eiliad honno, doedd Jac ddim yn siŵr at beth roedd ei daid yn cyfeirio.

'Peidiwch gwastraffu bwyd?'

'Naci.'

'Helpwch bobol eraill?'

'Naci.'

Meddyliodd Jac yn galetach. 'Gwell dydd a ddaw?'

'Naci. Nid honno,' atebodd Taid, gan fynd yn fwy dryslyd. 'Dywedwyd dro ar ôl tro wrthyn ni am beidio ag ... Dwi ddim yn cofio'n union be oedd y gair, chwaith!'

'Peidio ag ildio?' mentrodd y bachgen.

'Honna! A wna i byth ...'

Llyncodd y bachgen ei boer mewn ofn.

59

Cynghanedd Bur

Tynnodd yr hen ŵr y llyw'n ôl a saethodd y Spitfire i fyny i'r awyr. Gan fod hyn yn syrpréis i beilotiaid y ddwy Harrier Jump Jet, bu raid iddyn nhw oedi cyn dilyn yr hen awyren. Yn anffodus, doedd propelar pren y Spitfire ddim yn gallu cystadlu gydag injan jet fodern. Ond dan reolaeth Taid roedd yr hen awyren yn gallu osgoi crafangau yr Harrier. Do, ysgydwodd, tagodd a phoerodd ar adegau, ond wrth iddi hedfan, swniai'r Spitfire fel llinell o gynghanedd bur.

Yn sydyn, taniodd un o'r Harriers roced a wibiodd heibio'r Spitfire cyn ffrwydro'n ddarnau mân yn yr awyr.

BWM!

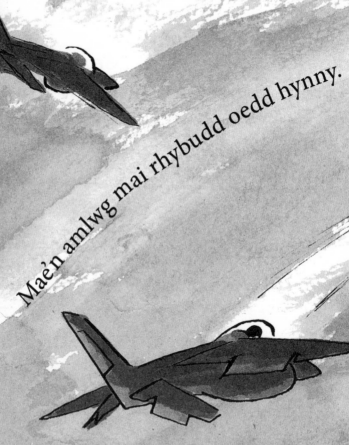

Mae'n amlwg mai rhybudd oedd hynny.

Petaen nhw'n dymuno, gallai'r Harriers saethu'r Spitfire i'r llawr yn hawdd iawn. Roedd Jac yn ofidus.

Roedd awyren ryfel ddiarth yn hedfan dros y ddinas yn risg enfawr i ddiogelwch, felly pwrpas amlwg yr Harriers oedd ei saethu i'r llawr.

Yr eiliad honno, clywyd llais ar radio'r Spitfire.

'Dyma Harrier Red Leader. Spitfire, dach chi ddim i fod i hedfan dros y ddinas. Rhaid i chi lanio ar unwaith!'

'Newn ni byth ildio!' atebodd Taid.

''Dan ni ddim yn dymuno rhoi niwed i chi, ond os ydych chi'n gwrthod glanio, ein gorchymyn yw eich saethu i'r llawr ar unwaith!'

'Felly ... ta-ta!' meddai'r hen ŵr cyn diffodd y radio.

60

Hedfan trwy Dân

Y tu ôl iddyn nhw, clywodd Jac a'i daid roced arall yn cael ei thanio. Trodd yr hen ŵr yr awyren ar ei hochr a gwibiodd y roced dan fol y Spitfire.

BWM!

Ffrwydrodd yr ail roced reit dan drwyn y Spitfire. Caeodd Jac ei lygaid wrth i'r awyren hedfan drwy'r tân.

'Rhaid i chi wneud be maen nhw'n ei ddweud wrthoch chi!'

gwaeddodd y bachgen dros sŵn uchel y ffrwydriad.

'Sa'n well gen i farw i fyny'n fan'ma fel arwr na byw fel carcharor ar y ddaear.'

'OND—!'

'Mae'n rhaid i chi ddefnyddio'ch parasiwt, Squadron Leader!' gwaeddodd Taid dros ru'r injan.

'Dwi ddim am eich gadael chi, Taid!'

'Taid?!' Yn sydyn, roedd yr hen ŵr wedi drysu'n lân.

'Ia. Taid,' ailadroddodd y bachgen yn addfwyn. 'Jac ydw i. Eich ŵyr.'

'Ti ydy fy ... ŵyr?'

'Ia. Eich ŵyr ... Jac.'

'Jac?' gofynnodd yr hen ŵr.

Am eiliad roedd hi'n edrych fel petai Taid yn y presennol.

'Ia. Jac.'

'Fy ŵyr hyfryd, Jac! Alla i ddim gadael i ti gael niwed. Rhaid iti neidio allan nawr.'

'Ond dwi ddim eisio'ch gadael chi!' plediodd y bachgen.

'Ond mae'n rhaid i mi dy adael di.'

'Plis, Taid! Dwi ddim eisio i chi farw!'

'Dwi'n dy garu di, Jac.'

'A dwi'n eich caru chi, Taid.'

'Tra wyt ti'n fy ngharu i, wna i byth farw.'

Ac ar hynny, trodd yr hen ŵr yr awyren ben i waered, agor y canopi a thynnu cordyn parasiwt y bachgen.

I FYNY, FYNY, FRY!

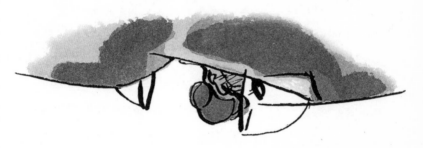

gwaeddodd Taid, cyn rhoi un saliwt olaf wrth i'w ŵyr ei adael.

61

Yn Ôl ar y Ddaear

Agorodd y parasiwt ar unwaith a thynnu Jac ymhellach o'r awyren. Hedfanodd y ddwy Harriet Jump Jet heibio ar wib wrth iddo wylio'r Spitfire yn codi'n uwch ac yn uwch.

Wrth i'r bachgen ddisgyn yn araf i'r ddaear, edrychodd i fyny i'r awyr.

Yn fuan iawn, doedd y Spitfire yn ddim ond dot bychan yn y pellter. Ac wedyn, diflannodd.

'I FYNY, FYNY, FRY,'

meddai'r bachgen wrtho'i hunan, gyda dagrau'n powlio i lawr ei wyneb.

Pan edrychodd Jac i lawr, gwelodd y ddinas yn dod
i'r golwg. Edrychai'n dawel o'r awyr. Yr afon, y parciau,
a thoeau'r adeiladau yn agos i'w gilydd, fel sgwariau ar
fwrdd gwyddbwyll.

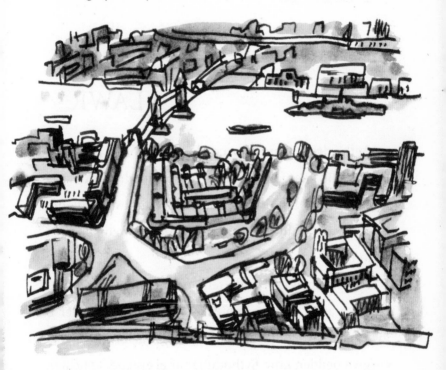

Un prynhawn braf yn fflat Taid, roedden nhw wedi
chwarae gêm o barasiwtio o Spitfire. Felly er nad oedd
wedi gwneud hyn o'r blaen, gwyddai'r bachgen yn iawn
sut i lywio'r parasiwt i'r ddaear. Sylwodd Jac fod darn o dir

agored oddi tano a llawer o laswellt ynddo, felly tybiodd mai parc oedd o. Llywiodd i'w gyfeiriad er mwyn ceisio glanio ar dir meddal.

I LAWR

I LAWR

I LAWR.

Aeth dros bennau'r coed. Gan gofio plygu ei bengliniau, glaniodd ar lawr a rowlio drosodd ar y gwair cwta, twt. Gorweddodd yno, wedi llwyr ymlâdd. Caeodd ei lygaid am funud. Roedd hi wedi bod yn noson hir.

Heb unrhyw rybudd, teimlodd rywbeth gwlyb a chynnes ar ei wyneb. Agorodd ei lygaid i weld nifer o gŵn bach yn llyfu ei wyneb. Sylwodd ar ôl dipyn mai corgwn oedden nhw. Sythodd Jac ar ei eistedd. O bellter, gwelodd ddynes reit posh yr olwg yn gwisgo sgert frethyn, siaced gwiltiog a sgarff ar ei phen. Wrth iddi agosáu, sylweddolodd Jac ble'r oedd o wedi ei gweld o'r blaen.

Ar dudalen flaen *Y Cymro* yn siop Huw.

Lady Helena Wynn-Powis-Lewys-Williams (yr ail) oedd hi.

A'r tu ôl iddi roedd ei chartref crand.

Roedd y bachgen wedi glanio yng ngerddi Plas Barus.

Edrychodd Lady Wynn-Powis-Lewys-Williams (yr ail) i lawr ar Jac a dweud, 'Wyt ti ddim braidd yn ifanc i fod yn yr Awyrlu?'

RHAN 4

Y LLWYBR I'R SÊR

62

Saliwtio Arwr

Cynhaliwyd angladd Taid yr wythnos ganlynol. Roedd yr eglwys leol dan ei sang, a phawb yn dymuno dangos eu parch i'r arwr hwn.

Eisteddai Jac yn y sedd flaen rhwng ei dad a'i fam. Roedd y bachgen yn gwybod bod yr arch o'i flaen yn wag. Yn rhyfeddol iawn, wnaeth neb ddod o hyd i'r Spitfire. Na chorff Taid.

Dywedodd peilotiaid yr Harrier Jump Jets eu bod wedi gweld yr hen awyren yn hedfan yn uwch ac yn uwch i gyfeiriad y gofod, cyn diflannu oddi ar eu radar. Bu chwilio mawr amdani, nos a dydd, ond doedd dim golwg o'r Spitfire yn unlle.

Syllodd Jac ar arch Taid ac ar y medalau oedd yn gorwedd arni. Yn eu plith roedd ffefryn Taid, Medal Aur yr Awyrlu.

Y tu ôl i Jac eisteddai Huw, a oedd yn crio ac yn chwythu ei drwyn yn uchel fel petai'n chwarae'r tiwba. Wrth ei ymyl, eisteddai'r hen bobol roedd Taid a Jac wedi eu hachub o Dŷ Arch, gan gynnwys Mrs Lard, y Mejor a'r Capten. Roedd pawb yn dra ddiolchgar i'r dyn a'u hachubodd – Taid.

Roedd yr hyn ddigwyddodd i D$\hat{y}$ Arch wedi troi'n sgandal genedlaethol, sgandal a welwyd ar dudalennau blaen y papurau newydd a'r teledu. Doedd Jac ddim eisiau clod ei hun, ond roedd Taid bellach yn **enwog**.

Er bod y cartref hen bobol wedi ei losgi'n ulw, roedd y 'nyrsys' yn dal yn rhydd. Ac yn fwy na dim, doedd neb yn gwybod beth ddigwyddodd i bennaeth T$\hat{y}$ Arch, sef y fetron ddieflig. A oedd hi wedi marw yn y tân mawr, neu a oedd hi'n cynllwynio ei *CHYNLLUN DRWG* nesa yn rhywle?

Ar ochr arall yr eil, roedd sgwadron o beilotiaid yr Ail Ryfel Byd. Eisteddai'r criw yn falch ac yn gefnsyth, ac roedd gan bob un ohonyn nhw fwshtashys militaraidd, un ai mwstásh:

Pensil   Llyw beic rasio   Locsyn clust

Pedol ceffyl

Imperialaidd

Cynffon mochyn

Kyffin Williams

Walrws

Mecsicanaidd

Bwmerang

Brwsh dannedd

Ffrengig

Adain ystlum

Tsieiniaidd

neu Salvador Dali

Gwisgai pob un siaced a throwsus twt, heb anghofio rhesi o fedalau.

Yn bresennol hefyd roedd pob disgybl o ddosbarth Jac. Roedden nhw wedi gofyn i Miss Jones am wersi rhydd er mwyn cael talu teyrnged. Cafodd y plant fwynhad mawr o wrando ar storïau Taid a'i hanesion am Frwydr Prydain. Hefyd, wrth gwrs, roedden nhw'n awyddus i gefnogi Jac.

O glywed cymaint o arwr oedd yr hen ŵr, roedd Miss Jones yn teimlo'n euog iawn am y ffordd wnaeth hi drin Taid yn y dosbarth y diwrnod hwnnw. O gwmpas ei hysgwydd gorweddai braich gwarchodwr yr Amgueddfa Ryfel. Roedd yn amlwg i bawb fod carwriaeth wedi cychwyn pan roddodd hi gusan bywyd iddo.

Yna, yn y rhes gefn, roedd Ditectif Twp a Ditectif Dwl. Roedd y ddau wedi dod i nabod rhieni Jac yn dda wrth arwain ymchwiliad yr heddlu ynghylch Tŷ Arch. O gofio eu dulliau holi, doedd Jac ddim yn disgwyl iddyn nhw ddatrys fawr o ddim, ond roedd eu calonnau yn y lle iawn ac yng nghanol ei dristwch roedd Jac yn falch o'u gweld yn angladd Taid.

Ar ôl ambell diwn ar yr organ, dechreuodd y Parchedig Puw Duw ei bregeth.

'Annwyl gyfeillion, 'dan ni wedi ymgynnull yma heddiw i gofio un a oedd yn daid, yn dad ac yn gyfaill i sawl un ohonom.'

'Fo oedd yr unig ddyn wnes i ei garu erioed!' cyhoeddodd Mrs Lard mwyaf sydyn, ac yn deimladwy iawn.

Ond wrth i'r bachgen syllu ar y ficer, rhoddodd y gorau i wrando ar ei eiriau. Dechreuodd Jac sylwi bod rhywbeth **od iawn** ynglŷn â'r dyn.

63

Trwynau wedi eu Torri

Wrth i'r bachgen syllu arno, sylwodd fod y ficer yn gwisgo colur trwchus yma ac acw ar ei wyneb, fel petai'n ceisio cuddio rhywbeth. Ar ben hynny, roedd y Parchedig Puw Duw yn ciledrych ar Jac yn nerfus dros ei sbectol. Roedd wats aur gyda diamwntau arni ar ei arddwrn, a phan welodd o'r bachgen yn edrych arni ceisiodd dynnu ei lawes drosti. Edrychai esgidiau du, sgleiniog y Parchedig Puw Duw fel petaen nhw wedi eu gwneud o groen drudfawr aligator. Ac roedd o'n drewi o aroglau siampên a sigârs. Doedd hwn ddim yn ficer cyffredin a oedd yn helpu pobol. Dyma rywun a oedd yn hoff iawn o'i helpu ei hun.

'Nawr trowch i Emyn 212 yn eich llyfr emyne, 'Cofia'n gwlad, Benllywydd tirion ...'

Nodiodd y Parchedig Puw Duw ar yr organydd, dyn mawr gyda thatŵs o 'CARU a 'CASÁU' ar ei figyrnau. Mewn chwinciad chwannen, sylweddolodd Jac ei fod o'r un sbit â Nyrs Mini!

Wrth i'r gerddoriaeth gychwyn, cododd y galarwyr ar eu traed a dechrau canu.

'Cofia'n gwlad, benllywydd tirion, dy gyfiawnder fyddo'i grym.'

Yn ystod yr emyn, syllodd Jac ar lygaid y ficer. Rhai bychain a main. Roedd o wedi gweld y llygaid rheini o'r blaen.

'Cadw hi rhag llid gelynion, rhag ei beiau'n fwy na dim.'

Wrth i'r emyn fynd rhagddo, edrychodd y bachgen ar y côr. Creithiau ar eu hwynebau, trwynau wedi torri,

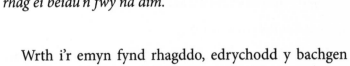

431

dannedd ar goll. Doedd yr un ohonyn nhw'n gwybod yr un gair wrth iddyn nhw fwmian mewn lleisiau dwfn. Honna gyda dant aur ... Ai Nyrs Mini oedd hi?

'Rhag pob brad, nefol Dad,
taena d'adain dros ein gwlad.'

Edrychodd Jac dros ei ysgwydd i gael pip ar y dyn oedd yn helpu'r ficer, a safai yn y cefn. Yn ôl yr arfer, gwisgai ŵn hir, du ond roedd hwn wedi eillio'i ben ac roedd ganddo datŵ gwe pry cop ar draws ei wddf. Eto, roedd hwn yn edrych yn gyfarwydd. Ai Nyrs Mo oedd hi?

'Yma mae beddrodau'n tadau ...'

Wrth i'r emyn ddod i ben, roedd Jac yn teimlo'n siŵr ei fod ar fin datrys y dirgelwch. Daeth fflachiadau o atgofion i'w feddwl ... Miss Ffinihadoc yn ysmygu sigâr fawr, dew; y ficer yn argymell T$\hat{y}$ Arch; yr hen drwyn bach siâp mochyn hwnnw ... Ac os mai nyrsys ffug T$\hat{y}$ Arch oedd yr holl gynorthwywyr hyn, yr organydd, y dyn yn y gŵn du, y côr – sef y giang o ddrwgweithredwyr a oedd yn dwyn arian yr hen bobol ro'n nhw'n honni eu helpu – yna roedd posibilrwydd cryf bod eu harweinydd ddim yn bell chwaith.

Gan barhau â'r gwasanaeth, cyhoeddodd y Parchedig Puw Duw, 'Yr wyf yn awr am ddarllen Salm 27: Cenwch i'r Arglwydd ganiad newydd ...'

Cafodd Jac lond bol a chododd ar ei draed.

'STOPIWCH YR ANGLADD!' gwaeddodd.

433

64

Dyn Mwg

Atal angladd ar ei hanner – roedd hwn yn brofiad newydd i bawb oedd yno. Doedd neb yn yr eglwys yn credu bod y bachgen wedi meiddio gwneud ffasiwn beth. Yn sydyn roedd pawb yn edrych ar Jac, heblaw am un neu ddwy o lygaid gwydr yr hen beilotiaid.

'Be ar y ddaear ydy ystyr hyn?' gwaeddodd y Parchedig Puw Duw.

'Be ar y ddaear wyt ti'n wneud?' sibrydodd Dad.

'Plis, Jac, bydd ddistaw ac eistedda i lawr!' meddai ei fam, gan afael ynddo gerfydd ei fraich a cheisio'i dynnu'n ôl i'w sedd.

'Y ficer ...' dechreuodd y bachgen. Roedd o'n crynu rhyw ychydig ac, er gwaethaf ei ymdrechion, methodd â chadw ei fys rhag ysgwyd yn nerfus.

'Y ficer a'r fetron ... maen nhw ... maen nhw'r UN PERSON!'

BETH!

Roedd pedwar cant o bobol yn gegrwth mewn sioc, heblaw am y Capten a oedd braidd yn fyddar, ac wrth i'r peiriant clust chwibanu'n uchel, gwaeddodd, 'Beth wedest ti, gw boi?'

'Yr hyn ddeudish i,' meddai Jac, yn llawer uwch tro hwn, 'yw mai'r UN PERSON YW'R FICER A'R FETRON! DYN DRWG AR Y NAW YDY O!'

'Mae'n ddrwg 'da fi, mae rhywun yn chwibanu yn fy nghlust i. Glywes i yr un blincin gair.'

Roedd ei ffrind y Mejor yn eistedd wrth ei ymyl.

'DEUD WNAETH O FOD Y FICER YN DDYN DRWG!'

'YN DDYN MWG?' Doedd y Capten ddim yn deall o gwbwl. 'PAM? ODY E'N YSMYGU LOT?'

'MI WNA I EGLURO NES YMLAEN!' gwaeddodd y Mejor.

'Nac'dw, tydw i ddim yn ... mae'r corrach bach yna'n deud celwydd!' protestiodd y ficer, gyda chwys yn diferu ar ei dalcen. Roedd ei geg yn sych fel cesail camel ac yn gwneud sŵn clicio wrth siarad. Dyma ddyn oedd yn cael ei blicio'n raddol fel nionyn.

Yn y cyfamser, edrychodd aelodau euog y côr ar ei gilydd yn nerfus, wedi eu cornelu.

'FE ORFODODD NI I NEUD POPETH!' gwaeddodd Nyrs Mini yn sydyn. '"CYMRWCH ARNACH EICH BOD YN NYRSYS MEWN CARTREF HEN BOBOL," DDYWEDODD O!'

'TAWELWCH!'

meddai'r ficer yn flin.

''WNA I GYFADDE POPETH. WY'N RHY BERT I FYND I'R CARCHAR!'

'TAWELWCH, DDEUDISH I!'

Roedd un eisoes wedi cyfaddef, ac roedd mwy yn eiddgar i wneud yr un peth.

Teimlai'r bachgen ei fod yn geiliog ar ben domen. 'Felly mi lwyddodd "Miss Ini Ffinihadoc" i oroesi'r tân yn Nhŷ Arch wedi'r cwbwl! A dach chi wedi bod yn byw dan ein trwynau ni trwy'r adeg!'

'Dwi ddim 'di gwneud dim byd o'i le!' protestiodd y Parchedig Puw Duw. 'Yr unig reswm newidiais i'r ewyllysiau oedd er mwyn gallu rhoi mwy o arian i'r tlodion!'

'**Celwydd! Celwydd!**' gwaeddodd y bachgen.

'Clywch, clywch!' ychwanegodd Huw, gan fwynhau pob munud o'r ddrama.

'Mi wnaethoch chi wario'r holl arian wnaethoch chi ei ddwyn ar siampên a char newydd!' meddai Jac.

Roedd y Parchedig Puw Duw wedi ei gornelu ac at ei gesail MEWN PW-PW.

65

Byddin o Hen Filwyr

Wrth iddo sefyll ger yr allor, newidiodd tôn llais y ficer i fod yn un chwerw a blin. 'Be ydy'r ots os mai dyna wnes i hynny, hogyn?! Be oedd yr hen bethau drewllyd 'ma'n mynd i'w wneud efo'r pres, beth bynnag?'

Digon yw dweud na chafodd yr agwedd honno fawr o groeso mewn ystafell a oedd yn llawn hen bobol. Yn fuan iawn roedd llawer o unigolion blin yn yr eglwys.

'Ar ôl pob gwasanaeth ar y Sul, ro'n i'n arfer gwagio'r blwch casgliad. A'r unig beth ro'dd y jiawled yn ei roi i mi o'dd cwpwl o geiniogau ac ambell hen fotwm. Sut allwn i brynu tŷ haf ym Monte Carlo efo hynny?'

'O, BW HW HW!'

gwaeddodd Huw yn goeglyd.

'Cau di dy geg!'

gwaeddodd y ficer yn ôl.

'Wwwwwwww!' gwawdiodd Huw.

'Felly mi feddyliais i a'r torwyr beddau am gynllun. Agor cartref hen bobol fy hun, newid eu hewyllysiau nhw, a rhoi eu harian i FI ...'

'Allwch chi siarad ychydig yn arafach, os gwelwch yn dda?' galwodd Ditectif Twp o'r cefn, gyda llyfr nodiadau yn ei law. 'Dwi'n trio sgrifennu hyn i gyd yn fy llyfr.' Edrychodd Ditectif Dwl i fyny i'r nefoedd, gyda chywilydd.

'Dach chi'n ddyn drwg, drwg!' gwaeddodd Jac.

'A dynes!' ychwanegodd Mrs Lard.

'Ia, a dynes!' meddai'r bachgen. 'Dyn drwg, drwg a dynes ddrwg, ddrwg. Roeddech chi'n trin yr hen bobol yn ofnadwy o greulon!'

'O, be ydy'r ots amdanyn nhw? Ro'n nhw i gyd yn gwbwl wallgo!'

Unwaith eto, doedd y rheini yn yr eglwys ddim yn rhy hapus.

'PEIDIWCH CHI Â MEIDDIO DWEUD HYNNA!' meddai Mrs Lard.

'DDYSGWN NI WERS IDDO FO!' gorchmynnodd y Mejor.

'AR EI ÔL E!' gwaeddodd y Capten.

Gyda hynny, cododd yr hen bobol ar eu traed a rhedeg i gyfeiriad y ficer a'i giwed.

'Gadewch i'r heddlu sorto hyn mas!' gwaeddodd Ditectif Dwl.

Ond doedd cyn-drigolion Tŷ Arch ddim yn barod i wrando. Roedden nhw eisiau **DIAL**. Wrth i'r dihirod geisio dianc o'r eglwys, rhedodd yr hen bobol ar eu holau. Ffyn cerdded, bagiau llaw, pulpudau cerdded ... pob un â'i arf. Dechreuodd Mrs Lard daro'r ficer ar ei ben

gyda'i llyfr *Caneuon Ffydd*. Yn y cyfamser, roedd y Mejor wedi cornelu'r dyn yn y gŵn du (sef 'Nyrs Mo') a'i hoelio yn erbyn y wal â chadair. Roedd pennau 'Nyrs Mini' a 'Nyrs Maini' yn sownd dan geseiliau'r Capten, wrth i hen ffrindiau Wing Commander Williams o'r Awyrlu eu taro'n galed gyda chlustogau gweddi.

Chwarddodd ffrindiau Jac yn uchel.

Doedd gan haid o bobol ddrwg ddim gobaith caneri yn erbyn byddin o hen filwyr.

'Rhaid i mi ddod i'r eglwys yn amlach,' meddai Huw. 'Wyddwn i ddim fod cymaint o hwyl i'w gael yma!'

66

Ta-ta, Taid

Edrychodd rhieni Jac ar yr anhrefn lwyr yn yr eglwys cyn troi at eu mab.

'Ddrwg gen i bod ni ddim wedi dy gredu di o'r cychwyn, Jac,' meddai Mam.

'Ti'n ddewr iawn yn wynebu dyn mor ddrwg â hwnna,' ychwanegodd Dad. 'Dwi'n gwybod y byddai Taid wedi bod yn falch iawn ohonot ti.'

Wrth glywed hynny, roedd Jac eisiau crio a gwenu, felly mi wnaeth o'r ddau.

Wrth weld dagrau ei mab, rhoddodd Mam ei braich o'i amgylch. Er bod arogl cryf caws Caerffili a chennin syfi arni (dyna oedd cynnig arbennig yr wythnos yn yr archfarchnad), roedd cael cwtsh yn deimlad braf.

Rhoddodd Dad ei freichiau o gwmpas y ddau, ac am ennyd roedd hi'n ymddangos fel petai'r byd yn berffaith.

Roedd y brwydro rhwng y giwed o bobol ddrwg a'r fyddin o'r hen begors bellach yn digwydd y tu allan yn y fynwent. Gyda chyffro, dilynodd ffrindiau Jac y miri wrth i'r ddau dditectif geisio roi trefn ar y cyfan.

'Dyliwn i fynd adre i ddechrau paratoi brechdanau caws,' meddai Mam. 'Mae pawb i fod i alw acw ar ôl y gwasanaeth.'

'Ti'n iawn,' cytunodd Dad. 'Ac mi fydd yr hen bobol yn llwglyd ar ôl hyn i gyd! Ty'd, 'ngwas i.'

'Ewch chi,' atebodd y bachgen. 'Hoffwn i aros yma am ychydig, ar fy mhen fy hun.'

'Wrth gwrs. Deall yn iawn,' meddai Mam.

'Fel ti'n dymuno, Jac,' meddai Dad. Cydiodd yn llaw ei wraig a gadawodd y ddau yr eglwys gyda'i gilydd.

Bellach roedd y lle'n wag, heblaw am Huw a Jac. Gosododd y dyn siop bapurau newydd ei law ar ysgwydd Jac.

'Wel, rwyt ti wedi cael tipyn o antur, Walliams bach.'

'Dwi'n gwybod. Ond faswn i ddim wedi gwneud dim o hyn heb Taid.'

Gwenodd y siopwr. 'A fasa fo ddim wedi gallu gwneud beth wnaeth o hebddot ti. Mi adawa i ti efo fo nawr. Dwi'n siŵr dy fod eisiau deud ta-ta.'

'Yndw. Diolch.'

Yn ôl ei addewid, gadawodd Huw y bachgen ar ben ei hunan gyda'r arch wag.

Edrychodd y bachgen ar y bocs pren a'r faner, a saliwtio am y tro olaf.

'Ta-ta, Wing Comand—,' dechreuodd, cyn cywiro'i hun. 'Ta-ta, *Taid*.'

Diweddglo

Y noson honno, gorweddai Jac a ei wely rhwng cwsg ac effro. Roedd yr ystafell yn araf ddiflannu er mwyn agor drws i'w freuddwydion.

Yna, y tu allan i'w ffenest, clywodd y bachgen sŵn o hirbell – sŵn hymian awyren yn uchel yn yr awyr. Agorodd Jac ei lygaid a llithro i lawr o'r bync uchaf. Er mwyn peidio deffro ei rieni yn yr ystafell nesaf, cerddodd ar flaenau'i draed i'r ffenest a thynnu'r llenni. Wedi ei fframio gan olau'r lleuad, dyna lle'r oedd silwét amlwg Spitfire, yn gwibio i fyny ac i lawr. Troi. Rowlio. Dawnsio yn yr awyr. Dim ond un dyn allai fod wrth ei llyw.

'Taid?!' gwaeddodd Jac.

Disgynnodd yr awyren tua'r ddaear gan hedfan heibio ffenest Jac. Yno, yn y cocpit, yr oedd Wing Commander Williams. Ac wrth i'r awyren ryfel hardd wibio heibio, sylwodd Jac ar un peth rhyfedd iawn. Edrychai ei daid yn union fel yr oedd o yn y llun a oedd uwchben gwely Jac, yr un a dynnwyd yn 1940 pan oedd Taid yn beilot ifanc, adeg Brwydr Prydain. Roedd Taid yn ifanc unwaith eto. Cafodd modelau awyrennau Jac eu siglo'n ysgafn gan WHYSH y Spitfire. Edrychodd ar y Spitfire wrth iddi ddringo'n uchel i awyr y nos. Yna, diflannodd o'r golwg.

Ni ddywedodd y bachgen am hyn wrth neb. Wedi'r cwbwl, pwy fyddai'n ei gredu?

A'r noson drannoeth, wrth i Jac fynd i'w wely, roedd o'n llawn cyffro. A fyddai'n gweld ei daid unwaith eto? Caeodd ei lygaid a chanolbwyntio gorau y gallai. Unwaith eto, yn y cyfnod hwnnw rhwng cwsg ac effro, clywodd y bachgen sŵn injan y Spitfire. Unwaith eto, hedfanodd yr awyren heibio'i ffenest.

A'r noson wedyn. A'r noson ar ôl hynny. Bob un noson, yr un hen stori.

Roedd yr hyn ddywedodd yr hen ŵr yn hollol iawn. Tra oedd Jac yn ei garu, ni fyddai Taid yn marw.

*

Heddiw mae Jac yn ddyn yn ei oed a'i amser, a chanddo ei fab ei hun. Cyn gynted ag yr oedd y bachgen yn ddigon hen, dywedodd Jac wrtho am ei anturiaethau gyda'i daid. Amser gwely, cyn mynd i gysgu, byddai'n gofyn i'w dad adrodd hanesion am y dianc o Dŷ Arch, amdanyn nhw'n dwyn yr awyren ryfel, ac am y parasiwtio i ardd Lady Wynn-Powis-Lewys-Williams (yr ail). Ac wrth i'r bachgen bach syrthio i gysgu, mae'n gallu gweld y Spitfire yn yr awyr. Bob nos, mae hi yno, yn hedfan heibio'i ffenest cyn saethu tuag at y sêr.

I FYNY, FYNY, FRY!

Y Diwedd

Gwybodaeth Ychwanegol

Y 1940au

Cafodd yr Ail Ryfel Byd ddylanwad ac effaith mawr ar y 1940au. Roedd yn ddegawd o newidiadau mawr i bobol Prydain wrth i filiynau o filwyr ymuno â'r Lluoedd Arfog a mynd i ryfela, tra oedd y rheini gartref yn gorfod addasu i reolau newydd a ffordd o fyw a fyddai'n helpu'r milwyr. Gofynnwyd i bawb 'wneud ei ran' i helpu'r wlad a chafodd y cyhoedd eu hannog i 'greu ac atgyweirio', a olygai ailddefnyddio neu drwsio dillad a dodrefn yn hytrach na'u taflu o'r neilltu. Ar ôl i'r rhyfel ddod i ben, ni ddychwelodd bywyd i'w drefn arferol yn syth. Bu raid cynilo dillad tan 1949, a bu bron iawn i'r wlad fynd yn fethdalwr yn sgil y dyledion a grëwyd gan y rhyfel, ac felly bu bywyd yn ddigon anodd.

Yr Ail Ryfel Byd

Dechreuodd yr Ail Ryfel Byd yn 1939 a daeth i ben yn 1945. Rhyfel oedd hwn rhwng y pwerau Axis (yr Almaen, yr Eidal a Japan) a'r Cynghreiriaid (yn cynnwys Prydain,

Ffrainc, yr Unol Daleithiau, Canada, India, Tsieina a'r Undeb Sofietaidd). Yn ddiddorol iawn, roedd yr Undeb Sofietaidd, sef Rwsia yn bennaf, yn cefnogi Axis ar gychwyn y gwrthdaro. Dechreuodd y rhyfel pan ymosododd yr Almaen ar Wlad Pwyl, gwlad yr oedd Prydain a Ffrainc wedi addo i'w hamddiffyn. Daeth y rhyfel â newidiadau mawr i fywydau pobol gyffredin ym Mhrydain, gyda dros filiwn o blant (faciwîs) yn cael eu hebrwng o'r trefi i gefn gwlad – daeth llawer iawn ohonyn nhw i Gymru – er mwyn eu cadw'n saff rhag bomiau'r Almaenwyr a ddinistriodd lawer o gartrefi. Bu prinder bwyd a defnyddiau wrth i bobol adael eu swyddi a mynd i gefnogi'r rhyfela. Y gwledydd a ddioddefodd fwyaf oedd y rhai yr ymosodwyd arnyn nhw gan bwerau Axis.

Ar 6 Fehefin 1944, diwrnod a elwir yn D-Day, glaniodd milwyr y Cynghreiriaid yn Normandi er mwyn ceisio rhyddhau Ffrainc o ddwylo'r Almaenwyr. Ar ôl y fuddugoliaeth honno, brwydrodd y milwyr a chyrraedd mor bell â'r Almaen, a daeth y rhyfel yn Ewrop i ben yn gynnar ym mis Mai 1945. Parhaodd y rhyfela rhwng y Cynghreiriaid a Japan yn y Môr Tawel tan 1945. Cyhoeddwyd buddugoliaeth y Cynghreiriaid yn swyddogol ar 2 Medi 1945, a daeth yr Ail Ryfel Byd i ben.

Winston Churchill

Un o'r arweinyddion gwleidyddol amlycaf yn hanes Prydain oedd Winston Churchill. Ef oedd y Prif Weinidog yn ystod yr Ail Ryfel Byd. Ar ôl gadael yr ysgol gyda chanlyniadau gwael yn ei arholiadau, bu'n filwr ac yn newyddiadurwr rhan amser cyn ymddiddori mewn gwleidyddiaeth. Roedd ei arweinyddiaeth a'i gyfraniad at fuddugoliaeth y Cynghreiriaid yn allweddol, ac roedd ei areithiau tanbaid a ddarlledwyd i'r bobol ym Mhrydain ar y radio yn hynod bwysig er mwyn cynnal ysbryd y trigolion. Bu farw'n 1965, yn 90 oed, a chafodd angladd mawr, seremonïol.

Adolf Hitler

Adolf Hiltler oedd arweinydd y Blaid Genedlaethol Sosialaidd, neu'r Natsïaid, a daeth yn Ganghellor yr Almaen yn 1933. Newidiodd y drefn wleidyddol yn syth er mwyn cadw rheolaeth lwyr a gwaredu pawb oedd yn ei wrthwynebu. Credai Hitler y dylai Almaenwyr dderbyn goruchafiaeth absoliwt, a chanlyniad hyn oedd gorchymyn y dylid llofruddio miliynau o Iddewon, sipsiwn a phobol leiafrifol eraill. Yr Holocost yw'r enw ar y digwyddiad erchyll hwn, un o gyfnodau tywyllaf yn hanes yr hil ddynol. Wedi ei gornelu mewn byncar yn Berlin, a gyda milwyr Rwsia'n agosáu, saethodd Hitler ei hun yn 1945.

Y Gestapo

Wedi ei ffurfio'n 1933, y Gestapo oedd yr enw a roddwyd ar heddlu cudd yr Almaen. Ei bwrpas oedd darganfod ac arestio gelynion llywodraeth Hitler, ac fe gafodd eu haelodau bwerau i garcharu pobol fel y mynnen nhw, a'u gorfodi i gyfaddef. O ganlyniad, ystyriwyd y rhain yn giwed gwbwl ddidostur.

Rasions bwyd

Cyflwynwyd rasions (neu dogni) bwyd i Brydain yn Ionawr 1940 i wneud yn siŵr bod digon o fwyd i bawb yn ystod y rhyfel. Er mwyn sicrhau bod neb yn cael mwy na'i siâr, defnyddiwyd cwponau, yn ogystal ag arian, i brynu bwyd. Yn 1940, rhai o'r bwydydd gafodd eu dogni oedd siwgr, cig, te, menyn, bacwn a chaws, ond roedd llawer iawn o rai eraill yn ddiweddarach. Er nad oedd ffrwythau a llysiau ddim ar rasion, nid oedd yn hawdd i'w cael, ac roedd y llywodraeth yn annog pobol i'w tyfu yn eu gerddi. Nwyddau eraill ar rasion oedd petrol, sebon a hyd yn oed ddillad.

Castell Colditz

Defnyddiwyd Castell Colditz yn yr Almaen gan y Natsïaid fel carchar yn ystod yr Ail Ryfel Byd. Y gred oedd ei bod hi'n amhosib dianc oddi yno. Ond ceisiodd sawl un ddianc trwy feddwl am gynlluniau clyfar megis creu allweddi, cuddio yn y carffosydd, ffugio papurau personol a hyd yn oed gwnio carcharion i ganol matresi er mwyn eu cuddio. Methu dianc oedd hanes y mwyafrif, ond llwyddodd rhyw dri deg o garcharorion i gael eu traed yn rhydd.

Ymgyrch Morlew

Ar ôl llwyddo i feddiannu Ffrainc ym Mehefin 1940, gorchmynnodd Hitler i'w luoedd arfog baratoi i ymosod ar Loegr, a hynny ar longau. Enw'r cynllun oedd Ymgyrch Morlew. Er mwyn cael y cyfle gorau i lwyddo, roedd yr Almaenwyr yn gwybod y byddai'n rhaid iddyn nhw reoli'r awyr yn gyntaf a dileu bygythiad yr Awyrlu Brenhinol. Dyma arweiniodd at Frwydr Prydain.

Brwydr Prydain a'r Blits

Dechreuodd Brwydr Prydain yn haf 1940. Ymosododd Awyrlu yr Almaen, o'r enw Luftwaffe, ar nifer o leoliadau strategol ar hyd a lled Prydain. Eu prif dargedau oedd trefi a dinasoedd ar yr arfordir a meysydd awyr er mwyn gwanhau amddiffynfeydd cyn paratoi ymosodiadau pellach. Roedd llawer o'r lleoliadau hyn yng Nghymru. Ar ôl bomio Coventry yng nghanolbarth Lloegr, penderfynodd y Natsïaid geisio dinistrio Caerdydd, Abertawe ac Aberdaugleddau – ar y pryd, rhain oedd rhai o borthladdoedd mwya'r byd o ran allforio glo ac olew, dau beth allweddol er mwyn cynnal y rhyfel. Gollyngwyd bomiau hefyd ar Gaergybi, Bangor a Llandudno, trefi a oedd ar lwybr y Luftwaffe wrth iddyn nhw hedfan i gyfeiriad Penbedw a Lerpwl. Roedd y brwydro rhwng y Luftwaffe a'r Awyrlu Brenhinol yn ffyrnig. Ond er bod gan yr Almaenwyr fwy o awyrennau a pheilotiaid, roedd gan y Prydeinwyr well dull o gyfathrebu, a rhoddodd hynny fantais allweddol iddyn nhw.

Yr Awyrlu Brenhinol

Sefydlwyd yr Awyrlu Brenhinol yn 1918. Chwaraeodd ran allweddol ym muddugoliaeth y Cynghreiriaid yn yr Ail Ryfel Byd, a'r frwydr dyngedfennol oedd Brwydr Prydain. Yn 1940, oedran peilot, ar gyfartaledd, oedd 20 oed.

Luftwaffe

Enw awyrlu yr Almaen oedd y Luftwaffe. Erbyn haf 1940, hwn oedd awyrlu mwyaf y byd. Wrth iddyn nhw baratoi at ryfel, roedd peilotiaid profiadol yr Almaen yn hyderus o ennill yn erbyn y Prydeinwyr. Diddymwyd y Luftwaffe yn 1946 ar ôl i'r Almaen golli'r Ail Ryfel Byd.

Menywod yn yr Awyrlu

Sefydlwyd y Women's Auxiliary Air Force (WAAF) yn ystod yr Ail Ryfel Byd fel rhan o'r Awyrlu Brenhinol, ac roedd yn cael ei reoli'n llwyr gan ferched. Yn ei anterth, roedd ganddo 180,000 o aelodau. Doedd aelodau'r WAAF ddim yn ymladd ar faes y gad ond yn hytrach yn helpu mewn ffyrdd eraill megis monitro radar, criwio'r balwnau ar forgloddiau, symud awyrennau a dehongli codau. Roedd cyfraniad y menywod hyn yn allweddol yn ystod y rhyfel, gan gynnwys Brwydr Prydain.

Yr Hurricane

Awyren ryfel oedd yr Hurricane a chwaraeodd ran allweddol yn y fuddugoliaeth yn erbyn yr Almaen yn yr Ail Ryfel Byd. Roedden nhw'n awyrennau cryf ac yn fwy dygn na'r awyrennau rhyfel eraill, er nad oedden nhw mor gyflym na mor hawdd i'w trin â'r Spitfire. Ar ddiwedd y rhyfel, nid oedd eu hangen mwyach fel rhan o'r gwasanaeth milwrol.

Messerschmitt

Y Messershmitt oedd y brif awyren a ddefnyddiwyd gan y Luftwaffe yn ystod Brwydr Prydain. Roedd y rhain yn gallu hedfan yn is yn llawer cyflymach nag awyrennau Prydain. Ond nid oedd yn gallu hedfan am amser hir – dim ond

30 munud ar y tro – cyn gorfod cael mwy o danwydd; anfantais fawr mewn brwydr.

Y Spitfire

Cynlluniwyd y Spitfire yn y 1930au. Roedd yr awyren ryfel hon ymhell o flaen ei hamser ac yn rhwydd i'w datblygu er mwyn delio â bygythiadau newydd. Yr hyn oedd yn ei gwneud mor llwyddiannus oedd ei gallu i addasu, ei chyflymder a'i phŵer arfog. Un sedd ac un pâr o adenydd oedd ganddi, gyda thrwyn mawr. Defnyddiwyd y Spitfire gan yr Awyrlu Brenhinol tan 1954. Hon, o hyd, yw'r awyren fwyaf chwedlonol a fu'n hedfan erioed.